新潮文庫

欧州開戦

1

マーク・グリーニー
田村源二訳

新潮社版

10917

欧州開戦

1

ロシア

ヴァレリ・ヴォローディン…ロシア連邦大統領

ミハイル・グランキン…クレムリン安全保障諮問会議議長

アルカディ・ディブロフ…半国営天然ガス会社ガスプロム取締役会議長（会長）

アンドレイ・リモノフ（ミスター・イワノフ）…プライヴェート・エクイティ・ファンド・マネージャー

イェゴール・モロゾフ…クレムリン安全保障諮問会議・諜報員

その他

マルティーナ・イェーガー…オランダ人殺し屋

ブラーム・イェーガー…オランダ人殺し屋

サルヴァトーレ…イタリア人パパラッチ

リナス・サボニス…リトアニア国家保安局長官

イサベル・カシャニ…ジャック・ライアン・ジュニアの恋人

主要登場人物

アメリカ合衆国政府

ジャック・ライアン（ジョン・パトリック・ライアン）…大統領

スコット・アドラー…国務長官

メアリ・パトリシア・フォーリ（メアリ・パット）…国家情報長官

ロバート・〝ボブ〟・バージェス…国防長官

ジェイ・キャンフィールド…ＣＩＡ長官

アーノルド・ヴァン・ダム…大統領首席補佐官

ピーター・ブラニオン…ＣＩＡヴィリニュス（リトアニア）支局長

グレッグ・ドンリン…ＣＩＡ警備要員

アメリカ合衆国軍

ローランド・ヘイズルトン…海軍大将、海軍作戦部長

〈ザ・キャンパス〉

ジェリー・ヘンドリー…〈ザ・キャンパス〉の長、ヘンドリー・アソシエイツ社社長

ジョン・クラーク…工作部長

ドミンゴ・〝ディング〟・シャベス…古参工作員

ドミニク・〝ドム〟・カルーソー…工作員

ジャック・ライアン・ジュニア…工作員、情報分析員

ギャヴィン・バイアリー…ＩＴ部長

アダーラ・シャーマン…輸送部長

サム・ドリスコル…元工作員

プロローグ

ノルウェーは秘密潜水艦基地をロシアに売った。それもeBay《イーベイ》のようなネットオークション主体のオンライン・マーケットプレイスで。

本当のことだ。

正確に言うと、取引はノルウェーのeBayとも言うべきマーケットプレイスFinn.noでおこなわれ、買ったのはロシア政府《クレムリン》ではなく民間の会社だったが、購入者はただちにその施設をロシアのある国営企業に賃貸してしまった。戦略的に重要なバレンツ海に面する、ロシアのものではない唯一の軍事施設が、それほど無造作に売られ、ロシアの手のなかに入ってしまったのだ。そもそもＮＡＴＯ（北大西洋条約機構）が基地の売却を容認したという事実そのものが、問題なのである。それはとりもなおさずNATOの戦争への備えの甘さを雄弁に物語っている。

また、ロシアの意図も透けて見える。

購入者がマウスをクリックしただけで、ノルウェー王国はこのオーラスヴァーン海軍基地を五〇〇万アメリカドルで引き渡すことになった。その値段はなんと、ノルウェーが最初に求めていた金額の三分の一、NATOがその施設の建設に投入した資金の——なんとも痛ましいことに——わずか一％にすぎなかった。

この海軍基地の購入によってロシアは二つの重要な勝利を手中におさめた。ひとつは、戦略的に重要な位置にある施設を自分の都合のよいように使えるようになったということ。そしてもうひとつは、それを欧米の手からもぎとれたということ。

オーラスヴァーン海軍基地は、ジェームズ・ボンドの映画から抜け出してきたかのような、まさに〝秘密基地〟と呼ぶにふさわしい、なんとも妖《あや》しげな施設である。それは北極線（北極圏の範囲を示す線）のすぐ北に位置するトロムソ市近郊の山腹に穿《うが》たれた施設で、艦船の海への出入りはトンネル状の水路で難なくでき、ほかにも地下トンネルがいくつもある。そして、耐爆扉のついた巨大な潜水艦格納区画がいくつかあって、大型軍艦入渠《にゅうきょ》可能な乾ドックと三〇〇〇平方メートルの大水深岸壁がひとつずつあり、非常発電装置付きの歩兵用兵舎もいくつかある。さらに、岩山を刳《く》り抜いて奥のほうにつくられているため、核攻撃をまともに食らってもほぼ無傷でいられるスペースが一万五〇〇〇平方メートル以上ある。

　基地の売却が決まったとき、ノルウェーの首相をはじめ、それに賛成していた者たちは、そんな取引をするのは無分別だと言う人々に呆《あき》れた表情を返しただけだった。購入者も、石油プラットフォーム支援のために基地を使用すると約束した。たしかにロシアはバレンツ海のいたるところで石油を掘削していたので、そう説明されれば、ロシアが何か不埒《ふらち》なことをするとは思えなかった。だが、契約書のインクが乾くやいなや、石油産業のために使うという約束はたちまち反故《ほご》にされ、山腹に穿たれた巨大な潜水艦〝秘密基地〟はあっというまに、ロシア政府《クレムリン》高官が経営する国営企業のための科学調査船団の基地と化してしまった。

　北極圏でのロシアの海軍や情報機関の活動に詳しい者たちは、調査船がしばしばその双方と連携して活動することを知っている。調査船は監視・偵察だけでなく、戦闘用特殊潜航艇を国際水域のさまざまな海域に運ぶことまでしているという。

　このロシアとの取引を認可したノルウェーの首相はまもなく辞任したが、その後なんとＮＡＴＯ事務総長の座におさまることになる。ともかくロシアはオーラスヴァーン基地購入後すぐ、北方艦隊に戦闘即応態勢をとらせ、バレンツ海からのロシア海軍の活動は、ノルウェーの〝秘密基地〟が目を光らせていた期間の最後期の五倍となってしまった。

ロシアのヴァレリ・ヴォローディン大統領は満足げな表情を浮かべて北極圏の寒気《かんき》のなかに立っていた。嬉《うれ》しそうな顔をしているのは、オーラスヴァーン基地のことを考えていたからである。ただ、いまいるのはそこから二五〇マイル（約四〇〇キロ）ほども離れた場所だった。

ここはバレンツ海に面するサイダ入り江のヤーゲリナヤ湾で、すぐそばには第三一潜水艦師団の拠点、ガジエヴォ海軍基地がある。今朝、ロシア連邦大統領はそのヤーゲリナヤ湾で幸先《さいさき》のよい一手を打とうとしていた。ヴォローディンがノルウェーにある巨大な基地を思い浮かべて胸はずませたのは、もしいまもNATOがオーラスヴァーン基地を使用していたら今日開始した作戦が成功するチャンスは皆無だったにちがいないと、一点の疑いもなく思えたからである。

ロシアの大統領は北方艦隊旗艦であるキーロフ級重原子力ミサイル巡洋艦〈ピョートル・ヴェリーキイ〉の艦首に立っていたが、首までボタンをしっかりとめたバーバリーのコートとウールの帽子のおかげで、体温はあるべき場所――体内――に保持されて外気に奪われることはほとんどなかった。甲板上の大統領のすぐうしろにつきしたがっていた第三一潜水艦師団司令官が、手を振って前方の靄《もや》を示した。ヴォローディンはそこに目をやった。最初、何も見えなかったが、靄の奥へと目を凝らすと、巨大な影が凍《い》てつく海の上にあらわれ、朝靄のヴェールを突き抜けてくるのが見えた。

巨大な何かが、ゆっくりと、音もなく、近づいてくる。

ヴォローディンはオーラスヴァーン海軍基地売却後にノルウェーで一騒動あったことを思い出した。ノルウェーのメディアの連中が、売却を認めた閣僚たちに詰め寄り、隣国ロシアに侵攻される危険が増したのではないかと問うたのだ。そして、閣僚のなかでも正直な者のひとりが肩をすくめてこう答えた。「わが国はNATOに加盟してはいるが、平和を好む小国です。一方、アメリカは好戦的な大国。もしほんとうにロシアが攻めこんでくるということになったら、ノルウェーの安全保障はジャック・ライアン大統領がなんとかしてくれるでしょう。われわれはもっと重要なことに金を注ぎこむべきであって、戦争はアメリカに任せればいい。彼らは戦争が大好きなんですから、ノルウェーのために戦ってくれるでしょう」

ヴォローディンは灰色の海の上に広がる靄のなかを見つめながら、にやっと笑った。ジャック・ライアンにはノルウェーの安全を確保している余裕などないのだ。たしかにアメリカの大統領は戦争が大好きで、スカンディナヴィア諸国のひとつが侵攻されそうになれば、それが彼にとっては戦争をはじめる絶好の口実になる。だが、ヴァレリ・ヴォローディンは、この地球上のほとんどだれも知らない――とりわけジャック・ライアンが知るわけがない――ことを知っていた。

アメリカはすぐに、処理しなければならないたくさんの問題を抱えこむことになるのである。しかも、ここ北極圏でそうした問題が起こるのではない。ここ以外の世界のほぼあらゆる場所でさまざまな事件が起こるのだ。

静かに近づいてくる巨大な影がついに輪郭を浮かび上がらせはじめた。まもなく〈ピョートル・ヴェリーキイ〉の甲板上に立つ者たちもその姿をはっきりと見ることができるようになる。それは新生ロシア海軍の誇り、最新鋭の巨艦、ボレイ型弾道ミサイル原子力潜水艦だ。

ヴォローディンは確信していた――もしNATOが北極圏にあるオーラスヴァーン基地をいまも運営・使用していたとしたら、眼前のこの巨大な潜水艦は、安全な遠海に達するずっと前に、欧米の艦船に探知され、海上でも海中でも追跡されていたはずだ、と。そんなことは、ロシアの大統領にとっては、恥辱以外の何ものでもない。だから、ノルウェーがその戦略上きわめて重要な基地を超安値で叩《たた》き売ってくれたのは、実にありがたいことなのだ。

　ヴォローディンは体が熱くなるほどの満足感をおぼえた。五〇〇万アメリカドルでロシアは北極圏の制海権を得ることができたのだから、なんとも安い買い物だったと言わざるをえない。

　眼前に姿をあらわした潜水艦にも、もちろん艦名があり、それは〈クニャージ・オレグ〉だった。だがヴォローディンはいまだにこの艦を、すでに艦隊に就役している他の同型潜水艦四艦と同様、当初の建造計画コード番号である〈プロジェクト９５５Ａ〉と呼びたがる。〈クニャージ・オレグ〉よりも〈プロジェクト９５５Ａ〉の響きのほうが魅力的だったからである。そのほうがロシアの〝最強・最高機密兵器〟にふさわしい、とヴォローディンには思えたのだ。

　このボレイ型原潜はアメリカがＳＳＢＮ（弾道ミサイル原子力潜水艦《シップ・サブマーシブル・バリスティック・ニュークリア》）と呼ぶ戦略原潜の第四世代だった。全長一七〇メートル・全幅一三メートルという巨艦ではあるが、ヴォローディンがこれまでに目にした最大の潜水艦ではない。彼が見たいちばん大きな潜水艦はたしか、ボレイ型の先行艦のひとつであるタイフーン型だった。だがボレイ型は、タイフーン型よりは小さいかもしれないが、性能は格段に進化している。なにしろ、最大潜航深度一五〇〇フィート（約四五〇メートル）、水中速力三〇ノット

（時速約五五キロ）のうえ、ウォータージェット推進方式なので潜水艦乗りが〝無音《サイレント》スピード〟と呼ぶ速力で潜航できる。つまり、無音に近い極めて小さな音しか立てずに、かなりのスピードで潜航でき、探知を非常に難しくできる。

乗員は九〇名で、アナトリー・クディノフ艦長をはじめ、そのほとんどが甲板に立ち、〈ピョートル・ヴェリーキイ〉の前を通過するさい大統領に敬礼した。

アメリカはむろん、〈プロジェクト955A〉のことを知っていたが、そう呼ばれる潜水艦の作戦能力など全貌《ぜんぼう》を把握していたわけではなかったし、〈クニャージ・オレグ〉がすでに就役していることも知らなかった。だが、まもなくアメリカの偵察衛星が、安全な格納施設をあとにした一隻《せき》のボレイ型原潜がサイダ入り江をさかのぼってバレンツ海へ入っていくのを捉《とら》えるはずだ。アメリカが見逃すはずがない、とヴォローディンは思っていた。たぶんアメリカは、ここのすぐ北のコラ湾の氷海を航行する〈クニャージ・オレグ〉に気づくことになる。

それでまずいことなど何もない。アメリカは数時間かけて〈クニャージ・オレグ〉だと確認することになるだろうが、そのあと興味を失うにちがいない。〈クニャージ・オレグ〉がすでに任務をおびて艦隊の作戦に参加しているとは彼らはまだ思いもしないからだ。数日のあいだアメリカは、このボレイ型原潜の最新艦はさらなる試験航海を実施するのだろうと考える。だが、そう考えていられるのはほんの短いあいだだけだ。なぜならヴァレリ・ヴォローディンは今回の任務を秘密にしておく気などまったくないからである。

そう……ヴォローディンは敵を恐怖に陥《おとしい》れるためにこの潜水艦を送りこむのだ。世界中のだれもが、その潜水艦が何のために、おおよそどこにいるのかを知らなければ、今回の作戦は成功しないのである。

重原子力ミサイル巡洋艦の甲板上のヴォローディン大統領のうしろには、ロシア連邦・第一二総局の最高幹部のひとりである提督が部下にとりかこまれて立っていた。彼は海軍が保有する核兵器全般の運用を指揮する司令官で、今日ここまでやって来たのは、〈クニャージ・オレグ〉という潜水艦を見送るためではなく、同艦の発射管に装塡《そうてん》されている一二発の弾道ミサイルの旅の安全を祈るためだった。

ヴォローディン大統領の前方わずか一〇〇メートルの海面上を通過していくチタン製潜水艦には、一二発のR－30ブラヴァー潜水艦発射弾道ミサイルが積みこまれていて、それぞれ一〇個ずつ核弾頭を搭載していた。ということは、〈クニャージ・オレグ〉には一二〇もの核爆発を起こす能力があるということであり、ほんのすこし誇張することを許してもらえれば、単独でアメリカ合衆国全体を濛々《もうもう》と煙立ちのぼる巨大な穴にすることができる、ということだ。

だが、それには、ミサイル防衛システムに捕まらないようにアメリカの東海岸に充分に近づかなければならない。それができたときにだけアメリカを壊滅させることができるのだ。

ヴォローディンは朝の寒気のなかでそっと囁《ささや》くように言った。言葉を送り出した息が白い蒸気になった。「アメリカ。ワシントンDC」

艦首の大統領の背後に立つ男たちは、互いに顔を見かわした。それが命令だとしたら、不必要な命令だった。ヴォローディンのそばにいただれもが〈クニャージ・オレグ〉の行き先がそこ――敵国の首都から四五マイル未満の海域――であることを知っていたからである。

だが、敵国の接続水域内に一二〇個の核弾頭を送りこむといっても、アメリカ全土を実際に荒廃させるつもりはヴォローディンにはまったくなかった。ただ、その国の老若男女《ろうにゃくなんにょ》それこそ子供までをも死ぬほど震えあがらせ、そうすることによって「八〇〇〇マイルも離れた地をロシアが領土に組み入れることなど自分たちにはまったく係わりのないことなのだ」と、アメリカ国民全員にしっかりと思い知らせたいのだ。

ヴォローディンの計画は広範囲にわたるさまざまな作戦からなり、それらは今後数週間のあいだに次々と実行されることになっていたが、〈クニャージ・オレグ〉の出航は言わばその陰謀ゲームの初手だった。それゆえヴォローディンは、ここ北極圏まではるばる飛んできて、クディノフ艦長に敬意を表し、みずから見送ることによって、敵地に乗りこむ乗員たちを鼓舞するとともに、与えられた任務の重要さを彼らに改めて自覚させたのだ。

ヴォローディンが〈プロジェクト955A〉と呼ぶことを好む潜水艦は、いまや遠のき、サイダ入り江を離れてコラ湾へと入った直後に靄のなかへと静かに消え失《う》せた。それでもなおヴァレリ・ヴォローディンは、航跡の上にかすかにたなびく蒸気をじっと見つめつづけ、背後の軍首脳たちも同じように見つめていた。

ヴォローディンの顔には二つの感情――誇りと興奮――が浮かんでいて、そのどちらも本物だったが、実はもうひとつ別の感情が心の底から噴き上がりつつあった。そしてその感情を彼は表に出さないように注意していた。

それは不安。恐怖にきわめて近い不安。

今日の潜水艦の出航は、複雑な陰謀の一手――これから世界のさまざまな場所で次々に実行される多種多様な作戦のひとつ――にすぎなかった。

ヴァレリ・ヴォローディンは誇らしく、希望をいだき、挑戦的だったが……同時に、この陰謀をなんとしても成功させなければならない、と思い詰めてもいた。不成功に終わったら、待っているのは死なのだ。

1

〈インディペンデンス〉は船ではあったが、その仕事は航行することではなかった。〈インディペンデンス〉はリトアニアのバルト海に面した港湾都市クライペダの港に錨《いかり》を下ろしてとどまり、係留・固定装置と、鋼鉄製の連絡橋と、太くて重いパイプラインと連結する導管とで長い桟橋にしっかりとつながれ、動かずにじっとしていた。

スーパータンカー〈インディペンデンス〉は一年前に入港したとき鳴り物入りの大歓迎を受けた。というのも、それがリトアニアにとって状況を一変させるものになると、だれもが知っていたからである。いまはもう船とはあまり言えず、海面に浮かぶ係留・固定物と言ってよかったが、それは重要な任務を与えられていた。

〈インディペンデンス〉（独立）は名前であると同時に、その目標でもあった。それは浮かぶＬＮＧ（液化天然ガス）貯蔵所、再ガス化施設となったのである。タンカーをそのように利用するのは初めての試みだった。

リトアニアは何十年にもわたって必要な天然ガスと電力の供給をロシアに依存して

きた。それゆえ、地域の政治的風向きによってロシアは、思いつきで勝手に天然ガスの値段を上げたり、その供給を減らしたりすることができた。ここ数年のあいだにロシアはそれを何度も繰り返し、バルト海沿岸諸国とロシアとの緊張が高まり、隣国の好意に依存せざるをえないという状況はリトアニアの安全保障にとって〝いま、そこにある危機〟となった。

ＬＮＧ輸入施設がひとつあれば、その状況を変えることができた。〈インディペンデンス〉および港からのパイプラインで、タンカーによるノルウェーからのＬＮＧの輸送、貯蔵所・再ガス化施設への荷卸し、国が必要とする大規模な再ガス化が可能になったのだ。

これで、ロシアがふたたびパイプラインによる天然ガスの供給を停止したり、その価格を強請《ゆすり》同然のレベルにまで釣り上げたりしたら、リトアニアと近隣同盟国は〈インディペンデンス〉が提供できる安全弁をひらくという選択肢を選ぶだけでよいことになった。

ＬＮＧの再ガス化プロセスは、高度な技術を要する精密なものだが、理解するのは驚くほど簡単だ。まず、大量のガスを輸送するには、ガスを液化して六〇〇倍に濃縮する必要がある。ガスを液化するには温度を摂氏マイナス一六〇度ほどにまで下げればよい。こうしてできた液化天然ガスはその超低温のまま特別設計されたタンカーで輸送され、今回の場合はノルウェーからリトアニアへ送られる。港に着いたＬＮＧは〈インディペンデンス〉の貯蔵タンクに注ぎこまれ、それを同船上の再ガス化システムがプロパンと海水によって加熱してガスにもどす。次いで、そのガスは導管を通してクライペダの港に降ろされ、さらに一八キロメートルのパイプラインによって減圧・計測施設へ送られる。そしてそこから直接リトアニアの各家庭へととどけられる。こうしてリトアニアの人々はバルト海沿岸の長い冬に欠かせない熱源を得ることができる。

三億三〇〇〇万ドルもの資金が投入されたこのプロジェクトは、経済的な観点からはすでに目的を達成しつつあった。〈インディペンデンス〉がガスを供給できるようになったまさにその日に、ロシアはノルウェーのガスと競争できるように天然ガスを値下げしたのである。

しかし、「ロシアはそれに満足していない」というのは極めて控えめな表現と言わざるをえない。ロシア《モスクワ》政府はヨーロッパにおける〝エネルギー輸出競争〟そのものを受けつけないのだ。なにしろ、エネルギー輸出の独占という状況に慣れてしまっていて、それを利用して隣国を脅し、自国を富ませるだけでなく、数えきれないほどある他の経済問題をおおい隠してきたのだから。どちらかというと、ロシアにとっては、経済問題から国民の目をそらさせる、ということのほうが重要なのかもしれない。ロシアのヴァレリ・ヴォローディン大統領は、例によって大袈裟《おおげさ》にも、「リトアニアが新たに稼働《かどう》させた天然ガス施設はまさに戦争行為にほかならない」とまで言いきった。

リトアニアも、かつてのロシア（ソ連）の衛星国の例に洩《も》れず、モスクワの扇情的な物言いには慣れていて、ヴィリニュスの同国政府はヴォローディンの脅しを無視し、ロシアからパイプライン経由で大量の天然ガスを輸入するとともに、ノルウェーからバルト海経由で少量のＬＮＧを購入した。こうして〈インディペンデンス〉は、エネルギー獲得の選択肢を増やす方法を模索する他のバルト海沿岸諸国の手本となった。

ヨーロッパ諸国は〈インディペンデンス〉の建造とリトアニアへの引き渡しに一役買った。地域の安定はどの国の利益にもかなうことであるからだ。それに、ロシアのエネルギー輸出政策に圧力を受けるか完全にコントロールされてしまうようなＮＡＴＯ（北大西洋条約機構）加盟国は、いまなお対ロシアで団結している軍事同盟にとっては〝鎖のいちばん弱い環《わ》〟なのである。諺《ことわざ》にあるように「鎖の強さはいちばん弱い環で決まる」のだ。

したがって、リトアニアはエネルギーを、ヨーロッパ全体は安全保障を、〈インデイペンデンス〉に頼っている、と言ってよい。

栈橋を歩いていた中年のドイツ人電気工事請負業者は、海面に浮かぶ死体に気づき、それで命拾いをした。

ガスを送り出す圧縮装置の電気回路がときどき不具合を起こすので、彼はそれを点検しに今朝は暗いうちからここにやって来たのだが、施錠《せじょう》されたゲートにはばまれてトラックを栈橋のなかまで入れられなかった。そこで、だれかが鍵《かぎ》を持ってくるのを待つよりも、歩いて圧縮装置のところまで行ってしまったほうが早いと判断し、一四〇〇フィート（約四三〇メートル）の栈橋を歩きはじめた。朝からついていないなと腹が立ち、自然と足どりがせわしくなった。ところが、まだ行程の四分の一しか進んでいないところで、ふと左手に目をやったとき、すぐ下の海面に何かが浮かんで揺れているのに気づいた。そこは栈橋の照明がぎりぎり届くところだった。

最初、大きなごみだろう、と思った。だが、確かめようと足をとめた。手すりに近づいて見やり、バックパックから仕事用のヘッドランプをとりだして点灯し、それを両手で持って海面を照らした。

ウエットスーツ姿のダイヴァー。背中に銀色のスキューバタンク一本。両腕両脚を広げてうつぶせに浮いている。

ドイツ人電気技師はリトアニア語をほとんど話せなかったが、英語の「やあ《ハイ》！」に相当する挨拶《あいさつ》の言葉は知っていて、そう呼びかけた。「ラバス！　ラバス？」

桟橋から二〇メートルほど離れたところに浮かんでいるダイヴァーは何の反応も示さなかった。よく見ると、長い金髪が頭のまわりに広がって揺れている。体は小さく痩《や》せていた。女だ、と彼は思った。それもたぶんかなり若い女。

電気工事請負業者はあわててトランシーヴァーをとりだしたが、そのときにはもう、無駄だと気づいた。あと一時間もして仕事仲間たちが働きに出てくるまでは、呼びかけてもだれも応答しないに決まっている。警備のチャンネル番号を思い出せなかったので、彼は港湾警備所のほうへ桟橋を駆けもどりはじめた。

そして、あわてふためいて選んだこの行動のおかげで、ドイツ人電気技師は〝今年のリトアニア一幸運な人〟となった。

取り乱して走る電気技師の後方七〇〇ヤードでは、〈インディペンデンス〉が寒い一〇月早朝の穏やかな黒い海面に静かに浮かび、甲板と付属設備の桟橋やガス圧縮装置に据え付けられた照明器具の光を浴びていた。

〈インディペンデンス〉と桟橋はリトアニア本土にではなく、クライペダ港の入口にあるクルシュー潟《がた》のキャウレズ・ヌガラ島につながれている。日中は、まわりの水路はどこも港に出入りする船舶の往来が多くなるが、いまは朝の四時八分で、浮体式LNG貯蔵・再ガス化施設と潟の口とのあいだには、二隻一組になってゆっくりとほぼ無音であちこち動きまわる複合艇（硬式ゴムボート）しかいなかった。ボート上の警備要員たちは、そのとき電気技師が桟橋を猛然と走っているとは思いもしなかった。巨大なスーパータンカーがパトロール中の複合艇と走る男とのあいだに立ちふさがっていたからだ。

二隻の硬式ゴムボートは二〇ヤード以上離れずにパトロールしていた。ボート上の男たちは互いにちらちら見合っていたが、一回のパトロール中にすぐ近くを通ることがあまりにも頻繁にあり、そのたびに呼びかけて挨拶の言葉を口にしたり手を振ったりするということはなかった。

クライペダ港の警備はあんがい厳重で、陸と海からのテロ攻撃をふせぐ、あらゆる種類の障害物が設置されていた。ただ、ガス圧縮装置、キャウレズ・ヌガラ島、〈インディペンデンス〉を警備する者たち、そしてパトロール艇の警備要員たちも、まあまあ油断怠りなく警戒にあたっていたものの、ここで深刻な大惨事が起こりうるとは、だれひとり思っていなかった。

たしかに一カ月前、抗議者たちが小さな木製ボートに分乗してあらわれ、海のゲートを突破して施設を襲撃しようとした。彼らはグローバリゼーションを終わらせるよう要求する色鮮やかなプラカードをかかげ、そのうちのひとりが拡声器でがなりたて、港湾作業員たちをののしった。彼らは石油で満たしたミルク用ボトルもいくつか持ってきていて、それらをスーパータンカーに投げつけるつもりだった。そうやって、とてつもなく重要な何かを行動で示そうとした。

その施設がどういうものなのか彼らはあまりよくわかっていなかったということだ。抗議者たちは、それが石油ではなく天然ガスの施設であることをわかっていなかったわけで、石油入りのボトルは無意味に海に落ちて終わりになるはずだった。まわりの海にとって幸運なことに、二隻のパトロール艇が素早く木製ボートに近づいて抗議者たちを拘束してしまい、彼らは危険なことをやれるほどスーパータンカーに接近することさえできなかった。

最も起こりうる脅威として警備要員たちの頭のなかにあったのはその種のことだった。〈インディペンデンス〉は信じられないほど堅牢《けんろう》な造りだったので、だれも本気で心配していなかった。〈インディペンデンス〉の船殻は圧延鋼材による二重構造で、その内側に断熱膜タンクで護《まも》られた超低温のLNGが収まっている。沿岸からRPG携帯型対戦車ロケット弾を撃ちこまれても、また火炎瓶やIED（手製爆弾）で攻撃されても、その巨大な構造物はダメージをほとんど受けないはずだった。

〈インディペンデンス〉の液化天然ガス貯蔵量は最大で六〇〇万立方フィート（約一七万立方メートル）にもなり、そのエネルギーは原爆五五個分に相当するが、タンク内に現在収められている量はその最大貯蔵量の八分の一にすぎず、繰り返すが、船殻の側面を破壊してガス爆発を起こさせるには途轍《とてつ》もなく大きな爆弾が必要になる。

二隻のパトロール艇はLNGタンカーの近く――わずか二〇〇ヤードほど東――にさしかかったが、あたりはまだ非常に暗かった。硬式ゴムボート上の二人の見張り要員たちは超人的な視覚の持ち主ではなかったので、自分たちのすぐ前で起こっている異状を目で捉えることができなかった。双方のボートともスピードをゆるめもせず進みつづけた。一隻は北へ、もう一隻は南へ。

二隻のボートがつくった航跡のなかの黒い海面に、移動する気泡の筋がいくつか浮かび上がり、すぐに消えた。警備にあたる硬式ゴムボート上の男たちはまったく気づかず、ただパトロールを続行した。

ドイツ人電気技師は桟橋の端で手を振って、警備員が乗るピックアップ・トラックをとめ、片言英語で「潟に、死んでいる女、見つけた」と説明した。警備員は何かの見間違えだろうと疑ったが、いちおう調べてみることにした。そこで、トラックに乗って現場まで案内してくれ、とドイツ人に言った。

だが、電気技師がトラックに乗りこんでドアを閉めた瞬間、閃光《せんこう》が走り、二人の男はフロントガラスの向こう、前方の巨大な船のほうを見やった。スーパータンカーの向こう側から白熱光が噴き出し、船のシルエットが浮かんだかと思うと、一条《ひとすじ》の炎が勢いよく空へ上昇して、暗闇《くらやみ》を切り裂いた。と、今度は火球が一気にふくれあがり、暗い夜明け前を昼のように明るくした。

ピックアップ・トラックの運転席の警備員は、〈インディペンデンス〉が堅牢な造りであることはよく知っていたが、強大な爆弾が炸裂《さくれつ》したということだけは疑いようがなかった。そこで、チェンジ・レバーをリヴァースの位置に動かし、アクセルペダルを踏みこんだ。トラックは猛然とバックしはじめ、次々に起こる凄《すさ》まじい爆音と爆発に文字どおり追いかけられながら、八分の一マイルを走りぬいた。桟橋が揺れ、破片と衝撃波があらゆる方向へ飛び広がった。

ピックアップ・トラックは大きく弾んで、施設へと至る連絡道路の側溝に落ちてしまった。警備員と電気技師は急いでトラックから脱出し、泥濘《ぬかるみ》のなかへとダイヴした。

二人はおおいかぶさってきた熱を感じ、あたり一面にばらまかれた金属片が地面にあたる音を聞いた。桟橋のサイレンが鳴る音も聞こえたが、彼らの耳に達した音のなかでいちばん大きかったのはやはり、リトアニアの〝状況を一変させるもの〟となるはずだったスーパータンカーがあげる凄まじい雷鳴のような断末魔の叫びだった。


犯行声明はまさに今風のやりかたで発表された。犯行者たちはTwitter《ツイッター》アカウントを作成・登録して、いちどだけツイートしたのだ。そしてそこには九分の動画が見られるリンク先が貼《は》ってあった。動画は、目出し帽で顔を隠した男四人と女一人がいっしょに立っている映像からはじまった。夜の暗い幹線道路で撮影したもののようだった。

カメラの暗視レンズが低品質のせいで、彼らが森のなかを忍び進む部分は不気味な映像になっていたが、軍事専門家の目には、そこに写る五人は訓練された特殊部隊員というより戦争ごっこをする子供のように見えた。ひとりの男がボルトカッターでフェンスの有刺鉄線を切断し、ほかの者たちとそこを通り抜けた。すぐそばには看板があり、そこには次のように書かれていた。フランス語だ。

ZONE《ゾーヌ》 PROTEGE《プロテジェ》（立ち入り禁止区域）。

ふたたび足音を忍ばせて動きまわる五人の映像。コンクリート製の建物。そして、ぐらぐら揺れながらのズームイン。捉えられたのは遠くの監視塔に座る警備兵だ。次いで、同じボルトカッターで貨物用コンテナの鎖が切断され、すぐに五人全員がその施設から木箱をひとつずつ運び出す映像となった。彼らは有刺鉄線のフェンスを通り抜けて森へもどっていった。

次の場面は、光あふれる明るい室内。五つの木箱が床の上に一列に並べられている。どの木箱もふたがあいていて、なかにパンの一塊《ローフ》ほどの大きさの箱が六つずつ入っている。箱に書かれた文字で読み取れるのは、Composition《コンポジション》 Ｃ－４《シー・フォー》だけ。

ここでも、軍隊関係者なら簡単にわかることがある。コンポジション・シー・フォーは軍用プラスチック爆薬のＣ－４であるということだ。

それが大量にある。

女がフランス訛《なま》りの英語で話しはじめ、起爆装置だと言って、それらしきものを掲げて見せた。こうした装備品はすべて、アメリカ軍のもので、フランスにあるＮＡＴＯの保管施設から頂戴《ちょうだい》したものだ、と女は説明した。

シーンが切り換わって、カメラはふたたび暗闇に包まれた屋外にもどり、映像はまたしても暗視レンズで撮られた粗い緑色のものになった。五人がウエットスーツ、マスク、シュノーケルをつけて水辺にひざまずいている。そばにスキューバタンクとダイヴィング用ヴェストが積み重ねられていた。次いで、望遠レンズを使って〈インディペンデンス〉LNG施設とその向こうの港が捉えられたが、その映像はがたがた揺れていた。

それからまた、水辺のクローズアップ映像となり、黒いビニールにすっぽりおおわれたコーヒーテーブル・サイズのものが映し出された。ダイヴァーたちのそばに置かれている、そのビニールに包まれた箱状のものには、ヴェスト型BCD（浮力調整装置）数個が縛りつけられ、さらにてっぺんにスキューバタンク一個がくくりつけられていた。そして、先ほどのフランス訛りの女とはちがう女が、画面に姿をあらわさずに、その場面のナレーションをはじめた。この女にも訛りがあって、それはのちに捜査当局によってバルセロナのものと判定された。

「爆弾はダイヴィング器材を取り付けられて浮かぶようにされた。革命家たちはそれを水のなかに入れ、水面下に沈めて見えないようにした。そして、そういう状態のまま、一キロ先のターゲットまで運んでいった」

五人は、ビニールにくるまれてダイヴィング器材をくくりつけられた、浮かぶ大きなものをいっしょに押しながら進み、水辺の向こうに広がる闇のなかへ姿を消した。

カメラは水辺にとどまり、場面がふたたび変わった。フレームの中央に、煌々《こうこう》と輝く照明を浴びた巨大な〈インディペンデンス〉が捉えられた。平穏だったのはほんの数秒のあいだだけだった。たちまちスーパータンカーのこちらの側で凄まじい爆発が起こり、爆音が轟《とどろ》いて、炎がうねり巻き立って空へと上昇していった。そして、第二、第三の爆発が起こり、その地点から非常に遠いところにいるにちがいない撮影者さえ、たじろぐのがはっきりわかる瞬間があった。

リトアニアの液化天然ガス施設が破壊されるさまを映し出すロングショットが突然、目出し帽をかぶって小さなテーブルに向かって座る人物の映像に切り換わり、それが動画のしめくくりになった。顔立ちは完全に隠されていたが、わずかながら口のまわりの肌があらわになっており、それと華奢《きゃしゃ》な体つきから、白色人種とわかった。それもたぶん若い女。

女の背後には、ピンで壁にとめられた白い旗があった。その中央にある円は、明らかに地球を表《あらわ》しており、迷路のようなパイプラインでおおわれていた。そして、円のてっぺんから油井《ゆせい》の掘削装置が一本突き出し、円から下に向かって赤い液体――おそらく血――が一滴したたり落ちようとしている。

旗のいちばん下には、横幅いっぱいにMouvement pour la Terre《ムーヴマン プール ラ テール》という文字がある。〈地球のための運動〉という意味のフランス語だ。

女は英語で話した――のちに捜査当局は、動画の一部のナレーションをしていたバルセロナ訛りの女だと断定した。

「あなたはいま、ある戦争の火ぶたを切る一斉爆破の証人となった。あまりにも長いあいだ、われらが地球に対する凶暴な破壊行為がエネルギー産業の手によって行われてきたにもかかわらず、それに対する反撃が一切なされずにいた。

そうした時代はいま終わった。われわれはいまから母なる地球のために反撃を開始する。

われわれの要求が受け入れられるまで、もはや平和はない。われわれ〈地球のための運動〉は、母なる地球を犠牲にする貪欲《どんよく》、物質主義に抗議し、それらから生まれた活動をできうるかぎり見つけ出し、そのすべてに報復する。あなたもその戦列に加わり、われわれとともに戦おうではないか。そうやって地球を調和のとれた自然な状態にもどすのだ。

われわれは、リトアニアの戦いで不幸にも命を落としたわれらが姉妹《シスター》アヴリルを称賛する。石油・天然ガス産業に通告しようではないか――われわれはアヴリルの名において戦争を継続することを、そして、その戦いのなかで彼女の魂の火が赤々と燃えつづけることを」

動画の最後の数秒間に、カメラがパンして部屋のちがうところを映し出した。そこには四人の男女がいた。みな、黒ずくめで目出し帽をかぶっていて、拳《こぶし》を突き上げて見せた。彼らなりの敬礼だ。自動小銃を持っている者もいた。

爆発の八時間後、二四歳になる元大学生のフランス国民、アヴリル・オークレールの遺体が、クルシュー潟の沼のようになったところから引き上げられた。身元はすぐに——というか、誇張ではなく、ほぼ即座に——割れた。ユーチューブに投稿された動画が、死んだ女は「姉妹《シスター》アヴリル」だと言っていたからだ。その名を持つ女は、暴力的になることもあるヨーロッパの環境テロ運動に目を光らせている各国当局によく知られていた。

アヴリル・オークレールが名を揚げたのは、二年前に環境保護団体グリーンピースのパリ事務所から追い出されたことに腹を立て、そこの事務局長にたっぷりパンチをお見舞いしたことによる。警察の報告書によると、原因は戦術をめぐる議論だったたという。アヴリルはグリーンピースにとっては過激すぎたのだ。だからグリーンピースはアヴリルを馘《くび》にし、彼女は頭にきてパリ事務所を取り仕切る六〇歳の女性をぶちのめしたのである。

事務局長は結局、告訴せず、アヴリルは姿をくらまし、この六カ月はどこで何をしているのか完全にわからなくなってしまっていた。

検死解剖等の結果、次のようなことが明らかになった。アヴリル・オークレールのスキューバタンクの圧力計が正常に作動しない欠陥品だった。つまり、圧縮空気満タンとの表示だったにもかかわらず、エア切れが起きてしまったのだ。彼女は任務実行中に水中で意識を失い、そのまま溺《おぼ》れてしまったにちがいない。ただアヴリルは、爆発現場から遠く離れた、動画にあったダイヴァーの入《エントリー》水地点とは真逆の方向で発見された。なぜ彼女の遺体が桟橋のそばまで漂ってきたのか、だれもその理由がわからなかった。〈インディペンデンス〉の船殻に爆薬を取り付けた者たちとはまったくちがう任務にあたっていたというのなら、それでも辻褄《つじつま》が合うのだが、そうでなかった場合、首をかしげざるをえない。

しかし、それも小さな謎《なぞ》にすぎなかった。動画のなかで最初に話した女を、アヴリル・オークレールの母親が本人だと確認したからだ。それに彼女は、環境テロ実行中に死亡してもだれも驚かないような生きかたをしてきたのである。

さらに、動画にあった爆薬泥棒も、〈インディペンデンス〉の爆発後まもなくして、事実だったことが確認された。フランス当局が、「モンペリエの西にある軍の弾薬庫からC－4数百ポンドと起爆装置が盗まれた」という、これまで報告されていなかった事実を明かしたからである。

ヨーロッパ各国の警察と情報機関がただちに、いままでだれも聞いたことがない環境テロ・グループを追いはじめた。

2

ここベネズエラ・ボリバル共和国の首都カラカスでは、そのルックスのいいオランダ人カップルは目立った。二人は背が高く、男はしっかり六フィート五インチ（約一九六センチ）もあり、女も六フィート（約一八三センチ）近い。そして髪は二人ともまったく同じ色合いの赤褐色、髪型は男のほうはショートカットでいかにも知的職業人風だが、女のほうは巻き毛を肩までたらし、それを暖かい秋の微風になびかせている。

ここはカラカス首都圏でも高所得層が暮らす高級なチャカオ市ロス・パロス・グランデス地区で、観光客や裕福な外国人ビジネスパーソンの姿は珍しくない。それでも、このカップルを振り返って見た者が何人かいた。二人はそれほど魅力的で粋《いき》な身なりをしていたのだ。彼らは贅沢《ぜいたく》とも言える洒落《しゃれ》た実業家風の服装をしていた。女が肩にかけている大きなオレンジ色のエルメスのバッグは、ベネズエラの労働者の平均年収よりも高く、男がつけているピアジェのホワイトゴールドの腕時計は、その女のバッグの二倍の値段で売られているものだ。

二人の年齢は三〇代のようだった。いや、ことによると四〇代前半かもしれない。男のほうが年上のように見える。まあ、夫婦ならよくあるケースだ。男の左手の薬指にシンプルな指輪がはまり、女のそこにも大きなダイヤの指輪がはまっているところをみると、二人はやはり結婚しているにちがいなかった。

二人は腕を組んで、東の公園《パルケ・デル・エステ》（公式名ヘネラリシモ・フランシスコ・デ・ミランダ公園）沿いのフランシスコ・デ・ミランダ通りを歩いて行く。女は男の話にときどき笑いを洩らしている。次いで二人は、その通りに建つ一八階建てのパルケ・クリスタルという立方体の建物のほうへ向かい、その玄関口の階段をのぼりはじめた。パルケ・クリスタルは南を向いていて、その上層階からはフランシスコ・デ・ミランダ通りの向こう側に広がる公園を一望できる。二人はパルケ・クリスタルを見上げ、素晴らしい独特の建築物に感嘆しながら、ロビーの入口に向かって歩きつづけた。

二人のすぐうしろで、一台のリンカーン・ナヴィゲーターが歩道に寄ってとまった。すぐさま二人の男が外に飛び出し、ひとりがバックシートの者のためにドアをあけた。バックシートに乗っていたのは高価なスーツに身をつつむ禿《は》げかかった五〇歳の男だった。彼はブリーフケースを先に外に突き出し、そのあとを追うようにして降りた。ナヴィゲーターが西へと向かう車の流れのなかにもどったときには、降りた三人はもうパルケ・クリスタルの玄関口の階段をのぼりはじめていた。そのわずか数フィート先には、例の人目を惹《ひ》くオランダ人カップルがいて、ロビーの入口へ向かって歩いていく。

ラテン系の三人の男たちの真ん中にいたのはルシオ・ビラール・デ・アジェンデだった。彼に目をとめた者はみな、この大きなオフィスビルで取引をしているビジネスマンのひとりだろう、と思ったはずだ。ただ、ルシオ・ビラールにはひとつだけ普通のビジネスマンとはちがう点があった。それは、しかつめらしい顔をした二人の男たちに付き従われているという点だった。しかも、男たちは上着の前をひらき、視線をあちこちせわしなくさまよわせている。

それで、男たちに挟まれた真ん中の男はただ者ではないと、目をとめた者たちも気づくことになった。カラカスに住む人々の大半は、ボディーガードを見ればすぐにそれとわかった。カラカスはそういう都市《まち》なのだ。

ルシオ・ビラールが警護班を従えていたのは、ベネズエラの最高位の連邦検事のひとりだったからである。今日は午後からは公務ではなかったので、軽めの警護——ボディーガード二人、装甲仕様のSUV、それにセンター・コンソールにUZI《ウージー》サブマシンガンを置いている運転手のみ——で移動していた。午後は仕事を休みにして、まず息子に会いに学校へ行ってきた。そのあとこうやって息子の母親に会いにきた。子供の成績について話し合うためだ。元妻はここパルケ・クリスタルにオフィスを構える不動産会社で働いていて、この建物の最上階にあるコーヒーショップで会いたいという元夫の求めに応じたのである。

ルシオ・ビラールは腕時計に目をやり、歩調を速めた。ボディーガードたちも遅れぬように歩調を合わせた。

ロビーに入ったときにルシオ・ビラールは家族のことを考えていたが、それでも、すぐ前にいる魅力的な女に気づかないわけにはいかなかった。女はハイヒールをはいているせいで彼よりも頭ひとつ高く、見逃しようがなかった。ルシオ・ビラールはその白人カップルのあとにくっつくようにしてエレベーターの列に近づいていった。カップルの話し声をはっきり聞き取れ、二人がオランダ語でしゃべっているのがわかった。エレベーターが到着し、扉があいて、長身のカップルが乗りこんだ。警護班長がルシオ・ビラールの腕にそっと手をかけた。それは、空のエレベーターが来るのを待ったほうがいい、というアドバイスだった。だが、ルシオ・ビラールはそれを無視し、オランダ人カップルがすでに乗ったエレベーターのなかに入っていった。ボディーガードたちも仕方なく乗りこんだ。

オランダ人カップルが自分のほうへ顔を向けたとき、ルシオ・ビラールはうなずいて挨拶した。

「こんにちは《グッド・アフタヌーン》」女が英語で言った。

「こんにちは《グッド・アフタヌーン》」ルシオ・ビラールも返した。彼の英語は女のほどしっかりしていなかったが、役には立った。「オランダのかたのようですね。わたしはアムステルダムに行ったことがあります。とっても美しいところです」

「あなたのお国のようにね、セニョール」女はにこやかに笑って見せた。

ボディーガードのひとりが一八階のボタンを押した。オランダ人の男は一七階のボタンを押した。エレベーターが上昇しはじめると、女が前の角《すみ》に移動し、連れの男は彼女の右横、扉の真ん前に立ち、そのまま前を向きつづけた。

「外国のかたをこの都市《まち》にお迎えするのは、いつだって素晴らしいことです」ルシオ・ビラールはつづけた。「休暇で来られたのですか？」

女は首を振った。「それが残念ながらちがうのです。いまも仕事中なんです」

「はあ、なるほど」ルシオ・ビラールは言い、ふたたび腕時計に目をやった。

いまも仕事中？　なるほど、とは言ったものの、ルシオ・ビラールはどういうことなのかまるで理解できなかった。

マルティーナ・イェーガーは目だけ動かして、扉の上のデジタル式の階数表示をチラッと見やり、レストランのある四階を通過したことを確認した。そこにとまらずに客が乗りこまなかったということは、エレベーターがこのままの状態で一七階まで直行する確率が高まったということだ。

ルシオ・ビラールは女に微笑《ほほえ》みかけた。彼は目的階に着くまでの短い時間を利用して英語の練習をしたいようだった。「どんな仕事でカラカスに来られたのか、お訊《き》きしてもよろしいですか？」

だが、マルティーナはその質問を無視した。彼女はオランダ語で言った。「八階《アハト》」

相変わらず扉のほうを向いているブラーム・イェーガーが、落ち着きはらってオランダ語で応《こた》えた。「了　解《アフヘスプローケン》」

ルシオ・ビラールは女に無視されて眉間《みけん》に皺《しわ》を寄せたが、もう何も言わなかった。

エレベーターが八階に達した瞬間、マルティーナ・イェーガーがエルメスのバッグを肩からはずし、角《すみ》の上のほうに向けて掲げた。

二人のボディーガードが女の意図に気づくのに一秒弱かかった。長身のオランダ人女性は防犯カメラをおおい隠したのだ。

ブラーム・イェーガーはなおも扉のほうを向きつづけていて、体の向きをまったく変えなかったが、ルシオ・ビラールの両側に立っていた自分よりも若い男たちがマルティーナの行動に反応しはじめたときにはもう、減音器《サプレッサー》付きの拳銃《けんじゅう》を二挺《ちょう》引き抜いて、一挺ずつスーツの上着の左右からうしろへ突き出し、銃口を二人のボディーガードのほうへ向けていた。上着の内側に両手を突っ込み、腰の両サイドから拳銃を引き抜き、左右の腕を交差させて、左手の銃を体の右側へまわし、右手の銃を左側へやって、銃口を二つともうしろへ向けたのだ。そして目を上げ、磨かれて鏡のようになった金属の扉に映るボディーガードたちをチラッと見やった。

二つの拳銃は同時に火を噴いた。サプレッサーで減音されたとはいえ、狭い密閉空間のなかでは自動拳銃二挺の発砲音は凄まじく、耳をつんざいた。

二人のボディーガードはうしろの壁にたたきつけられ、膝《ひざ》をガクッと折った。どちらの額にも穴がひとつきれいにあいていた。すでに引き抜かれていた二挺の拳銃が手から転げ落ちた。倒れるのは右の男のほうが左の男より一秒早かったが、二人ともエレベーターの床にうつぶせに倒れこんだ。

警護官たちが自分の両サイドでくずおれても、ルシオ・ビラール・デ・アジェンデはブリーフケースを右手に持ったまま、じっと立ちつづけていた。

ブラーム・イェーガーはようやくルシオ・ビラールのほうを向き、いかにもプロらしい手さばきで右手の拳銃を上着の内側のホルスターにもどし、左手の拳銃を上げた。

ルシオ・ビラールは声をかすれさせてつぶやいた。「な……なんなんだ？　わからない」

むろん、その言葉は銃を掲げている男に向けられたものだったが、マルティーナ・イェーガーが答えた。まだバッグで防犯カメラをさえぎったままだった。「わからない？　明白なことだと思うけど。どこかのだれかさんがあんたをあんまり好きではないということ」

マルティーナが言い終わるのと同時に、ブラームはベネズエラの最高位の連邦検事の右目に弾丸を撃ちこんだ。頭がうしろに弾《はじ》かれてエレベーターの奥の壁にたたきつけられ、ルシオ・ビラールもまたドスッと床に倒れこみ、ボディーガードたちのあいだにきれいに収まった。

ブラームはさらに二発、すでに動かなくなった検事の体に弾丸を撃ちこんだ。ターゲットの死を確実にするための発砲。

サプレッサー付きの拳銃がふたたび咆哮《ほうこう》したとき、数滴の血が撥《は》ね上がり、マルティーナがはいていたラヴェンダー色のルブタンのパンプスに散った。

「くそっ《フェルドマッ》！」マルティーナは思わず叫んだ。

「いや、すまん《ヘット・スペェイト・マ》」ブラームは返し、片膝をついて検事の脈を調べた。ルシオ・ビラール・デ・アジェンデは間違いなく死亡していた。

ブラームが飛び散った空の薬莢《やっきょう》——みな、まだ熱い——を素早く拾い集めているあいだに、マルティーナは自由になるほうの手でブラウスのボタンをはずしはじめた。彼女は胸のボタンを二つだけはずすと、絶縁テープで肌にとめておいた四角い黒布を剝《は》がした。そして、それをバッグの替わりに、防犯カメラのレンズに貼りつけた。

それが終わると、今度はバッグをおろし、目を上げて階数表示をチェックした。

「一五階《ファイフティーン》」マルティーナは告げ、薬莢を拾い終えて立ち上がるブラームに目をやった。

マルティーナはふたたび口をひらいた。「警護の者たちに一発ずつ。ターゲットに三発」

ほかには何も言わなかった。だが、ブラームはマルティーナが言いたかったことをすぐに理解した。拾った薬莢は四個だけだったので、もういちどひざまずき、五個目を見つけた。それはターゲットの右前腕の下に転がりこんで見えなくなっていたのだ。

ブラームはそれをポケットに入れた。ちょうどエレベーターが彼らの目的階に到着したときのことで、万が一そこから乗りこもうと待っている者がいるといけないので、マルティーナはブラームの前に出て前方からの視界をさえぎった。一七階で扉があいた。そこはリフォーム中の階のため、エレベーターの前にはだれもいなかった。ブラームは上着のポケットから小さなV字形のドアストッパーをとりだし、ドアをひらいたままにした。二人は急いでエレベーターから出て、階段へ向かった。マルティーナは途中でパンプスを素早くぬいだ。

二人は階段を駆けおり、六分弱で地下の駐車場に達した。マルティーナはもとどおり靴をはき、二人は何事もなかったかのように、ごく自然な歩調で駐車場を歩いていった。ブラームがとめておいたアウディA8の運転席に身を折りたたむようにして乗りこみ、マルティーナも隣の助手席に乗りこんだ。

二人がパルケ・クリスタルを離れたのは、最初の警報が鳴る一分四秒前のことだった。

彼らはカラカス－ラ・グアイラ高速道路に入って北へ向かった。シモン・ボリバル国際空港の方向だ。移動中、二人はほとんど言葉をかわさなかった。二人でこの種のことをしたのは今回が初めてではなかった。ブラームもマルティーナも、〝戦うか逃げるか反応〟(恐怖への反応)を引き起こすホルモンが中枢《ちゅうすう》神経系を駆けめぐり、心拍が速まり、血圧が上昇してはいたが、どちらも外見上は落ち着きはらい冷静だった。

アウディはカリブ海にのぞむプラヤ・グランデ・カリブ・オテル&マリーナの駐車場に乗り入れた。ブラームが車をとめると、二人はそれぞれトランクからキャスター付きのダッフルバッグをつかみ出し、それを引っぱって歩きだし、玄関口からホテルのなかに入った。そして、フロントを通りすぎ、大きなホテルを通り抜け、結局、裏口から外に出て、なおも曲りくねる歩道を歩きつづけた。それはマリーナへといたる道だった。

マリーナで二人は小さな灰色のゴムボートに乗りこみ、ブラームがエンジンをかけた。彼らはそのボートで全長四二フィートのヨットが係留されているところまで行った。

ブラームがエンジンをかけているあいだに、マルティーナが係船浮標《ムアリング・ボール》から舫《もや》い綱をはずし、二人が乗ったヨットは船体を揺らしながら、たちまちのうちにマリーナから離れ、広々とした開放水域へと出ていった。

ブラーム・イェーガーは一方の目を前方の海に、もう一方の目をラップトップ・コンピューターの画面に向けつづけた。ブラウザーでひらかれていたのはカリブ海南部の天気予報を提供するウェブサイトだった。ここ二四時間の天候は晴れのようで、これならなんとか予定どおり午前三時までにオランダの自治領であるキュラソー島に着ける。そしてそこから午前六時四〇分に出発するアムステルダム行き直行便がある。ブラームとマルティーナはすでにチケットを購入していて、明日の夜までには祖国にどうしても帰っていたかった。

出航して二〇分もすると、マルティーナがシャンパンの入ったグラスを二つ持って船橋《ブリッジ》に上がってきた。そして、ひとつのグラスをブラームにわたし、舵輪《だりん》のそばの椅《い》子《す》に腰をおろし、彼とハイタッチをした。

その仕種《しぐさ》を見ている者はひとりもいなかった。ここは陸から何マイルも離れた海の上なのだ。もしだれかがそばにいたら、二人は夫婦という偽装にもうすこし合った愛情表現をしていたことだろう。

ブラーム・イェーガーとマルティーナ・イェーガーは実は夫婦ではなかった。二人は兄妹で、ロシアの情報機関に雇われた殺し屋だった。

3

リトアニアのＬＮＧ（液化天然ガス）施設が爆破されるという事件があった三日後、ワルシャワ中央駅のメインホールにある小さなレストランのカフェ・テーブル席に、身なりのいい二人のビジネスマンが座っていた。年嵩《としかさ》のほうは五〇歳近く、背は低かったが、たくましい頑健《がんけん》な体つきで、黒い巻き毛の髪にはかなりの量の白髪が散らばっていた。若いほうは三〇代で、中背、ブラウンの髪を短く刈り、きれいに整えられた顎鬚《あごひげ》と口髭《くちひげ》をたくわえていた。

男たちはコーヒーを飲みながら、ときどき腕時計に目をやっていた。年嵩のほうは英字紙をじっくり読んでいる。若いほうは携帯電話をずっと手にしていたが、それを操作するよりも、脚を組んだまま退屈そうに目をさまよわせて駅構内をながめていることのほうが遥《はる》かに多かった。駅中央のメインホールにはほかに二五組ほどビジネスマンの二人連れがいて、この二人もそうした者たちと見分けがつかない風貌《ふうぼう》をしていたし、いま駅にいて立っていたり座っていたりする三〇〇人ほどの人々ともそれほどちがって見えはしなかった。

彼らは話すときは英語を使っていたが、それだって、ワルシャワのような国際都市では珍しくもなんともない。

九時五五分発のベルリン行き特急列車の発車が迫っていることを告げる案内放送が、ポーランド語、ドイツ語、次いで英語であり、二人の男は立ち上がってショルダーバッグとブリーフケースを持ち上げ、プラットホームへおりる階段に向かって歩きはじめた。

込み合うメインホールの中央にさしかかったとき、若いほうが小声で訊いた。二人の耳に補聴器サイズのイヤホン型送受信器が隠されていなかったら、同僚と思われる年嵩の男は聞き取れなかったにちがいない。

「やつが現れなくても列車に乗りますか?」

年嵩の男は答えた。「こちらにはやつの居所に関する情報はまったくないんだから、ワルシャワにだらだら居残っていてもしかたない。こちらにあるのは、やつがこの列車に乗るという情報だけだ。だから、乗り、確かめる。ひょっとしたら、やつはもう乗っているかもしれない。駅構内では見つけられなかったからね」

ドミニク・カルーソーは黙ってうなずいた。だが、ほんとうはもうすこしポーランドにいて、ぶらぶらしていたかった。実は昨夜ワルシャワに着いたばかりだったのだが、すでに自分好みの都市《まち》だとわかったのだ。魅惑的な歴史があるし、ビールも食べものもおいしいし安い。まだ少数の人々にしか出遭っていなかったが、彼らはみな、おおらかで親切なようだった。おまけに、女性もびっくりするほど美しい。だが、美人が多いということでポーランドに居つづけたいという気にはまったくならなかった。いま付き合っている女性がいたからだ。だからドミニクは、このまま列車に乗ってこの都市に別れを告げるのはかえって好都合というものかもしれないぞ、と自分に言い聞かせた。

プラットホームに出ると、二人はすぐには列車に乗らず、しばらくあたりを観察した。大勢の旅行者があらゆる方向へ動いていて、そんな夥《おびただ》しい数の顔の海のなかからターゲットをしっかり識別するというのは、二人のアメリカ人のどちらにもとうてい不可能だった。それでも彼らは、ゆっくり時間をかけてプラットホームに目を光らせ、ターゲットのために現場チェックをしている敵の見張り役がいないか、まわりを観察しつづけた。

気になるものを何も見つけられなかったので、ドミンゴ・〝ディング〟・シャベスとドミニク・カルーソーはベルリン行きユーロシティ特急列車の後部まで歩き、一等車両を見つけて乗りこんだ。そして、細い通路側にガラスのスライディングドアが付いている六席のコンパートメントに入り、二人とも窓際《まどぎわ》の席に座った。そこからなら引きつづきプラットホームを観察できる。

シャベスが言った。「警官が思ったより多いな」

ドミニクはうなずき、向こう端にある階段までプラットホーム全体を目で調べていった。「北隣のリトアニアで起こった事件のせいでしょう。あれほどのことを成功させられるテロ組織が新たに出てきたので、全ヨーロッパ諸国がピリピリして警戒しているわけです」

「うん。でも、いつまでつづくかな？」

「いつまでも緊張して警戒しつづけるのは難しいですからね」ドミニクも認めた。だが、こうも思い、心配になった。ヨーロッパで警官の姿が目立つようになったのは、まったく別の理由からで、それが自分たちの監視任務を台無しにするという予期せぬ結果をもたらしはしないだろうか？

ドミニクはその心配をわきに押しやり、観察をつづけた。

ここポーランドでの二人の監視ターゲットは、イエゴール・モロゾフという名の男だった。モロゾフは巨大な情報組織に生まれ変わったロシア連邦保安庁（ＦＳＢ＝フイチラーリナヤ・スルージバ・ビザパースナスチ〉の幹部将校と考えられていた。年は四〇代後半で、この道をみずから選んだ男たちの大半と同様、まるで目立たないごく普通の風采《ふうさい》をしていたので、それだけ二人のアメリカ人の仕事は難しくなっていた。

シャベスとドミニクは、みずからを〈ザ・キャンパス〉と呼ぶ極秘民間情報組織の工作員だった。事のはじまりは、〈ザ・キャンパス〉の調査・分析部門が、ロシア政府《クレムリン》とロシアの情報機関が係わるダミー会社がキプロスに存在することをなんとかつきとめたことだった。モロゾフがスパイであることは、すでにCIAが確認していて、そのキプロスのダミー会社と結びつくクレジットカード——名義はモロゾフが使っているとわかっている偽名のひとつ——がワルシャワのホテルで使用されたことがわかり、〈ザ・キャンパス〉は急遽《きゅうきょ》、工作員を現地に派遣して彼を追うことにした。二人のアメリカ人がポーランドに到着したときには、モロゾフはすでにホテルをチェックアウトしていた。だが、同じクレジットカードが今朝のワルシャワ発ベルリン行き特急列車の一等車のチケット二枚を買うのに使われたことが新たに判明した。

モロゾフを追う二人の男は、ポーランドへのヴィザ申請書にあったターゲットの顔写真を手に入れていたが、彼といっしょに旅する人物が何者であるかも、彼がなぜべルリンに向かうのかも、わからなかった。そもそも、イェゴール・モロゾフが西欧でやっていることに関する情報など一切ないのだ。

それでも二人はここまでやって来た。ともかく、〈ザ・キャンパス〉はこの数カ月のあいだ、ロシア政府関係のマネー・ネットワークを調査してきたのであり、モロゾフはそうしたネットワークのひとつに組み込まれたダミー会社に結びつく、正体がつかめている唯一《ゆいいつ》の人物だった。モロゾフは主役と言えるほどの大物ではなかったが、いまのところわかっているプレーヤーは彼だけだったので、シャベスとドミニクが尾行・監視するために送りこまれたのである。

そしていま、モロゾフは姿を現しそうもなかった。

ドミニク・カルーソーは言った。「どうやら退屈な一日になりそうですね」

「うん、まあ、今回は調査全体が現場仕事というより分析だからね。うちの組織では、ジャック・ジュニアとか分析員たちが〝脳〟で、おれとかきみは単なる〝足〟〝目玉〟にすぎない。だから今回は、おれたちが貧乏くじを引くことになり、こんなワクワクする仕事をさせていただいているわけだ」

ドミニクはうなずきながらも観察をつづけた。と、突然、びっくりして目を勢いよく瞬《しばた》かせた。目が捉《とら》えた映像が信じられないという仕種。「こりゃ驚いた。お出ましだ」

ドミニクは窓の外側にいるターゲットを見ていた。イェゴール・モロゾフが革のボマー・ジャケット（フライト・ジャケット）にジーンズという格好でプラットホームを歩いている。手には大きな革製のダッフルバッグを持っていた。そして、数フィートうしろにキャスター付きのダッフルバッグを引っぱる女性。二人は歩調を合わせて歩いている。女はモロゾフよりもずっと若く、黒髪の白人。ドミニクにはポーランド人とは思えなかった。ロシア人にも見えない。だが、ドミニクは自分にこう言い聞かせた。おれは女の品定めばかりしてきたわけではないから、その道のプロとは言えない。

しかし、シャベスも同じことを考えていた。「あの素性不明の女、北アフリカ出身じゃないかな。モロッコ。アルジェリア。ことによるとスペイン人。ポルトガル人の可能性もある」

ドミニク・カルーソーはうなずいた。この仕事は〝ディング〟・シャベスのほうがずっと長い。それに年が上の〝ディング〟の場合、だいたいいつも、最初の推定が正しいのである。

ドミニクがさらに印象を披露した。「あの女、モロゾフのような男よりずっと有能かも」

「フランケンシュタインの花嫁だって、モロゾフのような野郎よりはずっと有能なんじゃないか」

ロシア人とその連れはシャベスとドミニクがいる車両に乗りこんだが、それは〝ただのまぐれ〟ではなかった。特急列車の客車は六両で、そのうちの一両だけが一等車だったのだ。

ドミニクは腰を上げ、通路に面するスライディングドアまで移動し、コンパートメントの外に目をやった。ちょうど、女がモロゾフのあとについて自分たちのところから二つ目のコンパートメントに入るのが見えた。

いくらも時間がたたないうちに、車掌がプラットホームに降り、シャベスとドミニクがいるコンパートメントの真ん前で笛を吹いた。車掌が列車にもどると、巨大なシーメンスの電気機関車が六両の客車を引っぱって動きだし、駅から出ていった。

列車が数分走ったところでシャベスとドミニクは、いちおう全車両を偵察しておくことにした。ほかにモロゾフの仲間の見張り役がいないか確認してから、ターゲットと連れの若い女を監視する方法を決めよう、と考えたのだ。二人は自分たちのコンパートメントから出ると、なかをチラッとのぞきもせずにモロゾフたちのコンパートメントの前を通りすぎ、デッキを抜けて、食堂車まで移動した。その向こう側のデッキの車両側にはドアがなく、いきなり最初の二等車両の開放座席がならんでいて、そこには十数人の男のグループがいた。みな、赤い縁取り《パイピング》の付いた黒いトラックスーツを着ていて、かたまって座っている。シャベスとドミニクは列車に乗りこむ少し前に駅で彼らを見かけていて、サッカー・チームの選手たちだろうと推定した。ほとんどの者がイヤホンを耳にはめていたが、しゃべっている者も何人かいた。チームのコーチかもしれないと思える者が二人いる。残りの男たちはおおむねサッカー選手に相応《ふさわ》しい年齢と体格をしていた。

シャベスとドミニクは次の車両へと進んだ。そこには旅行客しかいなかった。ビジネスパーソンらしい服装をした男女が二、三人、それに高齢者が数人。

最後から二番目の車両では、アメリカ人は二人とも、三〇代の男の三人組に注目した。白人ふたりに黒人ひとり。みな、ジーンズにザ・ノース・フェースのジャケットという出《い》で立ちで、いっしょに座っていた。白人のひとりの膝には、外側に軍隊仕様のウェビング（テープ状の丈夫な生地）が付いた最高品質のバックパックが載っており、黒人は軍用のダイヴァーズウォッチをはめていた。そして、もうひとりの白人はパナソニックのタフブック——ふつう軍隊や警備会社が過酷な現場で使用する頑丈なケースに入ったラップトップ・コンピューター——を持っていた。

最後尾の車両は、子連れの家族や高齢者といった観光客でいっぱいだった。

コンパートメントにもどると、シャベスとドミニクは偵察で気づいたことについて話し合った。ドミニクは言った。「五両目の男三人は明らかに〝戦闘業界〟ですね」

「まあね」シャベスは返した。「だが、われわれのターゲットはFSB要員だ。モロゾフの支援チームだったら、あんな格好をしていないし、あんなものも持っていない。あまりにも目立つ」

ドミニクはもう一度しっかり考えてから、うなずいて同意した。「サッカー・チームは？　わたしはあなたのようにはキリル文字を読めません」

「うん」シャベスは応《こた》えた。「彼らが付けているロゴにはルジャニーFCとあった。それが何で、どういう連中なのか、はっきりしたことはわからない」

ドミニクはスマートフォンを使ってインターネットで調べた。一分でわかった。

「ありました。ウクライナのアマチュア・サッカー・チームです。ルジャニーはウクライナ西南部、ルーマニアに近いところにある町」

「ここまで何をしに来たかわかるか？」

ドミニクはふたたびスマートフォンで調べ、すぐにさらなる情報を得た。「来週、ライプツィヒでアマチュア・サッカー・トーナメントがあります」

「オーケー」シャベスは言った。一二人の悪党どもがサッカー・チームを装《よそお》ってこの列車に乗りこんでいると本気で思っているわけではなかったが、念のためチェックしておきたかった。「そのサッカー・チームと三人のＧＩジョー以外で、いちおう頭に入れて警戒しておかなければならない者はひとりもいなかった。むろん、イエゴール・モロゾフとそのお友だちのレディーのほかに、という意味だが」

「ですね」ドミニク・カルーソーは返した。「では、そろそろ監視といきますか？」

ドミンゴ・シャベスはうなずいた。「食堂車のテーブルについて昼食をとろう。そこからデッキのドアのガラス窓を通して、やつらのコンパートメントを見張ることができる。角度的に完璧《かんぺき》な監視地点とは言えないが、少なくとも人の出入りはチェックできる。女がトイレへ行こうと出てきたら、撮影を試みる。こちらは二人だから、できるのはその程度のことだけだろう」

「おれ、盗聴器を女かモロゾフに仕掛けることくらいできると思いますよ」

シャベスは首を振った。「そんなことをしてばれたら大変だ。前のように人手がもう少しあれば、それも選択肢のひとつになりえたかもしれないが、今回はわれわれ二人だけなんでね、ソフトかつスマートにやる必要がある」

シャベスの言うとおりだった。〈ザ・キャンパス〉の工作員チームの規模はいまや小さくなり、現場に出た者は毎日なんらかのことでその事実を思い出さざるをえなかった。

4

ジョン・クラークはアーリントン国立墓地のなみはずれた存在感をひしひしと感じていた。六二四エーカー（約二・五平方キロメートル）という壮大な敷地に心を揺さぶられ、そこに埋葬された四〇万人もの兵士が強いられた犠牲に思いを馳《は》せて胸が熱くなった。だが、実は……ジョン・クラークは墓参りが好きではなかった。

といってもそれは、死者に敬意を払わないということではまったくない。逆にクラークは、墓石を拝む人々は戦死者が望んでいるようには彼らを心にとどめてはいない、と思っていた。クラークは長い年月のあいだに友をたくさん失った。そうした人々をみな記憶にとどめておくことは彼にとって重要なことだった。だが、死者はつねに自分の心のなかにいるのであって、彼らを思い出すためにわざわざ埋葬場所を訪れる必要などないのだ、とクラークは自分に言い聞かせてきた。

にもかかわらず、今日はこうやってアーリントンまでやって来て、冷たい雨に打たれながら――傘を車に忘れてきてしまったのだ――友の墓のそばに立って墓石を見下ろしている。

そして、その墓石にはほんのわずかな文字しか刻まれていなかったし、その多くは真実ではなかった。

サミュエル・リード・ドリスコル
先任曹長
アメリカ陸軍
1976年6月26日―2016年5月5日
パープル・ハート勲章
アフガニスタン

氏名は正しかったが、彼はサムで通っていた。軍の階級と所属も正しかったが、サムは死亡する何年も前に陸軍レンジャー連隊を除隊していた。生年月日は正しかったが、死亡年月日のほうは不正確で、白い大理石に刻まれていたものは本当のそれと数週間ずれていた。その点についてもクラークは確信できた。なぜなら、サムが死んだとき、クラークは五〇フィートしか離れていないところにいたからである。

そして、アフガニスタンがなぜか持ち上げられてアメリカの南隣に移動させられたのではないかぎり、戦没地もまた正しくなかった。

サム・ドリスコルは、メキシコシティから車で一時間のところにある豪華な大邸宅の暗い廊下で、北朝鮮の情報機関員に撃たれて死亡したのだ。

そう、そのことについては墓碑はまったくふれていない。

サム・ドリスコルの墓石に刻まれた虚報や脱漏による誤りはどれもこれもいささか気に入らないことではあったが、それが最良のやりかたなのだとクラークにもわかっていた。サムは〈ザ・キャンパス〉と呼ばれる極秘民間情報組織の工作員だった、と墓碑に書くわけにはいかないし、サムは危うく成功するところだったアメリカ合衆国大統領暗殺計画の策謀者たちを追跡中にメキシコで銃弾に斃《たお》れた、という事実を明かすこともむろんできない。

サム・ドリスコルは優秀な戦闘員だった。戦闘力は疑いなく彼を殺した北朝鮮人よりもはるかに上だった。サムは殺されはしたが、自分を撃ったその北朝鮮人をみずからの手で殺し、相討ちにした。そのときサムは同時に複数の敵を相手にしていたのであり、二人とも仕留めたのだが……そのうちのひとりが死の直前についていた、ということなのである。

戦闘では確実に勝つという保証などまったくない。命がけの激闘をくりひろげ、格闘し、銃口速度・秒速一〇〇〇フィートで互いに弾丸を投げつけ合っていれば、当然、不運なことが起こる。サムにもそうした不運なことが起こってしまったのだ。

ジョン・クラークは雨のなかに立ったまま、サム・ドリスコルが死んだクエルナバカの夜のことを考えつづけた。だが、すぐに己《おのれ》の人生に思いを馳せ、いつか必ず訪れる自分の死について考えはじめた。この広大な〝石庭〟に立っていて、自分の死を思わずにいることは難しい。なにしろ、夥しい数の白い石の厚板ひとつひとつが死んだ男や女を象徴しているのであり、そうした死者ひとりひとりに最期《さいご》を遂げたときの物語があるのだ。

死にかたはそれぞれ違うのであり、それこそ無数にある。ただ、墓碑を見るかぎり、共通していることが一点あり、それは、この墓地の墓石の下に埋葬された者たちはほぼ全員、何らかの形でアメリカ合衆国のために尽くした人々で、その多く――圧倒的多数――は戦死した、ということだ。

　ちょうどサムのように。

　まさに人生というやつは不公平だ。

　ジョン・クラークは当年六七歳で、死んだサム・ドリスコルは彼よりも二七歳も若かった。そして、ここアーリントンに埋められた男女の多くは、神に召されたとき、そのサムの半分ほどの年齢だった。

　まったく、不公平きわまりない。

　できることなら、サム・ドリスコルを斃した弾丸を代わりに自分の心臓で受けてやりたかった、とクラークは思った。だが、クラークはこれまでほぼ休みなく危険な仕事をしつづけてきたのであり、そのなかで学んだことをひとつ挙げるとしたら、それは「戦闘に道理が入りこむ余地などない」ということだった。どれほど戦闘に長《た》けていようと、銃撃戦になれば、思いどおりに進まないことがよくあり、でたらめなことがとても起こりやすくなるのである。

　ジョンはあたりを見まわし、数千もの白い墓石をながめた。

　この世では、どんなことでも起こりうるのだ。善人も死ぬのである。

ゆるやかに、きわめてゆっくりと、ジョン・クラークは自分が花束を持っていることを思い出した。

クラークは墓参りが好きではなく、墓地にはめったに来なかったが、たとえ来たとしても、花束を持って歩きまわるような男では絶対になかった。こうして今日、花束を持ってきたのは、自分の考えではなかった。そう、それは約束を果たすためだった。サム・ドリスコルの葬儀で、クラークは故人の母親のエドナ・ドリスコルに会った。彼女は息子がどのようにして死んだのかまったく知らなかった。それどころか、エドナが知っていたのは、息子は陸軍を除隊して国土安全保障関係の民間請負会社で働きはじめた、ということだけだった。その仕事が極秘であり、サムがそれについて母親にも話せないのは、エドナにもわかっていたが、まさか息子が第七五レンジャー連隊に所属していたときよりもさらに危険なことをしていようとは彼女は知る由《よし》もなかった。

葬儀でクラークは、瘦《や》せ衰えやつれた婦人に心からのお悔みを真剣かつ厳粛に伝えたが、息子の死について詳しく教えてほしいと母親に言われたとき、息子さんは祖国《くに》のために死んだのです、としか答えられなかった。

それは真実以外の何ものでもなく、クラークはそれで充分であるようにと祈ったが、こうしたことは前に何度も経験していて、彼にはわかっていた。それで充分だなんてことはありえない、と。

クラークの妻、サンディが助け船を出した。これまでにも、たくさんの葬儀で夫を助けてきたのだ。サンディは二人の会話に割って入り、自己紹介してから、エドナ・ドリスコルを夫から遠ざけた。そして彼女に同情し、葬儀のあと、連絡を取り合いませんかと持ちかけた。

それは、息子を失った寡婦《かふ》であるネブラスカの婦人にとっては、親切なありがたい申し出であり、サムの仕事仲間たちと少しばかりの付き合いができるようになるチャンスだった。ただ、息子の仲間だった人々の素性や仕事についてはエドナ・ドリスコルは何も知らなかった。

葬儀の数日後、サンディはエドナに連絡し、「民間警備請負会社の報酬パッケージの規定にしたがって、死んだ息子さんの年金資金が入れられた口座が開設されました」と伝えた。そして「すべて、あなたのものです」と言い添えた。サンディが口座に入っている金額を告げると、エドナ・ドリスコルはびっくりし、息子はいったいどんな会社で働いていたのだろうかと思わざるをえず、ますます訳がわからなくなってしまった。

口座に入っている三〇〇万ドルは、彼女にとってはギョッとするほどの大金だったが、それでも死んだ息子の代わりにはならなかった。

そして、サムが埋葬され、年金資金口座が開設された数カ月後、母親はサンディ・クラークにEメールを送り、あることを頼んだ。エドナ・ドリスコルはこう書き送ったのだ。わたしが息子の墓に手向けた花は、いまごろ萎《しお》れて枯れてしまっているにちがいありません。それを思うと悲しみに打ちひしがれます。サンディさん、ときどき息子の墓前に新しい花束を供えていただくということはできないものでしょうか？

サンディとジョンはメリーランド州エミッツバーグに住んでいて、そこはアーリントン国立墓地のすぐ近くとは言えなかったが、ネブラスカ州オマハ近郊の小さな町に暮らす婦人にはそこまではわからなかった。だからサンディは同意し、そのようにしますからご心配なく、とエドナに約束した。

ジョン・クラークは、そういうことはできれば妻にしてほしかったが――そもそも墓地というものが嫌いなのだ――アーリントンはアレクサンドリアのオフィスへ行く途中にあったので、自分のほうがずっと簡単にできることをサンディにわざわざ車を運転させてやらせるというのは理にかなわないと思った。

というわけで、今日またしても花を手向けにきたのだが、これでもう三度目になる。

ジョンは花束をサムの墓石の上においた。そして、サムやそのまわりに眠る者たちの死の重さを感じて沈鬱《ちんうつ》な気持ちになったが、すぐにそれを振り払った。ジョン・クラークはそうしたことで感傷的になりすぎるということはなかった。そりゃ、サムがいなくて寂しいし、彼の死には責任を感じる。それは自分の指揮下で命を落としたほかの者たちの死の責任を感じてきたのとちょうど同じだ。だが、サムはここにはいない。この墓石の下に、この土の下に、横たわってはいない。

墓はこの世の記念碑にすぎないのだ。

エドナ・ドリスコルも、それに気づけば、すこしは気持ちが楽になるかもしれない、とクラークはふっと思った。

と、そのとき、上着のポケットのなかの携帯電話が鳴った。気持ちをそらされ、むしろ嬉《うれ》しかった。ただ、雨に打たれながら電話に応《こた》えるのは、いささか難儀ではあった。

「はい、クラーク」

「どうも、ジョン。ジャックです」

ジャック・ライアン・ジュニアはいまイタリアにいる。それはわかっている。二週間前にジャックをそこへ送りこんだのはクラーク自身なのだから。クラークは腕時計に目をやり、向こうはいま午後だな、と思った。

「女子《ガール》は元気か、おい《キッド》？」

しばしの間《ま》。「イサベルのことですか？」

「きみはそちらで女を何人かこっているんだ？」

ジャック・ジュニアは気まずそうに笑い声をあげた。「彼女なら元気です、ありがとうございます。わたしが仕事をしていることも知っていますよね？」

「ああ、もちろん知っている。人手不足でな、少々面倒をかけている」クラークはサムの墓を見下ろした。「きみから私生活を奪いたいだなんて、だれも思っちゃいないが、いまのきみには私生活とやらはほとんどない」

ジャックはすぐには言葉を返すことができなかった。心配になった。「大丈夫ですか、ジョン？」

「ああ、まったく問題ない」しばらく沈黙が流れた。クラークが言葉を継いだ。「き、み、が、おれに電話してきたんだったよな？」

「はい。実は、みなさんを会議室に集めてもらって、一〇分ほど話ができないものかな、と思ったんですが。重大なことは何もありません。ただ、経過報告をしておきたい、こちらで見つけたことを全員に話しておきたい、ということでして」

「何か面白いことがわかったのか？」

「はい。ロシア資金がかなり複雑に不正操作されているということがわかりました」

クラークはサムの墓石に背を向け、車へ向かってもどりはじめた。「会社はアリタリア航空のファーストクラスのチケット代と、ローマの家具付きアパルタメントの一カ月分の賃貸料を支払ったんだぞ。それでわかったのはそれだけか？　おいおい、そんなことは先刻承知だ」

ジャックはふたたび笑い声をあげた。今度は自然な笑いだった。「まあ、もうすこし詳しいことがわかっていますけどね。どうです、みなさん、状況説明《ブリーフィング》の時間はありますか？」

クラークは答えた。「いまはない。昨日《きのう》、ドムとディングをポーランドに短期出張させた」

「うらやましい」

クラークは鼻を鳴らした。「ローマでガールフレンドと同棲《どうせい》中の幸運な野郎が何を言うか」

ジャック・ジュニアはまたしてもきまり悪そうに笑いを洩《も》らした。「オーケー。では、あなたとジェリーにだけ報告するというのはどうでしょう？」

クラークは返した。「実は、いまオフィスにいない」

「ほんとうですか？　ヴァージニアはいま九時一五分ですよ。寝坊はあなたらしくない」

「きみはおれが寝坊したとほんとうに思っているのか？」

「いいえ。いまどこにいるのか教えてもらおうと思って、そう言っただけです」

ふたたび沈黙。しばらくどちらの男も黙っていた。先に口をひらいたのはジャック・ライアン・ジュニアだった。「で、それに失敗したようですね」それでもクラークからの返答はなかった。「わかりました。では、電話会議は明日ということで」

「それはいいが、ごく簡単な説明をいましてくれ」クラークは要求した。

「調べている件に明らかに係わっているルクセンブルクの弁護士をひとり特定しました。ローマでの調査を終えたら、ルクセンブルク市へおもむき、その弁護士をもうすこししっかり探ってみたいと思っているのですが」

「送りこんでほしい人員や装備はあるか？」

答えはすぐさま返ってきた。「いいえ、このままで充分です。今回はもっぱら分析作業で、危険がともなう仕事はまったくありません。ここローマではイサベルとわたしでちゃんと仕事をこなせていますし、ルクセンブルクでも同様なはずで、さらなる人員や装備は必要ないと思います。あと一週間ほどでローマでの仕事は終わりますから、そのあと移動したいと思います」

「よし」ジョン・クラークは言った。クラークは決して馬鹿《ばか》ではない。ジャックがいまどういう状態にあるのかしっかり把握していた。ジャックのガールフレンドはイサベル・カシャニという名のイラン人だった。彼女はいまローマでジャックの仕事を手伝っているのだ。それに、ローマはルクセンブルクよりもテヘランに近い。

さらに、いまのジャックは〝色恋がらみ〟という桁違《けたちが》いの問題もかかえている。

クラークはもうすこしで若い工作員をたしなめるところだった。仕事に没頭しろ、と言おうかと思ったのだが、なんとか自制した。もう一、二日は大目に見ることにしたのだ。今回の作戦は重要ではあったが、生死がかかるものではない。

ジャックはまだ若い《キッド》、もうすこしくらい楽しませておいてもいいだろう。それでだれかが困るわけでもない。

「オーケー、キッド。明日のこの時間に電話会議ができるよう段取りをつける。そのときにわかったことを詳しく報告してくれ」不意に声が大きくなり、命令口調になった。「それからな、ローマでいい気になって油断するんじゃないぞ。毎日二四時間、適正なOPSECをしっかり実践しろよ」OPSECは作戦関連《オペレーショナル》セキュリティ。「言い訳も妥協も一切なしだ。わかったな？」

「了解《ラジャー・ザット》です。ええと、ほんとうに大丈夫なんですか、ジョン？」

「ああ、絶好調だ、キッド。じゃあ、明日」

クラークは電話を切ると、最後にもう一度、まったく同じ白い墓石がびっしりならぶ丘の斜面を見やった。そして、ふたたび顔を伏せて雨のなかを歩き、車に乗りこんだ。

ジャックの言うとおりだ。寝坊したわけではないが、今日は遅刻だ。

5

ジャック・ライアン・ジュニアは携帯電話をもとどおりブレザーのポケットに滑りこませると、ダブル・エスプレッソのカップに残っていたほんの数滴を飲み干した。そして、腕時計に目をやってから、目の前に折りたたまれて置かれていた新聞をとりあげ、たいして興味がなさそうにそれにざっと目を通しはじめた。

ジャックは三〇代前半、身長六フィート（約一八三センチ）強、黒っぽい髪を短く刈り、きちんと整えた顎鬚をたくわえていた。実用第一の地味な眼鏡をかけ、注文仕立てのブルーのブレザーを着ていたせいで、実際よりも年がいっているように見えたものの、ズボンはジーンズで、なにかにつけ穏やかな笑みを浮かべていたので、堅苦しい感じはなかった。体重は二〇五ポンド（約九三キロ）あり、その多くが筋肉だったが、服装がスポーツ選手のような体格を隠すのに大いに役立っていた。

ジャックは新聞をテーブルの上にバサッとおき、客がほとんどいないカフェの奥に目をやって、懸命に捜しはじめた。

デートの相手がだいぶ長いあいだトイレから出てこないことに気づいたのだ。心のなかで不安が膨れ上がっていくのがわかった。突然、嫌な予感がしだした。

と、そのとき、まるでタイミングを見計らったかのように、イサベルが女性用トイレから姿をあらわした。ぴったりした革のジャケットにジーンズという服装で、ボーイッシュだが美しく、黒髪はお団子《バン》にきっちりまとめられている。

ジャックは安堵《あんど》の溜息《ためいき》を抑えこみ、女がトイレから数分間出てこなかっただけでビクつくな、と自分を叱《しか》りつけ、ここがヤバすぎる交戦地帯とはちがうことを自分に思い出させた。

そう、われわれはもう、そういう危険な場所にはいないのだ。

ジャックは立ち上がってイサベルのために椅子《いす》を引いてやり、二人はふたたびテーブルについたが、そのさい彼は声をあげて勘定を頼んだ。

イサベルは言った。「ごめんなさい。わかっているわよ、あなたはこう思っているんでしょう？――一〇分ものあいだ鏡に向かって化粧直しに夢中になっていたのかって」

「えっ、そんなに長かった？」

イサベルは微笑《ほほえ》んだ。嘘《うそ》ばっかり、という表情を浮かべていた。首を振りながら言った。「お化粧をちょっと直していたら、やはり鏡に向かっていた女性の手があたって、ハンドバッグを床に落とされてしまったの。それで、なかのものをすべて、ぶちまけられてしまった」イサベルはクックッと笑った。「あのね、女はハンドバッグにいっぱい物を入れているの、知っているでしょう」

「うん、きみのハンドバッグを持ったことがある。その女性だけど、ばらまかれた物を拾うのを手伝うくらいのことはしてくれたんだよね？」

「ええ。彼女、とってもすまなさそうで、一所懸命拾ってくれたわ。ただドジなだけ。あなたのほうはどう？　すべて順調？　ちょっと電話すると言っていたわね」

「問題なし。万事オーケー。直属のボスはいま外にいてね、報告するのは明日ということになった」

イサベルは期待をあらわにして訊《き》いた。「もうすこしローマにいさせてほしいと頼むつもりなんでしょう、ここから離れなければならなくなるまで？」

ジャックはうなずいた。「あと一週間は必要だとボスに言った。ここでやるべき調査がまだ完全には終わっていないし、このあとルクセンブルクの現場に行かなければならないので、その前にやっておくべき下調べ・分析がたくさんある。それはこちらでやっておいたほうがいい。だってアパルタメントの賃貸料は月末まで支払ってあるんだからね」ジャックは無関心をよそおって折りたたまれた新聞を手にとると、脚を組んで新聞をつまらなそうにながめはじめた。

イサベルは眉間《みけん》に皺《しわ》を寄せた。が、それは一瞬のことだった。ジャックがゆっくりと顔を上げて彼女を見やり、にやっと笑ったからだ。

「冗談だよ。まあ、みんな本当のことだけど、きみともうすこしいっしょに過ごせるように、あと一週間はローマにいるつもりだ。いやあ、この働きながらの休暇は最高だ。きみだってそう思うだろう?」

イサベルは立ち上がると、テーブルをまわってジャックのところまで来た。そして、まずは拳《こぶし》でジャックの腕に軽くパンチを食らわせてから、ボーイフレンドの膝《ひざ》に乗り、キスをした。ジャックはイサベルのこういう戯《たわむ》れにはもう慣れていて、ゆっくりとではあったが自分のほうでもそうした彼なりのお遊びをするようになっていた。

突然、イサベルの目が大きく広がった。「そうだ、いいこと思いついた！　お祝いに、今夜、とってもおいしいディナーをつくってあげる」

ジャックのほうは彼女ほど興奮しはしなかった。疑わしげに尋ねた。「どんなメニュー?」

「祖母に教わった料理。クークー・サブジー」

「それって、まさか、『お祖母《ばあ》さんの野菜どろどろ粥《がゆ》』という意味のペルシャ語ではないよね？」

イサベルはまたふざけてジャックの腕にパンチを食らわせた。「もちろんちがうわ！　それはねハーブと野菜のキッシュ」

「うわっ、参った」

イサベルは溜息をつき、ジャックの膝から下りた。「おいしいのよ。きっと気に入るわ。帰る途中にペルシャ市場があるから、そこで必要な食材はすべて手に入るしね」

ジャックは顔を上げ、何も言わずにイサベルを見つめたが、なんとか顔に〝熱烈に期待している〟という表情を浮かべて見せた。

むろん彼女はそれが偽りの表情であることを見抜いた。「だったら、肉屋に寄ってステーキでも買ったら？　自分が食べる肉をひと切れ買うの。そして、わたしがシチューをつくっているあいだに、あなたはそれを焼く。でもって、クークー・サブジーを付け合せにする。イラン・アメリカ・スタイルの食事」

ジャックは跳びはねるように椅子から勢いよく立ち上がった。今度は本物の熱い期待をあらわにした。「協調する平和な世界が皿の上に出現するわけだ。いいね。では、三〇分後にアパルタメントで」

二人はもういちどキスをし、イサベルはカフェから出て南へ向かった。ジャックは足どりも軽やかに東へ向かった。浮き浮きと弾むような歩調になったのは、頭のなかにすでにディナーのイメージが浮かび上がっていたからだ。これから、アパルタメントのバルコニーで肉汁たっぷりのステーキを食べ、最高のワインを飲むのである。それも、とてつもなく美しい、なんとも素敵な女性といっしょに。

夕方に近くなったローマ中心部には、夥しい数の歩行者、乗用車、トラック、スクーターが群がり、ジャックはそのなかを歩きながら、自分が置かれている状況について考えた。すると、足どりの軽やかさが少しばかり失われてしまった。思い出してしまったのだ――こうした楽しい状態はほんの一時的なことにすぎないということを。ジャックはこの二週間、世界で最もロマンティックな都市《まち》のひとつであるローマで、イラン人のイサベル・カシャニと過ごした。そして、その時間を、それこそ一分一秒にいたるまで、大いに楽しんだのだが、そんな時はもうそう長くはつづかないのである。

イサベルと今後どうなるかはジャックにもまだわからなかった。二人の未来について語るのは時期尚早なのだ。なにしろ知り合ってまだ一カ月ちょっとなのである。ジャック・ライアン・ジュニアは中央アジアでの単独作戦でイサベルと出遭い、関係は急速に発展した。ジャックとしては、いろいろ事情があって、まだ結婚を前提に付き合うというところまでは考えられないものの、彼女に惚《ほ》れてしまったことは認めざるをえなかった。

そして、それがいくつかの理由から問題になりうるということもわかっていた。二人がちがう半球に住んでいるというのも無視できない理由だった。

ジャックはテヴェレ川の左岸に達すると、東へ行けるいちばん近い橋をわたるため、南へ向かって歩きはじめた。そのさい、素早く六時《シックス》の方向（後方）に目をやったが、尾行する者の姿はなかった。今回の作戦ではだれかに尾《つ》けられる心配はないとジャックは思っていたが、クラークに注意されるまでもなく、ＯＰＳＥＣ（作戦《オペレーショナル》関連セキュリティ）とＰＥＲＳＥＣ（個人《パーソナル》セキュリティ）をたえず念頭に置くということを忘れなかった。いまもＯＰＳＥＣとＰＥＲＳＥＣを自然に実行できた。ジャックは〈ザ・キャンパス〉で働いてきたこの数年間に対監視技術をしっかり身につけ、深く体に染《し》みこませていた。だから、どこへ行っても、アメリカに帰ったときでさえ、アパートメントへの行き帰りにもいちいち道を変えていたし、同じコーヒーショップ、レストラン、マーケットに毎日行くのは避けていた。そして、自分のまわりにいる人々、さらに前と後ろにいる人々を、何分かおきにさりげなく巧みにチェックした。

素早い観察を終えるとジャックは、創意に富んだ脳を対監視チェックから解放し、ふたたび仕事のことを考えだした。まあ、ほんのしばらくのあいだだけだろうが、思いはイサベルから離れ、ジャックは財務状態について考えはじめた。

だが、財務状態といっても自分のものではない——ジャックは高収入だし、裕福な家庭の出身なのだ。だって、父《ダッド》はアメリカ合衆国大統領なのだし、母《マム》はジョンズ・ホプキンズ大学ウィルマー眼科学研究所・外科科長なのである。

いまジャックが考えはじめた財務状態は、ロシア政府《クレムリン》の高官たちのそれだった。ジャックがイタリアまでやって来たのは、三分の一が現地調査で残りの三分の二が情報分析という任務を果たすためだった。自分はまさに適任者だとジャックは思っていた。彼は工作員であると同時に分析員でもあり、最近は資金洗浄《マネーロンダリング》の追跡に役立つ財務分析を専門にしていたからである。

クレムリンの犯罪政権にうまく対処する鍵《かぎ》は、彼らの金《マネー》がどこから来て、どこへ行くのか、その流れをつきとめることだ。それはアメリカの情報機関コミュニティにもわかっていた。ひょっとしたら金の出所よりも行き先のほうがより重要かもしれない、とも彼らは考えている。ロシアの現在の政治は、国の資産を権力者が私物化する

〝泥棒政治《クレプトクラシー》〟と言ってよい。少数の腐敗した高官が全権力をにぎっているのである。最近では「エリートの占有《キャプチャー》」という言葉がよく使われるようになった。要するに、ロシアでは、権力エリートの特権階級が民主的プロセスを乗っ取り、贈収賄《ぞうしゅうわい》、不正選挙など、卑劣な策略を用いて大衆から権力を奪っているのだ。

ロシアの対内保安組織FSB（ロシア連邦保安庁）が対外情報部門をも引き受けるようになって、かつてのKGB（国家保安委員会）のような巨大情報組織に生まれ変わったころから、CIAは夥《おびただ》しい数の分析官を投入して、ロシアの権力中枢《ちゅうすう》にいる少数の〝クレムリン秘密結社〟構成員たちやFSB最高幹部たちの個人資産の特定をめざした。そうした権力エリートたちの多くもまた、情報機関出身者だった。ジャックの父親であるアメリカ合衆国大統領は、隣国に対するロシアの侵略を阻止する一方策として、そのエリート・グループに所属する多くの者たちに制裁を加え、他国を説得して、なんとか数カ国にもそれに同調させることに成功した。ただ、それだけでクレムリンの行動を阻止するなんてとてもできなかったが、ロシアの最高権力者のうちの何人かの痛いところを突くことはできたわけで、それによってエリート・グループ内部からのヴァレリ・ヴォローディン大統領への圧力を強めることもできた。

だが、一部の新興財閥《オリガルヒ》の銀行口座を凍結し、彼らの欧米への渡航を制限するという措置がとられているあいだに、〈ザ・キャンパス〉はクレムリンとつるんだオリガルヒ本人ではなく、彼らの下で働く経済専門家《エコノミスト》、数学者、銀行家《バンカー》、資産運用・投資管理者、オフショア事業専門家、会計士のほうに焦点を合わせはじめた。ヴォローディン政権の高官たち自らが前かがみになってコンピューターとにらめっこをしながら、外国に信託《トラスト》口座を開設したり、債券、不動産といった資産の売買をしたりしているわけではないことは、ジャックも知っていた。そう、そういった実務を担当しているのは、クレムリンの有力プレーヤーの下で働く、資金管理能力があると同時に政治的にも信頼できる男や女——ただし、いまのところ〈ザ・キャンパス〉が特定できたのは男のみ——なのである。

こうしたロシアの資金移動業者たちは、しばらく前から〈ザ・キャンパス〉の分析員たちの調査分析対象となっていたが、ジャック・ジュニアはここのところ世界中で現場仕事をこなしていたため、その仕事には係わらず、それに従事するようになったのはつい最近のことだった。

ジャックと他の分析員たちがこれまでに特定できた男たち——ロシアの〝泥棒政治《クレプトクラシー》〟を推進するマネーの出入りを現場で管理していると思われる男たち——の数は、三五人ほどになる。そうした者たちの数は実際にはもっとずっと多いにちがいなかったが、特定できた男たちを調べて深く探っていけばいくほど、ジャックの頭のなかであるひとつの問いがどんどん膨らんでいった。それは「ヴァレリ・ヴォローディンその人が自己資金の管理を任せているのは、もしいるとしたら、こうした男たちのうちのだれなのだろうか？」という問いだった。

ヴォローディンは莫大《ばくだい》な富を有しているという噂《うわさ》だった。その額は、最近の原油価格の暴落以前で、四〇〇億ドル以上にものぼると言われていた。おそらくその富は、国有企業の株式、オフショア銀行への預金、その他の資産の組み合わせという形をとっているのだろう。ヴォローディン自身の金もまた、ロシアの他の権力エリートたちの金が通り抜けるのと同じ秘密の資金避難ネットワークを通過して、どこかに隠されているのではないか、とアメリカ政府のほとんどの者が疑っている。だから、そのネットワークをおおい隠す皮を一枚いちまい剝《は》がしていって、それをつくりあげて陰であやつる者たちを捜しさえすれば、もしかしたら〈ザ・キャンパス〉はヴォローディンの秘密の財産を管理する者たちを見つけられるのではないか、と思えた。

ただ、ジャックの父親が最高行政官——大統領——を務めるアメリカ政府は、司法省がヴォローディンの個人資産をターゲットにすることはない、という立場を明確にしてきた。ある国が他国の元首の個人的財産をほじくり出すということが起きないようにするための国際的な協約や合意があるのだ。仲の悪い国同士が外交上の圧力をかけようと相手の元首を告発し合うようになったら、とんでもないことになるからである。

だが、〈ザ・キャンパス〉にはそのような制約はない。〈ザ・キャンパス〉の長、ジェリー・ヘンドリーは、数百億ドルにもなるヴォローディンの個人資産を管理するプレーヤーたちを捜し出すことを配下の情報分析部門に許可した。おかげで分析員たちは徹夜を繰り返すはめになったが、結局、あるていどの手がかりをつかみ、彼らのひとり――正確にはジャック・ライアン・ジュニア――が関連する現地調査をするため、ここヨーロッパに飛ぶことになった。

ミハイル・〝ミーシャ〟・グランキンはヴォローディンの取り巻きグループのキー・プレーヤーのひとりで、現在、欧米から制裁を受けている。一年前にクレムリン安全保障諮問《しもん》会議議長に就任し、以後ヴォローディンの頼りになる首席顧問となり、外交、軍事、諜報《ちょうほう》などあらゆることに関して大統領に助言してきた。だが、政府高官としての職務を果たすだけでなく、ヴォローディンの取り巻きの多くがそうであるように、グランキンもまた、政府からの受注で成り立っている民間の大企業数社の大株主でもある。〈ザ・キャンパス〉はグランキンに結びつく会社にロシア政府が支払った金を追跡するなかで、ローマのダミー会社がイタリアの首都全域の画廊を通して絵画売買による資金洗浄を行っていることを発見した。そのダミー会社はロシア政府の金で数十にものぼる絵画を購入したが、それらの芸術作品はなおローマにあり、売った画廊に飾られたままだった。そして、それらの作品が売れれば、画廊は高額の手数料を得て、売却金額からそれを引いた額がどこかのオフショア銀行へ送られ、個人信託《トラスト》によって管理されることになる。

全体の仕組みはジャックら〈ザ・キャンパス〉の分析員たちにとっては単純きわまりないものだった。つまり、ミハイル・グランキンの手下たちが絵画の売買によって資金洗浄をしているのである。そうやって何百万ドルというロシアの富を国外へ持ち出すというのが彼らの唯一《ゆいいつ》の目的なのだ。

芸術作品の売買はまさに不透明なものであり、たとえば画廊に入るかオークションに参加するかして、一〇〇万ドルの絵画を現金で買い、名前を告げさえせずにそれを持ち帰ることができる。だから素晴らしい資金洗浄方法となるのであり、アメリカの制裁リストに載せられたクレムリン高官たちの資産を隠蔽《いんぺい》する最高の方法となるのである。

ジャックがローマまでやって来たのは、その絵画の売買を探り、それを実際に行っている者たちを特定するためだった。金を提供して売買を実行する者はみな、この資金洗浄計画に深く係わっている者だと、ジャックにはわかっていた。それが一回限りの犯罪だとは彼は一瞬たりとも思わなかった。この絵画売買作戦に係わっている者はだれであろうと、クレムリンが利用している複雑な資金移動ネットワークの一部なのであり、ヴァレリ・ヴォローディン自身も己《おのれ》の金を隠すのに当然こうした秘密ルートを利用しているのではないか、というのが調査を進めるうえでのジャックの仮説だった。

ジャックのとりあえずの目標は、鎖の次の輪を見つけ、グランキンの資金に関する情報をアメリカの司法省に流すことだった。そうすれば司法省は、すでにロシア国外で見つけたミハイル・グランキンの他の銀行口座同様、その資金の口座をも凍結することができる。

ジャックがローマに来たのには、実はもうひとつ別の理由もあった。それは、ローマはとってもロマンティックな都市《まち》で、イサベルとそこでしばらく過ごしたい、という理由だ。ただ、本人はそれを認めようとはしなかった、自分自身にさえ。ともかく、イサベルもジャックの調査に協力し、あんがい役に立った。

ジャックのダゲスタンでの単独作戦が終了したとき、二人はいっしょにタヒチで休暇をとることにした。ところが、突然、ミハイル・グランキンに関する情報が浮上し、自分はローマへ行く必要があるのだとジャックは判断せざるをえなくなった。そこで上の者たちと話し合い、自分の現状を説明し、イサベルがダゲスタンの困難な状況のなかでうまく立ち回ったことを彼らに思い出させた。ジョン・クラークとジェリー・ヘンドリーは、イサベルがローマでの作戦でジャックを支援することを許可し、彼女は〝永遠の都〟ローマで仕事を手伝いながらジャックと過ごせるチャンスに飛びついた。

ローマの作戦でのイサベルの役割はきわめてわかりやすいものだった。彼女はジャックの調査の〝顔〟となって外部と接触する役を担当したのだ。イサベルは、グランキンのダミー会社が絵画の委託販売をまかせたローマの画廊をひとつずつ訪ねていったのである。購入者の代理人のふりをして、隠しカメラと隠しマイクで記録をとりつつ、商品を吟味し、すでに売れてしまったものも調べ、言い値と実際に支払われた金額をつきとめて絵画の売買が何らかの利益供与になっている可能性についても感触をつかもうとした。

そしてイサベルにはもうひとつ仕事があった。それは、画廊のコンピューター・システムがわかるような撮影もする、というものだった。画廊が銀行口座のデータを保管するのにどのようなテクノロジーを使っているのか、〈ザ・キャンパス〉の分析員たちはなんとかして知りたかったからである。

ジャックはイサベルが獲得した情報をもとにして絵画の買い手を特定する作業に懸命に取り組んだ。〈ザ・キャンパス〉のIT部長、ギャヴィン・バイアリーは、MIT（マサチューセッツ工科大学）卒の第一級のハッカーで、今回も大半の画廊のファイルにたやすく侵入でき、販売情報を拾い集めることができた。だが、イサベルみずからがコンピューター・システムにRAT（遠隔操作ツール《リモートアクセス》）を植え付けなければならなかった画廊も少数だがあった。それでようやくギャヴィンは、画廊のコンピューター・システムに入りこめるようになった。

イサベルは最初からやる気満々だった。実は彼女はこうしたことが好きなのだ、とジャックは見破っていた。ただ、初めは彼も、イサベルは危険にさらされるのではないかと心配だった。しかし、ターゲットとした個々の画廊をいくら調べても、犯罪組織など極悪集団との関係はいっさい見つからなかった。画廊はみな、ならず者同然のクレムリン高官たちの金をそれと知らずにうっかり洗浄している絵画販売店にすぎなかった。

イサベルに降りかかる危険はただひとつ、それは、画廊の支配人がお茶を淹《い》れにキッチンへ姿を消して、彼女がいろいろやるべきことをやりはじめたときに、どこか裏のほうで監視カメラの映像をのぞいている警備員に見られる、ということだった。

そうした危険が生じうるときは、ジャックも気が気ではなく、いつも近く――画廊のそばの車のなか――にいて、イサベルの隠しカメラのリアルタイム映像から目を離さず、何かトラブルが起こったら即座に画廊に飛びこみ、彼女を救出できるようにしていた。だが、いまのところイサベルはスパイ術を巧みに使って如才なく、ジャックがトラブル処理に駆り出されることは一度もなかった。

作戦が進むにつれ、イサベルの仕事は危なげなく楽にできるものになっていった。

そして、つい二、三日前、実を結んだ。〈ザ・キャンパス〉IT部長のギャヴィン・バイアリーが三つの画廊のコンピューター・システムに侵入して盗み出した販売情報によっても、それは裏付けられた。イサベルとバイアリーの努力のおかげで明らかになったのは、ロシアのダミー会社によって委託販売された芸術作品を買ったのはあるひとつの資金――ルクセンブルクに登録されている信託《トラスト》――である、ということだった。

ジャックはその信託《トラスト》を徹底的に探った。そして、いくらか時間がかかったが、問題の信託《トラスト》の資金を管理・運用するルクセンブルクの弁護士を特定するのに成功した。

信託《トラスト》に入れられた絵画購入資金の出所まではわからなかったものの、この一連の金の動きは「ロシア・マネーを絵画の売買に投入してクリーンなルクセンブルク・マネーで洗浄する」ためのもの、ただそれだけのためのもの、とジャックは考えた。さらに、絵画がかなりの高値で取引されているのが単に利益供与のためだとすると、ほかにも係わっている人々や企業体があるはずだ。それも、たくさん。この複雑なカラクリを解明するには、まだまだ長い道のりを進まなければならない、とジャックにもわかっていた。だが、ともかく彼は、なんとかここまで——グランキンからローマの画廊へ、次いでルクセンブルクの信託《トラスト》へ、そして特定の弁護士へと——辿《たど》り着くことはできたのだ。

次のステップは、ルクセンブルクの弁護士をしっかり調べ、その男が連携する他の会社を見つけ、こうした取引でグランキンを助けている人物を捜し出すことだ、とジャックにはわかっていた。

運がよければ、この資金洗浄計画を追って行くうちにグランキン本人のところまで遡《さかのぼ》れるのだろうが、そこへ達するまでの道のりは険しい。資金も人員も防御策も豊富な資金洗浄システムにはふつう、数十もの会社、正体不明の信託《トラスト》、会社管理人《レジスタード・エージェント》、銀行、さらには国さえ係わっていることを、ジャックは財務調査担当だったときの経験から知っていた。グランキン個人がロシアの外に出された金から利益を得るときにはもう、その金はシェル・ゲームの五〇もあるカップの下に隠されるボールのように、世界中を移動しまくって、複雑な旅をしてきているにちがいない。

だが、そんなことに怯《ひる》むジャックではなかった。たとえ、ローマ、ルクセンブルク、さらにその後グランキンの金が向かう五つの都市で、資金洗浄ネットワークを崩壊させるのに必要な証拠を見つけられなくても、玉葱《たまねぎ》の皮のようにおおいかぶさっている層を一枚いちまい少しずつ剝がしていき、そのうちきっと、この不法な計画の頂点にいる男の首根っこを押さえてやる、とジャックは思っていた。

ジャックはルクセンブルクにもイサベルを連れていきたかったが、実際にそうするにはまずヘンドリーとクラークの許可を得なければならない。ジャックは明日二人に訊くつもりで、「よし」と言われるに決まっていると楽観していた。

なにしろイサベルはこれまでのところ素晴らしい仕事ぶりなのだ。彼女とジャックは毎日せっせと働き、夜にも仕事をすることがあった。ただ、二人はいっしょにいられるこの機会をしっかり利用した。さすが若いカップルで、彼らはローマのレストランや恋に似合うロマンティックな場所にどんどん詳しくなっていき、そうする過程で互いに相手への理解をいっそう深めていった。

ジャック・ジュニアはうっすらと笑みを浮かべながら、ふたたび後方《シックス》をチェックした。ジャックの頭のなかにはたえず、「うしろに気をつけろ」というジョン・クラークの命令口調の言葉が響いている。

大丈夫、問題ない。

ルクセンブルク滞在は、たとえイサベルといっしょでも、ローマ暮らしほど楽しくはならないだろう。そこでの仕事は、美しい画廊めぐりではなく、問題の弁護士の仲間を特定するためのオフィスビルや会議室への定点監視ということにならざるをえない。

この二週間にやってきたこととはいささかちがう。だが、少なくともイサベルといっしょにいられる、とジャックは思った。

そう思うとやはり心が浮き立った。ジャック・ライアン・ジュニアは楽しげに左右に目をやって歩道の縁石から下り、車道へと踏み出した。

が、突然、顔がゆがんで〝恐怖の仮面〟になった。

青いシトロエンの小型車が停止信号を無視して、車道の真ん中を歩いているジャックのほうへと猛スピードで突っ込んできたのだ。

6

ジャック・ジュニアは幅跳びをするように前へ大きく跳び出し、猛スピードで迫ってきた車のフロント・バンパーをなんとか避けた。余裕は二フィートもなかった。クルッと体を回転させて、車を見やった。そのときにはもう車はタイヤに悲鳴をあげさせて交差点を左折しはじめていた。

青いシトロエンは、交差点のもう一方の通りの横断歩道をちょうど渡っていた中年のカップルにぶつかりそうになった。女性のほうが両手を突き出し、運転席の男に向かって金切り声をあげた。運転していたのは五〇代の男で、ひどい運転のせいで自分が危うく大量殺人を犯すところだったという事実に気づいていないようだった。

ここがどこか別の場所だったら、だれかがいま自分を殺そうとしたのだと、ジャックも思ったはずだ。だが、ここはローマ、歩行者にとってはヨーロッパでいちばん危険な都市《まち》なのである。いまのは暗殺未遂ではなく、運転のしかたを知らない単なるアホ野郎の危険行為にすぎない、とジャックは思った。

この都市《まち》はそういう輩《やから》でいっぱいだ。

「クソ野郎め《サン・オブ・ア・ビッチ》」ジャックは思わず小声で悪態をついたが、怒鳴りはしなかった。絶対に必要にならないかぎり、現場ではアメリカ人であることを明かしてはいけない、というのも遵守《じゅんしゅ》しなければならないOPSEC（作戦関連《オペレーショナル》セキュリティ）項目のひとつだった。

ジャックはふたたび歩きだし、今回の出張のための下調べをしていたときにどこかで読んだことを思い出した。それは運転が下手くそなイタリアの首都のドライヴァーについての文章で、書き手は「ローマっ子たちは、膝に載せていた塩酸入りビーカーを引っくり返したばかりのような駐車のしかたをする」と指摘していた。

これほど正鵠《せいこく》を射た表現にはめったにお目にかかれない、とジャックは思い、ローマ中心部で一カ月暮らす自分はジェリーから危険手当をもらってもいいんじゃないかな、などというジョークを心のなかで飛ばした。

自分の冗談にジャックは思わず顔をほころばせた——そもそも〈ザ・キャンパス〉で働くということは毎日危険と隣り合わせるということであり、危険にさらされるからといって特別手当をもらう者など組織のなかにはひとりもいない。

ジャック・ジュニアはレジーナ・マルゲリータ橋を渡って、今週初めにそこにあることに気づいた肉屋にするりと入りこんだ。そして、英語風にくずれたイタリア語を使って、店主みずからが注文に応じて切った脂身《あぶらみ》の多いリブアイ・ステーキを二枚買った。肉の切り身が紙に包まれるのを見ただけでもう生唾《なまつば》が出てきた。小さな肉屋をあとにすると、歩調を速めた。早く家に帰りたくなったからだ。ただ、まわりを走る車の運転者たちには注意して目を光らせつづけた。午後四時になるところで、夕食まではなお三時間ほどあるのか、とジャックは思ったが、良きものはみなそうであるように、このステーキも待つ価値があるものとわかっていた。

ジャックはいろいろ考えながらも、たびたび目をまわりにさまよわせていた。フェルディナンド・ディ・サヴォイア通りとマリア・アデライデ通りの角に達する直前、彼はその日たぶん五〇回目のそうしたまわりへの素早い観察をした。そして、通り過ぎようとするバスが反射した映像にもチラリと目をやって、ブラウンの長髪をうしろへ引っ張ってポニーテイルに結んだ革ジャケット姿の男が自分の後方にいることに気づいた。その男は自分のほうをまっすぐ見つめていたわけではなかったが、どこか見覚えがあるような気がジャックにはした。ただ、前にも見たと確信することはできなかった。なにしろローマ中心部には男がわんさといて、その多くが長髪であるし、この男は身なりや行動にも妙なところはない。それでも、男を目にしたとき、ジャックの内部で何かざわめくものがあった。

ジャックもだいぶ前に学んだことだが、だれかに尾《つ》けられているかもしれない、という不安がほんの少しでも心のなかに生じると、突然だれもが怪しく見えてくる。彼はもう何年もその現象に耐えてきた。だから、そのような不安に襲われても、頭を冷静にたもって、思いこみに左右されない分析的な目でまわりを観察できるよう、何年もかけて自らを訓練してきた。ほかに感覚に引っかかってくる者はいなかったので、ジャックはその男の風貌《ふうぼう》を頭のデータベースに保管するだけにし、歩きつづけた。

だが、ほとんど何もなくてやたらにだだっ広いポポロ広場に到達するまでに、これはやはりどこかおかしい、とジャックは確信した。あと一ブロックで広場に達するというところで、彼はウインドー・ショッピングしようと歩調をぐんとゆるめた。監視者や尾行者を見つけるためにそうしたのではなかった。時計屋のウインドーに飾られていた壮麗なブライトリングの腕時計に目を奪われてしまったのだ。店内に入って価格を尋ねようという気持ちにまではならなかったが、一分近くもその大きな腕時計から目を離すことができなかった。

ようやくウインドーから目をそらし、ポポロ広場に入ろうと、ふたたび歩きはじめたとき、ジャックは通りかかった車の窓ガラスにまたチラッと視線を投げた。と、なんと、あのミスター・ポニーテイルがまだうしろにくっついてきているのが見えたのだ。それも、前回とまったく同じ距離をたもって。

　ジャックが腕時計をながめていたとき、そいつも思いがけず何か気を引かれることに出くわし、偶然まったく同じ時間をそれに費やしたということか？　でなかったら、そいつは、歩道上でジャックを追い抜かないように、歩調を極端にゆるめたか足をとめた、ということになる。

　尾けられているのだ、とジャックは不意に悟った。今回、車の窓ガラスに映った男を見て、そいつが小さなバックパックを片方の肩にかけているのもわかった。なかに何が入っているのだろうか、とジャックは思った。

　通りを渡ってポポロ広場のなかに入った。中央にオベリスクが立つステージがある。たしか今夜ここで野外コンサートのようなものが催されることになっているのではないか、とジャックは思った。だが、いまは広場のなかを歩きまわる人々の数はそれほど多くなく、石畳の広い空間を通り抜けていくのはたやすいことだった。

ただ、だれもが怪しく見えだした。箒《ほうき》で広場をはく男。スクーターのシートに座って携帯電話で話している若い女。屋台の向こう側に立って、こちらをじっと見つめるアイスクリーム売り。

ジャックはスピードを速めてしばらく歩いてから、不意に別の屋台のほうに向き、ミネラルウォーターのペットボトルを一本買った。ユーロ硬貨を二、三枚ポケットからとりだしながら、左後方へチラッと視線を投げた。鉄製のベンチに片足をのせて靴のひもを結んでいるポニーテイルの男が見えた。

やっぱり、あいつは尾行者だ。間違いない。ただ、腕はあまりよくない。雑なテレビ映画で尾行術を学んだかのようにジャックには思えた。

こいつが監視班の一員だとしたら、そのチームのなかで最も下手な者ということになる。でなければ、ほかの者たちもみな、こいつと同じように、簡単にそれとわかるはずだ。ジャックはペットボトルの水を飲みながら屋台から離れていった。そしてそうしつつ、視線をポポロ広場の南の端まで移動させていき、視界に入る人々をひとりも洩《も》らさず目でしっかり調べた。

ステーキの包みを持って広場の南端まで歩くのに三分かかった。その間ずっとジャックは、自分に関心がある気配を見せる者を捜したが、そうした者をひとりも見つけることができなかった。

空になったペットボトルをごみ箱に投げ入れるのと同時に、思い切って目を素早く後方へやった。ポニーテイルはまだついてきている。七五フィートほどうしろ。ジャックがそちらに視線を投げた瞬間、ポニーテイルは目をそらした。

ジャックの体に緊張が走り、頭が状況分析を開始した。どういうわけかこちらの活動をだれかに知られてしまったのだ。むろん、まずいことだったが、それに気づいたばかりで、こうやって監視されていることが現在の任務遂行にどのような影響をおよぼすのか、というところまで考えることはまだできなかった。いまはただ、どうすればこいつを撒《ま》いてアパルタメントまでもどれるのか、ということしか考えられない。

監視・尾行されていることに対してどういう行動をとるべきか、ということは、アパルタメントに帰ってから考えればいい。

すぐに、この無能な使い走りを撒く最良の方法が頭に浮かんだ。こいつがほんとうに単独で尾けてきているのなら、ただタクシーに乗るだけで簡単に振り切れる。たぶんポニーテイルには近くに車やオートバイなどないはずだ。こちらがポポロ広場に向かうことを、こいつは知りようがなかったのだから。ポニーテイルがこの近くに移動用の車両を用意している可能性はゼロに近い。

ジャック・ジュニアは円形の広場をとりかこむ通りの縁石まで歩き、環状の車道を勢いよく走りまわるイタリア製小型車の群れをながめた。ハンドルをにぎる者たちはみな、制限速度にも車線境界線にもそれぞれ独自の考えを持っているようだった。ジャックはいちばん近い車線を走って近づいてくるタクシーに目をつけた。そして、タクシーがいまのスピードでタイミングよくとまれる距離にまで近づくのを待ち、手を挙げた。

タクシーの運転手はフィアットの小型車を巧みにスッと縁石に寄せて停止させた。後続のスクーターや車があわててブレーキを踏みこんだ。

ジャックがバックシートに飛びこむと、タクシーはすぐさま車体を前へつんのめらせるようにして発進し、ふたたび走りはじめた。

ドミンゴ・〝ディング〟・シャベスとドミニク・カルーソーは食事を終えた。食べたのはシュニッツェルに付け合せのザワークラウトとマッシュポテト。二杯のビールですべてをきれいに胃に流しこんだ。〈ザ・キャンパス〉には仕事中の飲酒について何の規則もない。工作員たちは行動を起こす前からたえず偽装を維持しないといけないから、監視の仕事中に酒を一杯や二杯ごくごくやらなければならなくなることもある。それもまわりに溶けこむ方策のひとつなのだ。要するに、〈ザ・キャンパス〉の工作員たちは、酒を飲み過ぎるほど馬鹿《ばか》ではないが、酒を飲まずに目立つほど愚かでもない、ということである。

ドミニクはテーブルについたまま食堂車のドアの向こうに目をやりつづけ、モロゾフと若いブルネットの女がいるコンパートメントのようすをうかがっていた。どうやらモロゾフはドイツに入る女に付き添っているようだった。女は一度だけトイレに立ち、ドミニクはその機会を見逃さずに女の写真を撮った。そして、それをインターネット経由で〈ザ・キャンパス〉本部へ送り、分析員たちが顔認識ソフトウェアで調べられるようにしたが、結局、女の顔のデータはいかなる犯罪者データベース中の記録とも一致しなかった。

シャベスとドミニクがベルリンに到着したあとの監視方法について話し合っていたとき、列車が国境を越えてポーランドからドイツ側の都市フランクフルト・アン・デア・オーダーに入った。その国境に接する都市で停車する予定はなかった。ドイツもポーランドもシェンゲン圏に属していたからである。シェンゲン協定が適用される二六カ国からなるその圏では、国境を越えるさいにパスポートやヴィザを提示して検査を受ける必要はない。

だから、列車がスピードを落としはじめたとき、二人のアメリカ人はびっくりして窓の外に目をやった。

〝ディング〟・シャベスはコーヒーを注文しにカウンターまで行った。すると、そのとき、車内放送があり、「これからドイツの通関担当警察官が犬をつれて車内をひとめぐりいたします」というアナウンスが数カ国語であった。

コーヒーを持って席にもどったシャベスに、ドミニクが言った。「リトアニアの事件のせいでしょうね」

「だな」シャベスも同感だった。「エコテロリストたちがあの船を爆破するのにC－4をどれくらい使ったか、ここの警察にはわかっていないのだ。国会議事堂《ライヒスターク》とかを吹き飛ばせるくらいのプラスチック爆薬がまだ残っているかもしれない、と思っているんだろうな」

食堂車のテーブルについて、一等車両のほうを向いて座っているのはドミニクのほうで、彼はシャベスの左肩越しにモロゾフのコンパートメントのドアをはっきり見ることができ、さらにその向こうの自分たちのコンパートメントも視界に入っていた。モロゾフや女が外に出てくる気配はない。シャベスのほうは、ドミニクの右肩越しに、デッキとのあいだにドアがなくて開放座席になっている二等車両のなかを見ることができた。そこにはウクライナのアマチュア・サッカー・チームが乗っていて、立ち上がって外に目をやる者たちがたくさんいた。列車が停止すると、連邦警察局《ブンデスポリツァイ》に所属する六人の警察官が乗りこんできた。そのうちの二人がそれぞれ紐《リーシュ》につないだベルジアン・シェパード・ドッグ・マリノアを連れていた。犬を連れたひとりと二人の警官が右へ、列車の後方へと向かい、残りの三人は左へ、前方の三両へと向かった。すぐにシャベスは、彼らは通関担当の警察官ではないと気づいた。先ほどの車掌の車内放送は不正確だったことになる。それに彼らは単に列車のなかをひとめぐりするだけではない。きっと、ゆっくり時間をかけて、乗客全員にパスポートの提示を要求する。

シャベスは言った。「厳密な入国審査をするつもりだ」

列車がふたたび動きだした。

ドミニクは笑いを洩らした。「モロゾフのパスポート類がしっかりしたものであることを願っています。やつがここから引っ立てられていくのをながめることになったら、つまりませんからね」

シャベスも笑みを浮かべたが、それは長くはつづかなかった。「おい、あそこのウクライナ人たち、ちょっと妙な感じになってきたと思わないか?」

ドミニクは首をまわして肩越しに後方の二等車両のほうを見やった。シャベスの言うとおりだった。コーチひとりを含むサッカー・チームの数人が、やたらに肩越しにうしろを見やっている。近づいてくる三人の警官が気になっているようだ。

「ですね」ドミニクは答えた。「あいつら、何か隠していますよ」

だが、警官たちが彼らのところまで来ると、コーチのひとりがビニール製のメッセンジャーバッグからパスポートの束をとりだし、ドイツ人たちに手わたした。ひとりの警官がパスポートを手際《てぎわ》よく改めているあいだに、犬が若いウクライナ人たちを嗅《か》ぎまわった。選手たちが緊張したままであることにドミニクもシャベスも気づいていたが、連邦警察局の警官は全員のパスポート写真と顔が一致していることを確認すると、旅券の束をチームのコーチに返した。そして三人の警察官は食堂車のほうへと移動しはじめた。

ドミニクが言った。「荷物棚のバッグのなかに筋肉増強剤でも入っているんですかね。荷物検査されるんじゃないかとビクビクしているようでしたね」

シャベスは返した。「彼らはアマチュアだ。たぶんマリファナだろう」

三人の武装警察官がテーブルまで来ると、〈ザ・キャンパス〉の工作員たちはパスポートを差し出した。ひとりの警官がH&K・MP5サブマシンガンを胸に抱きかかえるようにして持っているのにドミニクは気づいた。犬を連れた女性警官を含め、三人とも大きなグロック17拳銃《けんじゅう》をベルト上のリテンション・ホルスター——拳銃を差しこむだけでしっかり保持でき、素早く引き抜くこともできるタイプ——に収めている。

「何か問題でも？《ギープト・エス・アイン・プロブレーム》」シャベスが警官たちにドイツ語で尋ねた。

「いいえ、まったく《ノット・アト・オール》」女性警官が英語で答えた。パスポートはすでに返されていた。シャベスはもうすこし情報を得られないだろうかと期待して訊《き》いたのだが、ドイツの警察が現在の状況を説明するのに前向きではないと知っても驚きはしなかった。

三人の警官と犬はデッキを通り抜けて一等車両のなかに入っていった。ドミニクはデッキのドアのガラス窓を通して見えるモロゾフのコンパートメントにじっと視線をそそいだ。警官たちはそこに達するとドアをあけたが、なかには入らず、通路にとどまった。犬はなかに入って嗅ぎまわった。だが、さっさと出てきてしまった。そのコンパートメントには何の興味もなさそうで、もう移動する気になっているようだった。コンパートメントのなかにいる二人が警官たちに手わたしたパスポートをドミニクの目が捉《とら》えた。色はどちらもワインレッド。ということはロシアのパスポートである可能性がある。ただ、同じ色をパスポートに使っている国は、ここヨーロッパにもたくさんある。

パスポートのひとつはすぐに返されたが、もうひとつは長いこと調べられていた。何かおかしいところがあったのかもしれない、という思いがドミニクの頭にゆっくりと浮かび上がりはじめた。三人の警官のうちのひとりが、コンパートメントのなかにいるだれか――たぶんロシア人スパイのほう――に質問を次々に浴びせているようだった。

シャベスは反対方向を向いていたので、ドミニクは状況を説明しつづけていた。

「モロゾフの野郎、厳しく問い質《ただ》されているようです」

シャベスは振り向かずに返した。「それは妙だな。FSBだって、要員を現場に送り出すときには、少なくとも怪しまれないしっかりしたパスポート類を持たせるはずじゃないか」FSBはロシア連邦保安庁。

「間抜けどもめが」ドミニクは口もとだけでにやっと笑って小声で言った。

「まあ、落ち着け。やつが連行されて列車から降ろされたら、われわれも収穫ゼロで帰ることになるな」

「女を尾《つ》けることはできます」

シャベスは肩をすくめた。女はモロゾフの娘ではないのか、と彼は思いはじめていた。二人は休暇中で、ベルリンで画廊めぐりでもするつもりだったのではないか？

一分後、もう一組の警官三人と犬が食堂車を通り抜け、一等車両へのデッキも抜けて、もとからいるグループに合流した。六人の警官全員が一等車両の通路に立つことになった。

「ちくしょう」ドミニクが思わず声を洩らした。「こりゃ、連行されちまう」コンパートメントのなかにいるだれかに出てくるよううながす警官の仕種《しぐさ》が見えた。ロシアのスパイへの指示にちがいない、とドミニクは思った。だが、驚いたことに、コンパートメントから連れ出されたのはブルネットの女だった。

ほんの短いあいだだけだが、ドミニクはコンパートメントから上体を突き出すモロゾフを見ることができた。モロゾフは警官たちに何やら訴えようとしていたが、完全に無視されてしまった。警官たちは女を一等車両の乗降口のほうへと歩かせはじめた。ひとりの警官が無線機をとりだして何やら言った。きっと、列車を次の駅にとめるよう車掌に命じたのだろう。

モロゾフは警官たちとは逆の方向へ、つまりドミニクとシャベスがいるほうへと歩きはじめ、食堂車に入り、二人をチラリと見さえせずに通りすぎていった。そのときモロゾフの顔に厳しい表情が浮かんでいるのを見て、ドミニクは不安をおぼえた。

「どこへ行くんだろう?」シャベスが頭に浮かんだ疑問をそのまま口にした。

答えはすぐにわかった。FSBマンは二等車両に飛びこむと、まっすぐサッカー・チームのコーチのところまで行き、身を寄せて耳打ちした。

シャベスは言った。「おおっ、くそっ。あれはどういうことだ?」

首をまわしてうしろを見やったドミニクの目が大きく広がった。「アマチュア・サッカー・チームはプロのセキュリティ・チームだったようですね。モロゾフには一二人のならず者の味方がいるということ」

サッカー・チームの男たちはいっせいに立ち上がり、自分たちのバッグに手を伸ばした。バッグはすべて頭上の荷物棚に置かれている。モロゾフは食堂車にもどり、ふたたびチラリとも見ずにシャベスとドミニクの横を通りすぎ、そのまま一等車両に進んで自分のコンパートメントに入り、ドアを閉めた。六人の警官は車両の奥にいて、乗降口のそばで女を取り囲んで立っており、モロゾフがコンパートメントを出ていったことにさえ気づいていなかった。

ドミニクはそうした動きをすべて目で確認していたが、シャベスはそちらをまったく見ていなかった。彼はウクライナ人たちから目を離さなかった。いまや男たちはみな、バッグを肩にかけ、ひらかれたファスナーの口のなかに手を突っ込んでいる。そして一塊《ひとかたまり》になって食堂車のほうへ押し寄せてくる。

シャベスが言った。「あいつら、銃を持っている。女を取り返すつもりだ」

ドミニクは応《こた》えた。「こちらは丸腰」

シャベスは汚れたステーキナイフを皿からとりあげ、スーツの上着の袖口《そでぐち》のなかに隠した。

ドミニクはシャベスの顔を見た。「ステーキナイフ一本で一二人の武装野郎たちと戦おうっていうんですか?」

「いや、ステーキナイフでひとりの武装野郎と戦うんだ。で、銃を一挺《ちょう》奪い、残りの一一人の武装野郎と戦う」

ドミニクも自分のステーキナイフをつかみ、付いてるソースをナプキンで拭《ぬぐ》ってから、同じように上着の袖口のなかに隠した。

7

食堂車を勢いよく通り抜けて警官たちのほうへと突進していく黒いトラックスーツ姿の男たちを見つめただけで自分の正体がばれることはないと、ドミンゴ・シャベスにはわかっていた。緊迫した表情を浮かべた一二人の男たちがすぐそばを一列にならんで猛烈な勢いで通過していくというのに、空になった昼食の皿に目を落としてコーヒーを飲みつづけているというほうがむしろ、不自然きわまりない。それに、全員がスポーツバッグのなかに何かを隠し持っているようなのだ。だからシャベスは男たちを見つめ、こいつらが何者で、どこまでやる気なのか、見極めようとした。彼は素早くドミニクと目と目を見かわし、かろうじてわかるくらいかすかにうなずき、「こいつらは本物のプロだ」というメッセージを無言で伝えた。男たちは謎《なぞ》の女がドイツの官憲に連れ去られるのを阻止するためなら躊躇《ちゅうちょ》なく警官を殺すように見えた。シャベスとドミニクは黙ってそれを見ているわけにはいかなかった。

一〇人がアメリカ人たちのテーブルの横を通りすぎ、ドアを抜けてデッキに出ていくと、残りの二人がドアの手前でクルリと回れ右し、黒い自動拳銃をバッグから引き出して、食堂車とその向こうの二等車両に目を光らせはじめた。それで当然、男たちの目が、前方右手一〇フィートほど離れたところに座るシャベスとドミニクをしっかり捉えた。彼らは前方に突き出した拳銃をすこし低くして構えた。

シャベスは即座に気づいた。こいつらはよく訓練されている、と。でなかったら、何も考えず、すでに脅威と判明している警官たちを一二人全員で襲撃していたにちがいない。こんなふうに、ほかに脅威となる者が出てくる可能性を考えて後衛をおく、などということはしなかったはずだ。

それでもシャベスとドミニクは、拳銃を持つ二人の男たちまでの距離は一〇フィートほど、戦闘を開始できるほど近いと判断した。必要なのは、スピード、奇襲、激烈さだけだった。それで、数の上では圧倒的に不利なこの戦闘を五分五分の戦いにまで変化させることができる。

食堂車と一等車両のあいだのデッキへのドアが閉まると、ドミニクが両手を挙げて腰を浮かせ、通路に立とうとして二人の男たちの注意を引きつけた。

「撃つな！　教えてくれ、いったいどういうこと──」

〝ディング〟・シャベスは体を低く回転させて椅子《いす》から飛び出した。と同時に、手に持ったコーヒーカップをクイッと動かし、熱い液体を男たちの顔に投げつけた。透かさず一歩踏み出し、ドアの前に肩をならべて立つ男たちにまっすぐ向き合い、身を前に投げ出した。男たちは動くシャベスのほうへ銃口を向けたが、熱いコーヒーを目に受けてたじろぎ、飛びのいて、すぐには狙《ねら》いを定めることができなかった。シャベスは男たちの胴体中央部に激突して二人を勢いよく転倒させた。ひとりは頭をドアに打ちつけて拳銃を落とし、もうひとりは銃を持つ手をシャベスの左肩に弾《はじ》かれ、右上方へと押し上げられたまま、床に転がった。一等車両のなかで銃声が一発鳴り響いた。ドミニクがうつぶせになったシャベスの上を跳び越えたのは、ちょうどそのときで、両膝《りょうひざ》から二人の敵の胸に着地した。ひとりがトラックスーツのポケットから折りたたみ式ナイフをとりだし、パチンと刃をひらいたが、その瞬間、シャベスがステーキナイフで心臓を突き刺し、男を即死させてしまった。もうひとりの男はまだ拳銃を持ったままだった。だが、ドミニクのパンチの嵐《あらし》が鼻と顎《あご》に炸裂《さくれつ》し、男はたちまち意識を失った。

そのときにはもう、一等車両のなかの銃撃音が鳴りやまない状態になっていて、アメリカ人たちの頭のすぐ上にあった、デッキへのドアのガラス窓も砕け散ってしまった。

シャベスもドミニクも男たちの拳銃をすくい上げるようにして取った。ロシアの軍用9ミリ口径自動拳銃GSh－18だった。二人は頭を低くしてデッキに入り、次のドアのすぐ向こうから聞こえてくる凄《すさ》まじい銃撃音に耳をかたむけながら、ゆっくりと前進していった。銃撃音は秒刻みで激しくなっていったが、シャベスは思い切って割れたガラス窓から一等車両のなかをのぞき見た。犬を連れていた女性警官が通路に倒れていた。まったく動かない。黒いトラックスーツ姿の男がひとり、大型犬のベルジアン・シェパード・ドッグ・マリノアに腕をかみつかれ、振りほどこうと手足を必死になって動かしている。ほかの警官たちは乗降口近くの通路の奥に避難し、身を低くして応戦していた。対する黒ずくめの男たちは、モロゾフのコンパートメントと、食堂車寄りの二つの同様の小部屋から、上体を出しては撃ちまくっている。

シャベスは素早くひとりの敵の後頭部に照準を合わせ、発砲した。男は通路の床に崩れ落ちたが、すぐにドイツの警官たちがシャベスを狙って撃ってきた。攻撃してくる敵がもうひとり増えたと思われたにちがいない。シャベスは床に伏せ、首をまわしてドミニクのほうを見た。「敵は一等車両のこちら寄りの三つのコンパートメントから撃っている」

ドミニクは言った。「外に出て、窓から攻撃します」

シャベスは返した。「できるわけない。こいつは『ミッション・インポッシブル』じゃないんだ。列車の外に手すりなんか付いていない」

と、そのとき、列車のスピードが落ちはじめ、急ブレーキがかかり、キーッという甲高い音が響きわたった。シャベスとドミニクはデッキの床に投げ出され、転がった。ドミニクは外に目をやった。「くそっ、森のなかだ」

乗客が降りて避難できるように車掌が列車をとめようとしているのだ。だが、こんなところで列車がとまったら、モロゾフたちの思う壺《つぼ》で、やつらに逃げられてしまう、とシャベスにもドミニクにもわかっていた。

機関車が完全にとまりもしないうちに、アメリカ人たちは一等車両のコンパートメントの窓ガラスが割れる音を聞き取ることができた。ドミニクは乗降口のドアをあけ、地面に跳び降りた。銃を手にして次々に線路に跳び降りてくる男たちが見えた。ドミニクはいちばん近い男に狙いを定めようとしたが、窓のひとつから発砲してくる音がして、列車のなかに戻らざるをえなくなった。

シャベスはデッキのドア越しに撃ちつづけていた。ドミニクは銃撃音に負けぬよう声を張り上げた。「やつら、窓から逃げています！」

「よし！　そのまま行かせよう！　それで側面から攻撃されずにすむ！」

線路に跳び降りた男が振り向き、一等車両の仲間たちに背後から弾丸を浴びせている正体不明の者たちを撃ち斃《たお》そうと銃口を向けたが、ドミニクのほうが一瞬早く乗降口のドアの向こうのその男に照準を合わせた。そして二度、発砲した。男は左の鎖骨に弾丸を受け、弾かれたように体を回転させて線路に倒れこんだ。

線路を越えて森の縁《ふち》にまで達したもうひとりの男が、食堂車と一等車両とのあいだのデッキにいるグレーのスーツ姿の男たちに拳銃の銃口を向け、慎重に狙いを定めた。一発目はシャベスの頭の上へ大きくそれたが、二発目はドミニクの背中をかすった。ドミニクはあわててトイレのなかへとダイヴした。

一等車両へのドアが不意に横に滑ってひらき、シャベスはハッとしてそちらの方向へ銃を向けた。そのときにはもう黒ずくめの男にタックルされていて、床に倒されてしまった。

ドイツの警官たちは車両の奥から発砲しつづけていて、その弾丸は閉まりはじめた金属製のドアを切り裂き、シャベスの頭上わずか二、三フィートのところを通過していった。

ドミニクはトイレの床に横たわったまま、シャベスの上に乗っている男に銃口を向け、引き金《トリガー》を引いたが、敵はスッと頭を下げて弾丸をかわしてしまった。そしてその一発で、ドミニクのGSh－18の遊底《スライド》が後端で停止し、ホールドオープン状態になった。弾倉《マガジン》が空になったのだ。

上になっている男が強烈な右クロス・パンチをシャベスの顔面に決めた。

ドミニクはトイレから跳び出して飛びかかり、男をシャベスから力まかせに引き剝《は》がした。男は投げ出され、デッキの壁に激突した。それでも体を起こし、憤激で目を血走らせ、ドミニクのほうへ勢いよく身を投げた。

黒いトラックスーツの攻撃者はドミニクの上に着地した。だがそれは、ドミニクがステーキナイフを上に向けたあとだった。ナイフの刃が男の喉《のど》にもぐりこんだ。たまらず男はドミニクの上から転がり落ち、首をつかんで致命傷を押さえた。

列車の外から銃弾がさらに襲いかかってきたため、二人のアメリカ人はデッキから出て食堂車にもどらざるをえなくなり、怯《おび》えるポーターとともにカウンターのうしろに隠れて弾丸をよけた。ドイツの警察官たち、モロゾフ、女がどうなったかはわからなかったが、殺戮《さつりく》を最小限にすることはできたはずで、あとはもう生き延びることだけを考えればいい。

シャベスとドミニクが食堂車に残った二人の〝後方見張り役〟を斃してから、男たちが森に駆けこむ音が消えるまでに経過した時間、つまり銃撃戦が始まってから終わるまでの時間は、たったの三分だった。

　シャベスは顔にパンチを食らったせいで、口から出血し、唇が腫《は》れていたが、いちばん心配だったのはドミニクの背中の傷だった。ドミニクが上着をぬぎ、シャベスは仲間の背中に目をやった。ワイシャツに血がついていた。

「どんな感じ?」ドミニクは尋ねた。傷は左側の腰のくびれた部分にあったが、かなりうしろ側で、本人には見ることができなかった。

　シャベスは素早く目で傷の具合を調べた。「大丈夫。とりあえずテーブルクロスで傷をくるみ、上着を着ておけば問題ない。おれは警官たちの様子を見にいってくる」

〝ディング〟・シャベスが一等車両に入ると、三人の警官と一匹の犬がまだ生きていた。ただ、警官のひとりは脚に二発被弾していた。シャベスはその警官に応急手当をほどこしながら別の警官と話した。警官のほかに銃撃戦に加わった者たちがいたかどうかまったく知らないとシャベスは言い、拘束しようとしていた女はどうしたのか、と三人の警官たちに尋ねた。

「逃げた」ひとりの警官が答えた。死んだ同僚たちをじっと見つめていて、感情をコントロールできず、声がかすれた。この男は数分のうちにショック状態におちいるかもしれないな、とシャベスは思った。

一等車両に民間人の姿が増え、車掌や食堂車のレジ係もやって来た。シャベスはこうした新たな人々の到来を利用して食堂車にそっともどった。ドミニクは死んだ男と意識を失った男のポケットを探っていた。もどってきたシャベスに気づくと、顔を上げ、首を振った。

「予備弾薬。バッグには衣類、洗面道具少々、少額の紙幣の束」

「パスポートは？」

「だから、ほら、パスポートはコーチのような服装をしていた男がまとめて持っていたじゃないですか。そいつはいまごろ森のなかです」

シャベスは溜息《ためいき》をついた。「おれたちもそろそろ消えないとな。気分はどうだ？」

「背中はタトゥーを入れた直後のようにヒリヒリするだけ。でも、かすり傷とはいえ、被弾したわけで、プライドが傷つきました。警官たちはわれわれのことを怪しんだりしていませんか？」

「それはないと思うが、われわれが銃を手にしていたと証言する者がひとりでもいれば、この問題が完全に片づくまで、このドイツの国境地帯に留め置かれることになる。ここは列車から降りて姿をくらます必要があるな」

ドミニクはうなずいた。「荷物をとってきます」

シャベスは言った。「こいつらは優秀だった。非常にね」

ドミニクはふたたびうなずいた。「何らかの特殊任務部隊《スペッナズ》の連中かもしれませんね。もしそうなら――もしロシアの特殊任務部隊員どもがほんとうに銃を携行して欧米諸国のなかを走りまわり、警官を撃っているということなら――こいつらの持ち物を探ったところで身分証明書のたぐいが見つかるはずはありませんよね」

シャベスは返した。「よし、ここから脱出し、本部に連絡だ。われわれにできることはそれだけだ」

「了解《ラジャー・ザット》です」

8

ジャック・ライアン・ジュニアは尾行者を振り切れたと確信したので、ローマ中心部のフラッティーナ通りに面した自分のアパルタメントの二ブロック手前でタクシーから降りた。腕時計に目をやる。タクシーには一五分ほど乗っていたのだとわかった。ポポロ広場からだから歩いたほうが早かったにちがいない。このあたりの一、二車線の道は、車ではなく歩くかスクーターを使ったほうがスムーズに移動できるのだ。それでもジャックは、ローマという都市《まち》の混沌《こんとん》ともいうべき道路交通事情のおかげで問題の男を撒《ま》くことができたと確信した。なにしろタクシーの運転手は、車体をねじるようにしてチョコチョコ割りこんだり曲がったりして、その混沌のなかでも最悪の部分を巧みに動きまわってきたのである。

ジャックは少しばかり用心しながらアパルタメントの建物に向かって歩いていった。あの尾行者に仲間がいる可能性を排除できなかったからだ。だから、建物に近づきながら、その玄関ドアを監視するのに都合がよい場所と思われる四、五箇所をチェックした。が、怪しい余所者《よそもの》はどこにも見あたらなかった。

ジャックは玄関ドアをあけ、音が反響する広いエントランスホールに入った。床には白黒のチェック模様のタイルが張られている。彼のアパルタメントは三階にあった。だが、それはイタリア風の呼びかたで、実際には、というかアメリカ風の呼びかたでは四階になる。ここイタリアでは一階は〝地上階〟を意味するピアンテレーノまたはピアノ・テッラであり、二階が一階となり、四階は三階と呼ばれる。ガタガタのろのろ動く柩《ひつぎ》さながらの小さなエレベーターに乗るのは気味が悪かったので、ジャックは右手の壁に囲まれた階段に向かった。

ジャック・ジュニアが階段をのぼりはじめた三〇秒後、ブラウンの長髪をポニーテイルに結んだ茶色い革ジャケット姿の男が、右肩にバックパックをかけたまま、建物の玄関ドアをひらき、なかに入って、広いエントランスホールに音が反響しないように、ドアを慎重にそっと閉めた。そして、階段まで歩いていき、足音を忍ばせて階上へ向かいはじめた。足音が上の階までとどかないようにするためだった。

男はほとんど音を立てずに階段をのぼっていった。あわてることもなく、ゆっくりのぼっていく。そして、一階で足をとめると、そっと頭だけ廊下に出していき、左に目をやり、次いで右を見た。数秒後、男は階段にもどり、ふたたびのぼりはじめ、一階と二階のあいだの踊り場をぐるりとまわって、二階に達した。そしてそこでも、頭を廊下に突き出し、まず左を、ついで右を、見やった。

それから、またしても階段にもどり、三階までのぼった。三階でも、廊下へ出るためのドア口に近づいて、ゆっくりと首を伸ばして顔を廊下へ出していき、左を見やった。

と、顎鬚をたくわえた長身の男が、すぐそば、ほんの二フィートしか離れていないところに立っていた。

ジャック・ジュニアは手を伸ばして男のジャケットを鷲掴《わしづか》みにすると、相手の体をぐいと廊下に引っぱり出し、一八〇度回転させて、壁に強くたたきつけた。ポニーテイルの男はギョッとしたが、パニックにおちいるところまではいかず、右肩にかけたバックパックに手を伸ばす余裕はあった。男の右手が素早く、半分ひらいていたジッパーの口からバックパックのなかに入りこみ、何かをつかんだ。

ジャックは透かさず右ジャブを繰り出した。拳《こぶし》が鼻をまともに捉え、男の頭はうしろへ弾かれた。

「ケ・カッゾ……？」男は叫んだ。英語の〝何《ホワット》なんだ、《・ザ・》おい？《ファック》〟に相当するイタリア語。

ジャックは武器を引き出されてはまずいと、バックパックのなかに入りこんだ男の手の前腕をつかむや、左肩で激しく突いて、ふたたびミスター・ポニーテイルを壁に強くたたきつけた。

「ケ・カッゾ……！」男はまたしても声をふりしぼって叫んだ。古い建物のタイル張りの廊下に言葉が反響した。今度は男の左手がズボンの前ポケットに伸びはじめた。

その手の動きを阻止しようと、ジャックは頭突きを男の顔に食らわせた。

ポニーテイルの男は眩暈《めまい》をおぼえたらしく、ガクンと膝を折り、血だらけになった顔を両手でおおった。ジャックはバックパックを男の肩から剝ぎとった。そのさいバックパックが壁に激しく打ちつけられた。

「目的は何だ、クソ野郎？」ジャックは男に吼《ほ》えた。その言葉も廊下に反響したが、ポニーテイルの男の肺から吐き出された苦痛のうめき声にかなり搔《か》き消されてしまった。

ジャックはバックパックの中のものを次々にとりだした。まず大きな35ミリ・フルサイズ・デジタルカメラ——壁に打ちつけられてレンズが割れていた。次に高性能レンズ二本――どちらも粉々に砕けていた。そしてなかが透けて見えるビニール製のネックポーチ。そこには、いま眼前で床にひざまずいている男のパスポートサイズ写真がついた記者証が入っていた。イタリア語のものだったが、PRESSという大きなスタンプが記者証いっぱいに押されている。ジャックは片膝をつき、男のズボンの左前ポケットを探り、札入れ《ウォレット》を見つけた。なかに身分証が入っていて、そこにも記者とあった。

ジャックはバックパックのなかをさらに探った。ゴムバンドでくくられたものが見つかった。よく見ると、ほんのすこし灰色がかった白い粉が入っている小さな食品保存用ポリ袋がいくつか、金属スプーン一本、タバコ用ライター一個、注射器数本といっしょに束ねられていた。携帯電話も一台見つかったが、カメラ同様、さきほどバックパックが壁にたたきつけられたさいに砕かれ、壊れてしまったようだった。ジャックはとりだしたものをすべてバックパックにほうりこむと、それを片方の肩にひょいとかけ、男を引っぱり上げて立たせ、押しやって廊下を歩かせた。

「おまえが記者なら、おれは教皇さまだ」ジャックは言った。

イサベルは、ジャック・ジュニアとほかの男が廊下で叫び合っているのを耳にし、あわててドアに急いだ。のぞき穴から廊下のようすをうかがってから、ドアをあけると、すぐさまジャックが飛びこんできて、血を流す男の胸倉をつかんで引っぱりこんだ。

イサベルは何も言わなかった。だが、目には驚きの表情があらわになっている。ジャックは男をほとんど引きずって居間を抜け、キッチンに入った。靴が堅木張りの床を打つ音が、高級アパルタメントの高い天井にあたって反響した。ジャックがキッチンテーブルの椅子に押しこめるようにして座らせると、男はぐにゃっと椅子にもたれかかった。強烈な頭突きを食らったせいでまだ意識を朦朧《もうろう》とさせている。

イサベルはジャックのうしろにまわりこんだ。そして皮肉をたっぷりこめて冗談を言った。「お客さまはディナーを召し上がっていらっしゃるの?」

ジャックは答えなかった。しばらく何もせず、アドレナリンが消失するのを待った。その間、目だけ動かし、イサベルがフリーザーから氷をとりだして濡《ぬ》れた布でくるむのを見ていた。彼女はアイス・キューブを布にくるんだまま金杓子《かねじゃくし》で砕いた。

ジャックは自分の右手を見下ろした。すりむけていた。これでは関節部分が打撲傷で黄灰色になるなと経験からわかったが、出血はしていなかった。

「ぼくは大丈夫だよ」ジャックは言った。

イサベルは氷を砕く手を休めず、顔も上げないで返した。「あなたのためじゃないわ。彼のため」

「こんなやつ、どうだっていい」

「そこらじゅうに血をばらまかれたら困るわ」

一歩間違えれば自分がまさにそうしていたところだったな、とジャックは思った。いままで身元をだれにも知られず快適に過ごせていたのに、その匿名《とくめい》でいられるという安心感が一瞬のうちに打ち砕かれ、ジャックは逆上してしまっていた。ローマ滞在は、ここ二週間、完璧《かんぺき》なものだったが、それがこんなふうに突然、終わってしまったのだ。その現実を受け入れるのはとても難しかった。

イサベルが尋ねた。「だれなの？」

「尾《つ》けてきた男」

「じゃあ、いったいどうして、ここまで尾けられてしまったの？」

「ここまで尾けられたわけではない。こいつはポポロ広場で撒《ま》いたんだ。間違いない。タクシーに乗っていた一五分間、ずっとうしろをチェックしつづけたからね。ところが、ここにもどってきたら、こいつがあとについて入ってきた。どういうわけか、こいつはぼくたちの滞在場所を知っていたということ」

「バックパックのなかに何があるの？」

「おもにカメラ、その付属品。それにジャーナリストのふりをするための偽造身分証の類《たぐい》がいくつか」

「では、武器はないわけね」

ジャックは肩をすくめた。「ない。武器はない」

「この人をどうするつもり？」

「だれに送りこまれたのか聞き出す」

「その前に、この人の顔をきれいにして止血しないと」

イサベルはキッチンテーブルの椅子にだらりと身をあずける男の前にひざまずいた。ジャックは男のバックパックを持って居間に入ると、キッチンにいる男をしっかり監視できる位置になるよう注意して腰を下ろした。

ジャックは男の前にひざまずくイサベルを見まもった。男はまだ意識がかすんでいるようで、イサベルは巧みに手際よく、血だらけの顔をきれいにし、裂傷に氷をあてて出血を抑えた。

男の傷はたいしたことはなかった。実はジャックのほうがずっと大きな打撃《ショック》を受けていた。彼はなんとか心を落ち着かせ、気を引き締め、冷静さを失わないようにしていた。

ほんの一瞬だが、自分はガールフレンドのこの親切に感謝すべきなのだろう、とジャックは思った。イサベルも自分と同じ運命にある。二人はまさに運命共同体なのだ。このクソ野郎の出現で、二人が創《つく》りあげた自分たちだけの小さな完璧な世界は終わりを告げた。先の作戦で二人がともにくぐり抜けた凄まじい危険と緊張のときと、ジャックがいやおうなく戻らざるをえない〈ザ・キャンパス〉の本格的な現場仕事とのあいだの、束《つか》の間《ま》の休息は砕け散ってしまったのだ。

結局ジャックは、イサベルが男に対して示している思いやりには苛立《いらだ》ちしかおぼえなかった。おれはイサベルほどの慈悲心を持ち合わせていないのだな、と彼は思った。

ジャックはともかく腹を立てていて、それをどうすることもできなかった。

ジャック・ジュニアは立ち上がると、猛然とキッチンに飛びこんでいった。お遊びの時間はもう終わりだ。さあ、話してもらおうか。

ジャックは声をかけた。「英語、話せるか?」

男は意識をしっかり取り戻したにちがいなかった。こう叫んだからだ。「くそ食らえ、ジャック・ライアン・ジュニア!」

ジャックはふたたびバックパックをつかみ上げると、なかを再度チェックしはじめた。わざと見えにくくされた仕切りや秘密のポケットがないか調べた。そうしながら言った。「やっぱり……わたしがだれだか知っているわけか。では、おまえが何者で、雇い主はだれだか教えてもらおうか」

「やなこった、くそ！」

こいつは頭にきているだけだ、とジャックは思った。怯えていない。それがジャックには奇妙だった。彼はカメラをとりだした。「いいカメラだ。どこで手に入れた？」

「あんたの母《かあ》ちゃんからいただいたんだ」

ジャックは溜息をついた。「なるほど。よし。おまえのバックパックのなかに偽《にせ》の記者証があった。札入《ウォレット》れのなかには偽の身分証があった。それらをちょいと調べてみる。おまえの正体を見つけられるかもな」

「偽の？　何言ってんだ、あんた？」

「おまえの名前は――」ジャックはもういちど身分証に目をやった。「サルヴァトーレ」戸惑って首をかしげた。「えっ、こんなありきたりの名前じゃなく、もうすこしましなファーストネームを考える手間もかけられなかったというのか？」

男は自分の顔に手をやった。「おれは鼻を折られたんだぞ！」

ジャックは男の真ん前にひざまずいた。そうやって腕っぷしが強そうなところを椅子に座る男にしっかり見せつけた。「鼻は折れていない。だが、答えなければ首をへし折ってやる」

「おれはサルヴァトーレだ」

ジャックは男を黙って見つめていた。

「サルヴァトーレと言ってるだろう！」

「よし！　わかった！　おまえはサルヴァトーレだ。だが、いったい何者なんだ、おまえは？」

「身分証を見ただろうが。そこに書いてあるとおりだ。カメラマン。だからさ……セレブを追うカメラマンだよ」

ジャックは再度下に目をやって記者証と身分証を見つめた。「ええっ……じゃあ、パパラッチだと言うのか？　でたらめだ」

「パパラッツォ、シー」サルヴァトーレは正確に単数形で返し、腫れた唇を指でさわった。

イサベルはこの会話を聴いていて、キッチンとのドア口のそばにある居間の机まで歩いていき、そこに載っているラップトップ・コンピューターで検索《サーチ》エンジンをひらき、男の名前を検索窓に打ちこみはじめた。

ジャックは訊いた。「なぜわたしを尾《つ》けた？」

「あんたがセレブだからさ、決まってんじゃねえか、馬鹿《ば か》野郎」

イサベルが部屋の奥から声をかけた。「ジャック？　こっちでちょっと話したいんだけど？」

ジャックはイサベルが向かう机まで歩いていった。不意に不安が胃のなかで膨れあがり、鳩尾《みぞおち》のあたりが痛みだした。イサベルがコンピューター画面から顔を上げてジャックのほうを見たとき、彼は思わず声を洩《も》らした。「まさか」

「彼の言うとおり。単なるカメラマン。パパラッチ」イサベルはジャックにもサルヴァトーレのウェブサイトが見えるようにラップトップを回転させた。サルヴァトーレというファーストネームだけで運営されているサイトで、そこには数枚のセレブの写真もあった。イサベルは言葉を継いだ。「それなのに、たたきのめしちゃったわけね」

ジャックの顎の筋肉が鬚《ひげ》の下でピクピク動いた。《やばい》彼は回れ右してキッチンへもどっていった。「だれに送りこまれたんだ？」

「だれにも送りこまれていない」

「でたらめだ」ジャックはふたたび言った。

サルヴァトーレは返した。「あんたは『カフェ・ミラベッレ』でコーヒーを飲んだ。

あそこのウエイトレスが……店で有名人を見かけたら連絡してくれることになっている。で、彼女は今日、あんたがいるのに気づき、携帯でメールを送ってくれた」

あのウエイトレスか、とジャックは思い出した。大学生くらいの年のきれいな女で、気詰まりになるくらい長くこちらを見つめていた。おれの容姿に魅《ひ》かれたんだなとジャックは思ったのだが、それは間違いだったわけだ。

それは自惚《うぬぼ》れとはまったく関係ない、単なる経験からもたらされた勘違いだった。女性がジャックのほうを見るのは、彼が有名な大統領の息子ということよりも、ルックスがいいということによるほうが多いのだ。なにしろジャックは容姿を変えることに全力を注いできたのである。おかげでいまでは、顎鬚、強靭《きょうじん》そうな物腰、度なしレンズの眼鏡によって、父親が大統領一期目にテレビでいくらか流れたジャック・ジュニアのずっと若いころの映像からはまるで想像できないような風貌《ふうぼう》になっていた。にもかかわらず、どういうわけかジャック・ライアン・ジュニアだと見破られてしまうことがときどきある。

「このアパルタメントをどうやって知ったんだ？」

「あんたを尾《つ》けてきたからさ」

「いや、それはちがう」

「あんたに悟られないように尾けてきたんだよ」サルヴァトーレはにやっと笑った。歯のあいだから血が滲《にじ》み出ている。ジャックにもそれが見えた。イタリア人は言い添えた。「おれは尾行がうまいんだ」

「あんたがカメラマンで、わたしを見たというなら、写真を撮るはずだが、一枚も撮っていないじゃないか？」ジャックはレンズの割れたカメラのデータもすでにチェックしていた。そこには噴水の写真が数枚あるだけだった。

サルヴァトーレは答えた。「カフェのウエイトレスにあんただと言われただけでは確信が持てなかった。だから尾けることにした。尾けて、あんたがどこかに落ち着いて座るのを待って、いい写真を撮るつもりだった」

それなら辻褄《つじつま》が合う、とジャックも思わざるをえなかった。この男が暗殺者のような者であったほうがよかったのに、と実は自分が思っていることにも気づいた。なにしろ、ずいぶん手荒く扱ってしまったのである。

イサベルがすぐうしろにまで近づいてきて、ささやいた。「この人を解放しないと」

ジャック・ジュニアはうなずいた。言われるまでもない。そんなことはわかっていた。

ジャックは椅子に座る男を見下ろした。サルヴァトーレの顎からまた血がたれはじめた。イタリア人は肩をがっくり落とし、前かがみになった。

まずいぞ、このままでは厄介なことになる、とジャックは思った。

ジャックはもう一度ひざまずくと、口調をずっと和らげ、宥《なだ》めにかかった。「あのですね……ミスター・サルヴァトーレ、こういうことなんです――わたしには警護班がついていないのです、あまり必要ないんで……。でも、シークレット・サーヴィスにしつこく言われたんです……それなら特別な訓練を受けてもらわないと困る、とね。何かまずいことが起こったとき、自分で身を護《まも》れるように」

サルヴァトーレは何も言わない。

「以前、頭のいかれた連中に追いかけられたことが何度かありまして。今回はちょっと過剰反応してしまったようです」ジャックは手を差し出した。「どうかお許しください」

イタリア人は黙ってジャックを見つめているだけだったが、しばらくして差し出された手をにぎった。

ジャックは言った。「傷は心配ないと思いますが、念のため医者に診てもらいましょう。そうしていただいたほうが、わたしも安心でき、嬉《うれ》しいです」

サルヴァトーレは首を振った。「何か飲むもの、ある？」

「ええ、もちろん」ジャックはスッと立ち上がると、冷蔵庫まで行って、ミネラルウォーターの瓶を一本とりだした。だが、彼がキッチンテーブルの椅子に座っているパパラッチのほうに向き直った瞬間、イタリア人は首を振った。「水じゃないってば。グラッパ、ないの？」

ブドウの搾《しぼ》りかすを発酵させてつくるイタリア産ブランデーであるグラッパはなかったが、モレッティ・ビールなら六本パックがひとつ冷蔵庫のなかに入っていた。ジャック・ジュニアは、このパパラッチに早くアパルタメントから出ていってほしくて仕方なかった。それでも、ここはこの男とビールを一本飲まざるをえないとわかっていた。

サルヴァトーレはビールを受け取り、黙って飲んだ。どうやら、欲したのは、酒を飲みながら親交を結ぶということではなく、アルコールだったようである。

ジャックはときどきぼそぼそと言葉を洩らし、まわりの人々のために自分のプライヴァシーを守る必要があるのだと弁解したが、サルヴァトーレはうなずくくらいのことしかせず、ビールを口に運びつづけた。

そして飲み終えるや、立ち上がった。

ジャックは言った。「カメラ、付属品、携帯――みんなでいくらでしょう？」

「一万ユーロ」

ジャックは首を振った。「それはないでしょう。カメラは一五〇〇、しかも修理可能。レンズは一本、五〇〇くらいじゃないですか。さらに、携帯が五〇〇。合計三〇〇〇ユーロにもなりませんよ」ジャックは溜息をついた。「五〇〇〇ユーロあげます」

サルヴァトーレは肩をすくめてからうなずいた。

ジャックは現場で作戦に携わるさい、いつもかならず多額の現金を持つようにしている。今回はいつもより少額だったが、それは作戦そのものが完全な現場仕事ではなく、まず何よりも情報分析が目的だったからである。それでも、バスルームの棚の下に、きっかり五〇〇〇ユーロを隠していた。彼はバスルームの奥の隠し場所から五〇ユーロ札一〇〇枚が入った封筒を引っぱり出し、イタリア人に差し出した。

サルヴァトーレは封筒を受け取り、中身をあらためてからポケットに押しこんだ。

そして、イサベルが突き出したバックパックをつかみとり、ほかにはひとことも発せずにアパルタメントをあとにした。

イサベルはサルヴァトーレが出ていくとすぐドアに錠をかけ、ジャックのほうに向き直った。イサベルの顔に浮かぶ表情から、ジャックには彼女が何を考えているのかわかった。イサベルもまた、これでローマでの楽しい時間は終わりになるのではないか、と心配しているのだ。

彼女は尋ねた。「大丈夫？」

「どうかな、よくわからない。あの男、どこか変……でも、わからない」

「これからどうするの？」

「ここにはいられない。この都市《まち》から出ていかないと。作戦を守るにはそうするしかない」

イサベルは返した。「なんで？　パパラッチの鼻にパンチを食らわせたのはあなたが最初ではないわ。そんなの、サルヴァトーレのような男にとっては、仕事についてまわる危険だってわかっているはずよ」

「あいつは今日のことをかならずしゃべる。間違いない」

「警察に通報する、というの？」

ジャックは首を振った。「バックパックのなかにあれだけ麻薬が入っていたんだ。警察に見つかったら、確実に刑務所行きになる。麻薬をこちらに見られたことを、あいつは知っている。だから、警官のところには絶対に行かないはずだ。行けば、薬物検査を受けさせられ、麻薬常習者であることがばれてしまう。検査されたらおしまいだ。あの男にもそれはわかっている」

イサベルは〝それなら問題ないじゃない〟とばかり肩をすくめた。「ということは……友だちに話すというわけね、パパラッチ仲間に。すると、カメラを持って張り込む人がまだいるということかしら。そういうことになったときに、また対処すればいいんじゃない？」

ジャックはふたたび首を振った。裏表ある諜報《ちょうほう》ゲームの経験は、イサベル・カシャニよりもジャックのほうがずっと長い。「それですむならいいのにと、ぼくも思う。心底ね。でも、出ていかないとまずいんだ。きみも。メディアのカメラマンがまたあらわれたら、かならず面倒なことになるからね。身元がわかるようなものが残らないように、この部屋をきれいにしてから。今夜はホテルに泊まり、明日、ルクセンブルクに向かう」ジャックはイサベルもいっしょに連れていきたかったが、〈ザ・キャンパス〉のボスたちからまだその許可を得ていなかった。

イサベルは言った。「チェックしないといけない画廊がもっとあるのかと思っていた」

「あることはある。だけど、それをぜんぶ調べていたら、あと一週間はかかる。ぐずぐずしていて今回の作戦を台無しにはできないんだ。サルヴァトーレに協力する者がほんとうにあのカフェにいるとしたら、そういった連中がローマ中にいると思わないといけない。ホテルにだって、あいつにこっそり教える者がいないともかぎらない」イサベルはしばし考えこんだ。「わたし、ここに残るわ、ジャック。ホテルに泊まって、まだ行っていない画廊をまわるわ。一週間もかからない。土曜日までに終わるわ」

ジャックはためらった。

イサベルはジャックに微笑《ほほえ》んで見せた。「あなた、言ったじゃない、わたしには生まれつきの才があるって」

ジャックは笑い声を洩らさざるをえなかった。「オーケー。ただし、すでに買われた作品があるかどうか調べるだけだよ。売られた作品を見つけたら、すぐに電話して。その画廊のコンピューター・ネットワークをハックするように、こちらからギャヴィンに電話するから。ギャヴィンがハックできなければ、その件はあきらめて次に進む。こっそりコンピューター・システムにＲＡＴ——遠隔操作ツール《リモートアクセス》——を植え付ける、なんて真似《まね》はきみにはしてほしくない。きみをすぐに救い出せるよう、ぼくが外で待機してるのでなければ、危険すぎる」

「わかった。大丈夫」イサベルはあたりを見まわし、溜息をついた。「残念だわ。ここ、よかったのに」

「ぼくも残念だ。すまない。ぼくのせいだ。あの男がバックパックに手を入れたとき、てっきり武器をとりだすのだと思っちゃってね」

イサベルはうなずいた。「それ、教えてもらってよかった。これからはあなたの前では急に動かないようにするわ」

「たしかに、ちょっと神経過敏になっているみたい。ダゲスタンではいろいろ危険な目に遭ったからね。あの男に尾《つ》けられているとわかり、そのあと撒けたと思ったのに、またあらわれたんで、これは本物、間違いないと思ってしまった」

イサベルはジャックに近寄ると、ゆっくりとキスをし、両手の指を彼のうなじへ這《は》わせ、髪のなかへと入れた。

ジャックの顔にほんのすこしだが笑みが浮かんだ。彼はなんともひどい気分だったが、イサベルのおかげで多少は気持ちが和らぎはじめた。ジャックは両腕をまわして彼女を抱いた。

イサベルは言った。「声を聞いただけでわかるの。ああ、間違いを犯してしまったなって、あなたが思っていることが。そんなことないわよ。あなたはやるべきことをとってもうまくこなしているわ、ジャック。でも、お父さまが著名な公人だということは、これからもずっと付きまとうことで、それには上手に対処していかないといけないわね」

ジャックは首を振った。「この何カ月か、だれにも大統領の息子だと気づかれなかった。一年間に何度かあるというていどで、手を焼くほど気づかれるということはないし、ワシントンＤＣの外でそうなることはめったにない」

イサベルは肩をすくめた。「でも、あの男が嘘《うそ》をついたということはまずないわね。あなたは気づかれたの」

ジャックはうなずいた。そして話題を変えた。「ええと、これは上の許可を得てから言おうと思っていたんだけど、駄目と言われることはまずないので、いま言ってしまう。実は、きみがここでの仕事を終えたら、きみにもルクセンブルクに来てほしいんだ。来週の便で来られるよね。向こうでの監視作戦も手伝ってもらえるとありがたい」

イサベルはにっこり顔をほころばせた。「そう言われるのを待っていた」

「ぼくたちいいコンビで、二人だと仕事はかどるよね？」

イサベルはもういちどジャックにキスをした。「ええ、わたしもそう思う。二人だと遊びもだんぜん楽しくなるし。でしょう？」

ジャックはうなずいた。「だね」

数分後には二人はいっしょにアパルタメントをきれいに片づけはじめた。身元がわかるようなものが残らないようにしないといけないのだ。パパラッチに気づかれて尾けられたという今日の騒動だけでは、ジャックもイサベルも危険にさらされるわけではなかったが、ここにこのままいるわけにはいかないということだけははっきりしていた。ほかのパパラッチが姿をあらわす可能性は充分にあり、もしそうなったら、いま実行中の作戦が台無しになってしまうからである。それは絶対に避けなければならない。

実は、いますぐやるべきだとわかっていることがもうひとつあったが、それはあとでやることにジャックは決めた。何かというと、今回のパパラッチとの接触をジョン・クラークに報告することだ。クラークは〈ザ・キャンパス〉の工作部長で、配下の工作員が現場で身元を知られたとなれば、当然それを頭に入れて対処法を考えなければならない。たとえ外国の諜報機関や敵の要員に知られたわけではないにしても。

クラークは腹を立てるにちがいない。ジャックにではなく、こういうことになってしまった状況に。ジャック・ジュニアは、情報分析のみにあたる単なる分析員から抜け出して現場仕事をする工作員になろうと必死になって頑張り、実際、工作員としていくつもの作戦に参加し、その役割を立派に果たしてきたのだが、身元が割れ、偽装がばれる可能性はつねにあった。といってもそれは、彼の作戦関連《オペレーショナル》セキュリティがお粗末なせいではなく、単に、世界で最も有名な人物のひとりの息子にほんのすこしだけ似ていると、いまだに思われるためだった。

ジャックはクラークに報告するのは明日でも構わないだろうと判断した。とりあえず、肉屋の紙に包まれた、見ただけで生唾《なまつば》が出てくる二枚のリブアイ・ステーキをつかみあげ、生ごみ入れへほうりこんだ。ともかく、ここから出ていかなければならないのだ。作戦関連セキュリティを考えると、ジャックとイサベルにはもはや、今夜バルコニーでゆっくり夕食を食べている余裕などなかった。

ジャック・ライアン・ジュニアが借りているアパルタメントをあとにしたサルヴァトーレは、三〇分後、ローマ中心部の東側にある五市区《ムニチピオ・チンクエ》のアルピーノ通りまでもどり、自分のアパルタメントがある建物の狭い庭内路《ドライヴウェー》にスクーターを乗り入れた。そして建物の真ん前にあるラックにスクーターをロックし、外階段を急いでのぼり、自分の部屋がある二階に達した。

部屋のなかに入り、バックパックを椅子《いす》の上に投げおくと、フリーザーをひらいた。霜でおおわれたグラッパの瓶をとりだし、そのイタリア産ブランデーを水飲みコップにたっぷりつぎ、寝室へ向かいながら喉に流しこんだ。

寝室へ入ると、ベッド脇《わき》のテーブルに載っていたコードレス電話をひっつかみ、そらんじていた番号をプッシュしながらバスルームに直行した。電話がつながるあいだ、鏡に映る自分の顔を見つめていた。

男がイタリア語で応《こた》えた。強い外国訛《がいこくなま》りがあった。「もしもし《プロント》」

サルヴァトーレは指先で割れた唇にふれた。英語で返した。「彼でした。あなたの言ったとおり」

「確かなのか？」

「彼とビールを飲んだばかりです」

「えっ、何だって？」

「いや、いいんです。彼はまったく怪しんでいません。本人に間違いありません」

だいぶ長い沈黙のあと、やっと言葉が返ってきた。「明朝、郵便受けを見ろ。金が入っている。もうすこし仕事をしてもらいたい」

これにはサルヴァトーレも驚いた。「報酬は同じで？」

ふたたびしばしの沈黙。「いいとも。だが、仕事をする場所はローマではない。ブリュッセルだ」

「問題ありません」

「よし。期間はいまから一週間。二週間になるかもしれない。追って知らせる」

「了解です《トゥット・ベーネ》」とサルヴァトーレは応えたが、すぐにまた言葉を継いだ。「あっ、そうそう……もうひとつ伝えておきたいことが」

「何だ？」

「彼は疑《うたぐ》り深くなっています。だれかに狙《ねら》われているんじゃないかと思っているんです。彼は準備ができています。つまり、トラブルに対して」

サルヴァトーレは相手の男が洩らした笑い声を聞いた。すぐに電話は切れてしまった。

9

　カリーニングラード州は第二次世界大戦の奇妙な遺物である。そこは本土から切り離されたところにあるロシアの飛び地なのだ。そんな地がつくられたのは、第二次世界大戦後に、スターリンがバルト海にのぞむドイツの港湾都市ケーニヒスベルクとその周辺地域を要求し、国境線の引き直しが行われたからである。

　そして以後五〇年近く、その本土から隔離された地はソ連政府《モスクワ》に戦略的利益をもたらした。カリーニングラード州は、南をポーランドと、北と東をリトアニアと接し、ソ連の衛星国と構成共和国とに抱きかかえられているという状態だったので、西側諸国に盗《と》られる恐れはまずなく、ソ連海軍艦船はこの地のおかげで楽にバルト海へ出ていくことができた。こうしてバルチック艦隊は、NATO（北大西洋条約機構）に加盟する数国の領海近くを哨戒《しょうかい》でき、ソ連にとって戦略的に最も重要な艦隊となった。

　冷戦時代、カリーニングラード州は「世界で最も軍事化された地」と呼ばれた。必要なときはいつでも〝鉄のカーテン〟を護れ、南へポーランド経由でドイツまで侵攻できるように、ソ連が州全域におびただしい数の軍施設、兵器、部隊を配置したからである。

だが、ソ連崩壊後、この小さなカリーニングラード州は、もはやモスクワの気まぐれに従わなくてもよくなった国々に囲まれて孤立し、きわめて脆弱《ぜいじゃく》な地となってしまった。そしてさらに、一九九九年にポーランドがＮＡＴＯに加盟すると、本土から数百マイルも離れた地に五〇万人ものロシア人が隔離されて住んでいるという現実が、深刻な問題となった。そのうえ、二〇〇四年にリトアニアがエストニア、ラトヴィアとともにＮＡＴＯ入りするにおよんで、ロシア政府《クレムリン》は卒中を起こすくらい慌《あわ》ててしまった。なにしろ、ロシアのひとつの州がバルチック艦隊の母港もろとも、ＮＡＴＯ加盟国に取り囲まれてしまったのだ。

だが、ヴァレリ・ヴォローディン大統領が、西欧との関係を悪化させて、この三年間に部隊と兵器をカリーニングラード州に大量に送りこんだため、同州はここのところロシア軍の前進作戦基地の様相を一段と濃くしている。バルチック艦隊は新たな艦船、ミサイル、海軍歩兵大隊で補強され、それらすべてがバルト海沿岸諸国の領土および領海を脅《おびや》かしている。カリーニングラード市のわずか数マイル北にはチカロフスク海軍航空基地があり、そこはＳｕ－27フランカー戦闘機からなる独立戦闘機航空連隊の本拠地であり、さらにヘリコプター、対潜哨戒機、輸送機も運用している。だが、カリーニングラード州でいちばん強固な軍用飛行場は、州都の五〇マイル東のチェルニャホフスクにあり、そこではSu－24フェンサー戦闘爆撃機やMiG－31フォックスハウンド迎撃戦闘機が堅牢《けんろう》な掩蔽壕《バンカー》のなかに格納されている。そしてそこから飛び立った航空機は、空中哨戒活動を展開すべく、カリーニングラード州内のみならず、西方のバルト海にまで飛んでいく。

こうした装備や人員をすべてカリーニングラード州へ送りこむのは至難の業《わざ》だったが、ロシアはなんとかやりとげた。もちろん空輸による補給も行われたが、そんなものは州内に駐留する軍隊が必要とするもののほんの一部にすぎなかった。そのロシア最西端の州は本土と接していないので、モスクワはベラルーシ、リトアニア双方と徹底的に話し合い、本土とカリーニングラード間の人員および物資の移動については無制限に行ってもよいという協定を両国と結ぶことになんとか成功した。ただ、ロシアとベラルーシは緊密な同盟関係にあったが、モスクワとバルト海沿岸諸国との関係は例外なく悪化していて、リトアニアの鉄道や道路を使ってカリーニングラードに達するルートは、ヨーロッパでの新たな戦争につながる火種になる可能性があった。

状況は悪化の一途をたどり、ヴォローディンがリトアニアを直接脅しにかかるのは時間の問題だと多くの者が口にするまでになった。ロシアが一日限りではあったもののエストニア侵攻を実行し、その後、武力によるクリミア併合を果たすと、ロシア権力情勢専門家《クレムリン・ウォッチャー》の多くが、これはもうただではすむまいと確信した。リトアニアで鉄道ストが起こるか、国境を接する地に戦闘部隊を送りこんでくるロシアへの大規模な抗議運動がポーランド国内で起こりさえすれば、ただそれだけでロシアは、西方の飛び地までの通行を確保するためだと公然と言い張って、カリーニングラードまで自由に行き来できる恒久的な回廊をつくりあげる作業にとりかかるにちがいない、とクレムリン・ウォッチャーたちは考えたのだ。

そして、もしロシアが実際にそうしたら、その影響はバルト海沿岸諸国をはるかに越えて遠い国々にまで及ぶはずだった。そんなことは専門家でなくてもわかる。

リトアニアはＮＡＴＯ加盟国であり、北大西洋条約の主要な基本原則のひとつに「集団的自衛」というものがある。それは第五条で次のように規定されている。「欧州、北米の一つまたは二つ以上の加盟国への武力攻撃は、全加盟国への攻撃と見なす。それゆえ、そのような攻撃が起こった場合、各加盟国は個別的または集団的自衛権を行使し……ただちに攻撃を受けた国を支援し……北大西洋地域の安全を回復し維持するのに必要と認められる――武力行使を含む――行動をとること」

冷戦時代は、加盟国が攻撃されるのは例外なく、ソ連が総力をあげて西側へ侵攻したときと想定されていたので、NATOが第五条によって望まない地域戦争に引きこまれる可能性はきわめて低かった。だが、いまや、NATOに加盟する東および北ヨーロッパの小国が、ロシアのヴァレリ・ヴォローディン大統領の照準線に捉《とら》えられているという現実があり、NATOを主導する国々は、控えめに言っても怖くて震えている。

たとえばフランスは、ちっぽけなリトアニアの名誉を守るために、三一〇発もの核弾頭搭載弾道ミサイルを保有する国と一戦まじえたいとは思っていない。ヴォローディンが領土の拡大を欲していることは明白だった。とはいえ、彼がNATOとの戦争を望んでいないことも、明白とまでは言えないものの、まあ本当であろうと推測できた。ヴォローディンのロシア政府《クレムリン》は、NATO各加盟国の政治的温度を測るのがおそろしく上手《うま》くなっていて、第五条の「集団的自衛権の発動」を引き起こさないすれすれの行動――もっと正確に言うと、NATO諸国がもっともらしく「遺憾ではあるが、『集団的自衛権の発動』に該当するとまでは言えない」と主張できる行動――をとるよう注意しつつ、リトアニアで〝戦争とは呼べない軍事行動〟を起こすこともできるようになっていた。

だが、大西洋の向こうにはアメリカ合衆国大統領ジャック・ライアンがいて、ロシアにはもっと強硬に対処するよう強く求めていた。ロシアのほぼすべての挑発行為に対するNATOの優柔不断な対応と無抵抗姿勢は、さらなる本格的な攻撃をうながすだけだと、ライアンは北大西洋条約機構指導部に公式および非公式に注意をうながしてきた。NATOが対抗手段をとる可能性はないということなら、ロシアはかならずベラルーシ経由でリトアニアに侵入する。ヴォローディンの脅しや戦争には至らないていどの軍事的行動にヨーロッパ諸国が軟弱な対応しかしなければ、ロシアの大統領は増長し、行動をさらにエスカレートさせるにちがいない、とライアンとしては考えざるをえなかった。

当然、リトアニアは現在、落胆と不安のなかに投げこまれ、その状態がずっとつづいている。バルト海にのぞむその小国で最近おこなわれた世論調査では、大半の国民が来年中に祖国はロシアに攻めこまれると信じている、という結果がでた。

ヴォローディンにとってあと必要なのは、たったひとつの火花、それだけだ。火花がひとつ散りさえすれば、もうそれだけで、ヴォローディンがこれまでやってきた〝戦争とは呼べない軍事行動〟は激烈な本格的侵略へと変化しうるのである。

軍用列車が国境のフェンスの隙間《すきま》を抜けてベラルーシからリトアニアに入り、出入国管理施設の前を通りすぎて、そのまま西へ向かったのは、午前零時ちょっと前のことだった。列車は速度をゆるめもせず走りつづけ、どちらの国の国境警備兵もチラッと一瞥《いちべつ》しただけだった。

車中には四〇〇人近い兵士がいた。大半が第七親衛自動車化ライフル連隊の兵員だったが、第二五沿岸ミサイル旅団に所属する兵士たちも数十人混ざっていたし、カリーニングラードに駐留する他のさまざまな部隊の男女もいくらか、休暇から帰隊するためにこの列車に乗っていた。カリーニングラード州政府職員も二五人ほど乗っていて、ほんのすこしだが非軍事色を添えていたが、彼らは最後部の一等車両を独占していた。

さらに、列車は軍用車両数台――おもに陸軍用のGAZ軽トラックと、それより大きいウラル・タイフーン耐地雷・装甲兵員輸送車――を運搬していたし、二〇トンほどの弾薬・装備品――陸軍の制式拳銃《けんじゅう》用実包から、バルチック艦隊所属の駆逐艦が搭載する巨大なAK－130連装速射砲用の130ミリ榴弾《りゅうだん》――も運んでいた。一般のリトアニア国民には、真夜中に祖国を通過するこの二〇両編成の列車を見ただけでは、ロシアの兵員と装備品を運搬しているとはわからない。外見は、東から西へ向かう他の列車とたいして変わらないからだ。だが、国境地帯に住んでニュース報道に注目してもいる者たちはみな、ロシアにリトアニアを通過して人員・物資をカリーニングラードまで運ぶ権利があることくらい、ちゃんと知っていた。

実はリトアニアとロシアのあいだには協定があり、「リトアニアはいつでもロシアの列車に乗りこんで臨検でき、ロシアのほうも好きなときにリトアニアの国境警備施設を立ち入り検査できる」ことになっていたが、その協定はヴァレリ・ヴォローディンが大統領の座につくと棚上げ状態になってしまった。

いまではロシアは、列車を通過させてもリトアニアには何も見せず、リトアニアはそれに慣れざるをえなくなっていた。

むろんリトアニア政府はそれに慣れることなどできなかった。まったく。だが、西側にあるロシアの軍事化された飛び地への対処のほうが重要だという考えにいたり、列車は黙って通過させることにした。ただ、ロシアの列車はリトアニア国内での停車を許されなかった。通り過ぎる駅にはリトアニアの警備兵がならび、つねに数分遅れで三台の軌道検査用軌陸車が列車のあとを追い、途中で降ろされた人員や物資がないかチェックした。

ロシアの軍用列車がヴィリニュス中央駅通過まであと一分と迫ったとき、ほとんど見分けがつかないグレーのフォード・トランジット・パネルヴァン二台が、駅の真西の線路上にかかるシュヴィトリガイロス通りの陸橋に入ってきた。先頭のフォード・トランジットがゆっくりと歩道に寄ってとまり、五〇メートルうしろを走ってきた後続のパネルヴァンも同じように停車した。二台のヴァンの助手席からそれぞれひとりずつ男が同時に跳び降り、二人は懐中電灯を手にして通りの中央までゆっくり走っていった。

うしろの男は南を向き、前の男はその逆に体を向けて北に目をやった。

深夜のことで、陸橋の上にはほかにだれもいなかった。もしいたら、その者たちはきっとあとで、「ヴァンから跳び降りた男たちは、交差する槍《やり》が描かれた同じ黒い腕章をつけていた」と語っていたにちがいない。しかし、そうやって目撃した者たちも、その腕章が何を意味しているのかまではわからなかったはずである。ポーランドのウッチを拠点とする小規模な民兵組織〈ポーランド人民槍騎《そうき》兵《へい》〉の記章を知っている者などリトアニアにはほとんどいなかったからだ。

そうやって最初に降りた二人が陸橋の交通を遮断しているあいだに、二台のヴァンのサイドドアが同時にひらき、それぞれの車からさらに二人ずつ男が跳び降りた。その四人も〈ポーランド人民槍騎兵〉の腕章をつけていて、ただちにヴァンの後部へまわって車内にもどり、大きくて長い金属製の装置を持ち上げた。そして、それら二つの装置を歩道まで運んでいき、陸橋の手すりに近づけていった。

またしても、ヴァンから降りた六人の男たちのほかに、その作業を見た者はひとりもいなかった。だが、もしいたとしても、そうした目撃者たちが兵器だけでなく歴史に関しても少しばかり知識がなければ、ヴァンから降ろされたのがソ連時代の滑腔砲《かっこうほう》式B－10無反動砲であることまではわからなかったにちがいない。B－10は一九五〇年代に開発・配備され、九〇年代前半までに近代的な軍隊にはほとんど用いられなくなってしまった。

大きな金属製の無反動砲二門のいずれにも車輪がついていたが、下の線路が見わたせる陸橋の手すりのそばに砲が運ばれ、ほぼ正確な設置場所におかれるまで、車輪が使われることはなかった。そのあとの調整のさいに、ようやくB－10は車輪で左右に動かされ、すこし離れた駅と陸橋とのあいだのある一点のほうへ砲口が向けられた。

どちらのB－10も、長い82ミリ口径砲身の左側に単純な光学照準器がついていて、それぞれひとりがその照準器を使って、無反動砲の位置をさらに微調整した。精密な照準ができる砲ではなかったが、問題なかった。照準点は二〇〇メートルしか離れていないところだったからである。

二門の無反動砲が微調整を終えて動きをとめたあと、カリーニングラードに向かう二〇両編成のロシアの軍用列車を牽引《けんいん》する大きなディーゼル機関車が、ガタゴト音を立てながらヴィリニュス中央駅を通過した。陸橋の上の男たちは、長い列車を引っぱって近づいてくる機関車を見まもった。さらに数秒したとき、男たちがベルトに引っかけていた無線機から声が飛び出した。

「アタク！」攻撃の命令はポーランド語で伝えられた。

二門の無反動砲がほぼ同時に火を吐いた。

列車を牽引する先頭のディーゼル機関車が、榴弾二発の直撃をくらった。爆裂も脱線もしなかったが、ただちに運転不能となり、二人の機関士は即死し、車輪数個が損傷した。脱線は、機関車がほぼ陸橋の真下に達したとき、ようやく起こった。攻撃者たちは、与えた損害が予想していたよりも小さかったことに失望したが、すぐさま再装弾し、ふたたび砲弾を放った。左側の砲から飛び出した砲弾は九つ目の車両に、右側の砲の榴弾は一一両目に、それぞれ命中した。

どちらも直撃で、砲弾は車両を引き裂き、その奥へともぐりこんだ。

B-10無反動砲はさらにもういちど装弾され、今度は長い列車のもっとうしろに狙いが定められた。陸橋の北側の無反動砲は一〇フィートほどターゲットをはずしてしまったが、榴弾が爆発時に数千の破片を一四番目の車両に送りこみ、砲弾が車両の屋根に直撃した場合と同じくらい多くの者たちを死傷させた。

攻撃がまだ行われているあいだに、バックシートに客をひとり乗せたタクシーが一台、ヴィリニュス中央駅に向かおうと、シュヴィトリガイロス通りの陸橋に入ってきた。運転手は道路の中央で懐中電灯を振っている男に気づき、あわててブレーキを踏みこんだ。と、そのとき、前方の右側の手すりの近くから発砲炎が二つ広がり、あたり一帯を明るく照らし出した。それで運転手も客も、男たちの姿を見られたし、火砲のなかでは小型の部類に入る砲も目にすることができ、下の線路のほうで起こった爆発の音も捉えることができた。

ポーランドの民兵組織の腕章をつけた男たちが最後に撃った六発目の砲弾が、最大の損害を与えた。その82ミリ口径榴弾は一六両目に命中し、運よく、その車両に積まれていたもののなかに一〇〇個ほどの艦砲用100ミリ口径砲弾もあったのである。驚くべきことに、すべてが爆発したわけではなく、炸裂《さくれつ》したのは四個にすぎなかったが、それでもその二次爆発は凄《すさ》まじく、他の七車両に損害をおよぼした。

駅のチェックポイントで警備にあたっていた警官たちは、どういうわけか通過中のロシアの列車から自分たちが攻撃されているのだと思いこんでしまった。だから、攻撃が終わったときにはまだ、状況を把握しようとしているところだった。それゆえ、攻撃者たちは知らなかったのだが、ほんとうはあと少なくとも二発は砲弾を撃てる時間があったのである。

最初の砲弾が撃たれた一分二七秒後、二台のフォード・トランジット・パネルヴァンは南へ走り去った。B－10無反動砲は二門とも置き去りにされ、まだ硝煙を上げていた。

目撃者のタクシーの運転手と客は、「道路の中央で懐中電灯を振っていた男の腕に黒い腕章がついていて、そこには交差する槍という独特の記章が描かれていた」と証言した。攻撃から半時間もしないうちに、リトアニア国家保安局（ＶＳＤ）の職員たちが、コンピューター画面にぐっと身を寄せ、データベース内にある既知の記章を調べはじめた。彼らは、同胞がこの地域最大・最悪の国家と戦争を開始したのではないかと不安に駆られ、その調査中ずっとパニックにおちいらぬよう必死になっていた。

だから、攻撃者たちの腕章に描かれた記章がどの組織のものかわかったとき、ＶＳＤ職員の男女は押し殺した安堵《あんど》の溜息《ためいき》をついた。そして、その事実が今後どのように展開していくのかわからず、戸惑い、頭を掻《か》いた。

ともかく彼らは攻撃を実行した組織を特定した。いや、正確には、特定できたと思った。だが、ポーランドからやってきた数人の〝農民〟が、あのくそ恐ろしいロシアに対してこれほど重大なことをやったとわかり、VSD職員たちはまさにびっくり仰天してしまった。

10

アメリカ合衆国大統領ジャック・ライアンは、ここのところあまり寝ていない。大統領職につきもののプレッシャーだけでなく、アメリカの最高行政官として、とんでもない数の会議、会合、写真撮影、公式行事、公式晩餐会《ばんさんかい》、外国訪問、国際会議などをこなさなければならず、一晩に八時間つづけて眠れることはめったにない。自由世界のリーダーが睡眠を充分にとれるというのは、夢物語ではないにせよ、きわめてまれなことなのである。

アメリカに影響を与える危機や災厄がひとつもないときでもそうなのだ。ところが、この一年、ジャック・ライアンは、まるで押し寄せる大波のように次から次へと起こりつづけた緊急事態――東海岸に襲いかかったハリケーンから、ロシアの隣国への侵略、中東のアメリカ大使館・領事館を標的とするテロ攻撃、南米諸国のクーデターまで――に対処しなければならなかった。

そしてさらに、大きな事件があった――それはジャック・ライアン大統領二期目の最初の一二カ月を象徴するような出来事だった。ライアンその人をターゲットにした北朝鮮による暗殺未遂事件である。

アメリカ合衆国大統領は、職務を果たすうえで凄まじい重責を負わなければならず、それだけで睡眠を充分にとるなどということはほぼ不可能になるのだが、ライアンの場合、危うく成功するところだった数カ月前の暗殺未遂と、そのせいでいまもつづく痛みによって、夜の安眠がさらに難しくなっていた。

ライアンは榴弾使用の手製爆弾攻撃によって鎖骨を砕かれ、肩の軟部組織にもいくらか傷を負い、脳震盪《のうしんとう》も起こした。脳震盪の症状は数日のうちに消え去ったが、手術を受けたうえ、理学療法に毎日はげみ、しばしばそれを愛情深くはあるけれども恐ろしく厳しい妻の監視下におこなったにもかかわらず、強張《こわば》りや鈍痛のせいで目覚めることが一晩に何度もあった。ただ、激痛にのたうつということはなかった。

医師でもある妻のキャシー・ライアンは、それについて一度ならず夫にこういう説明のしかたをした。「しかたないのよ、ジャック。爆弾に吹き飛ばされるというのは、生身の体にとってはとってもきついことなの」

理学療法は手術以来この数カ月、ライアンの日課となっていた。そしていまちょうど彼は、ホワイトハウスのレジデンス〈居住区〉のジムにあるアーム・ペダル訓練器《エクササイザ》を腕でまわすという単調な午後の日課を終えようとしているところだった。この器具を動かすのはたいして難しくなく、やりがいのあるものでもなかったが、手術後の有痛性肩拘縮症をふせぐためには一日二〇分のアーム・ペダル運動が必要だと外科医に言われていたのだ。肩はゆっくりとだが確実に改善しつつあったので、ライアンは医師の指示にしたがい、日課にしている訓練の最後にアーム・ペダル運動を加えることにしていた。

だが、今日の午後は、アーム・ペダル訓練器に向かって座る前に、ルームランナーで汗をかいてしまい、のぞきにきた妻のキャシーにそれを気づかれてしまった。

「大丈夫、ジャック？」

「うーん、いまいち」

キャシーはジムのなかに入ってきて、ライアンのうしろに立ち、汗に濡《ぬ》れたAIR《エア》 FORCE ONE《フォース・ワン》 Tシャツの上から夫の肩を軽く揉みはじめた。「痛みが急にひどくなったの？」

ライアンはペダルをこぐ手を休めもせず、首を振った。「いや、退屈でたまらないだけ。この一カ月こいつをこぎつづけて、もう手だけでツール・ド・フランスを走り切ったはずなんだ」ツール・ド・フランスはフランスをほぼ一周する自転車ロードレース。「なのに、フランス・アルプスの景観も楽しめなかった」

キャシーは笑い声をあげ、肩を揉むのをやめて夫の白髪混じりの髪をくしゃくしゃにした。そして腕時計に目をやり、ライアンの警護班長のジョー・オハーンを見やった。

オハーンは警護対象である大統領とともにホワイトハウスのレジデンスで汗を流すこともよくあり、いまもジムのすみでミリタリー・プレスと呼ばれる、バーベルを肩から頭の上まで持ち上げる動作を繰り返すウェイト・トレーニングをしていた。

キャシーは言った。「ジョー、わたしはいまから大食堂まで下りて、今夜の公式晩餐会の準備の具合をチェックしなければいけないの。ジャックのアーム・ペダル運動はあと七分残っているから、ちゃんと見張っていてね」

「イエス・マーム」

ライアンがそばにいないかのようにキャシーはつづけた。「ジャックのことはよく知っているでしょう。きっと最後の数分を適当に楽しようと、お世辞とか、うまいこと言って、あなたの目をごまかそうとするわ。気をつけてね」

オハーンは笑みを浮かべ、バーベルをもういちど頭の上まで持ち上げた。「わたしはお世辞なんかでごまかされるような男ではありません、マーム」

「よかった。わたしはね、長年ジャックがアンドリアにうまいこと言ってごまかそうとするのを見てきたの。ジャックはやらないほうがいいことをやりたくなったとき、いつもかならず、大目に見てもらえるように、アンドリアの機嫌をとろうとした」アンドリア・プライス＝オディはついこのあいだまでジャック・ライアンの警護班長だったのだが、メキシコシティでの大統領暗殺未遂事件のさいに重傷を負ってしまった。回復する見通しで心配はないのだが、もう大統領警護班にも他の班にも戻ることはできず、警護のキャリアは終わりとなってしまったので、彼女が長年果たしていた職務はオハーンに引き継がれたのである。

オハーンはファーストレディーの言葉を尊重した。だから無表情のまま言った。「もしわたしの機嫌をとるような素振りがありましたら、ただちにお知らせいたします」

キャシーはふたたび笑い声をあげ、最後にもういちど夫の肩をぎゅっと摑《つか》んでから、廊下に戻って階段へ向かった。

妻に聞かれる心配がなくなると、大統領は言った。「ジョー、ホワイトハウスのジムで起こったことは他言無用、いいね」

オハーンはバーベルをおろし、タオルで体の汗を拭《ふ》いた。「イエス・サー」と応えはしたが、すぐに言い添えた。「でも、大統領、ちゃんと二〇分はやるべきだと思います。ご自分のためです」

ライアンはぶつぶつ不満を洩《も》らし、アーム・ペダルをまわしつづけた。

だが、それはほんの一分のあいだだけだった。壁の電話が鳴りだしたのだ。

オハーンが素早く受話器をとった。「はい、ジムです」すぐに顔を上げ、大統領を見やった。「DNIフォーリからです、大統領」DNIは国家情報長官。

「州知事から死刑執行猶予《ゆうよ》を与えられたようなものだな」ライアンは言い、アーム・ペダルをまわすのをやめ、ラックにかかっていたタオルをつかみとった。そして、強張っている肩を揉みながらシークレット・サーヴィス警護官から受話器を受け取った。

「土曜の午後六時だよ、メアリ・パット。何か悪いことでも？」

「そうなんです、大統領。兵員等を輸送していたロシアの軍用列車が攻撃されたのです。いま飛びこんできたばかりの情報でして、まだわずかなことしかわかりません。死亡者が多数でたもようです。数十人にのぼるかもしれません」

「ウクライナ？」ライアンはすぐさま返した。そう思うのももっともな話なのである。ロシアとウクライナはもう一年以上もだらだらと〝場所取り戦争〟をつづけているのだから。だが、それがウクライナで起こったことだとしたら、国家情報長官本人がわざわざ知らせるために電話してくるだろうか、とライアンはいささか疑問に思ってもいた。

「ノー、サー」一拍あってから「ヴィリニュス」という地名が返ってきた。

ジャック・ライアンは電話のそばの椅子にゆっくりと腰を下ろした。「うーん、まいったな」なぜフォーリ自らが電話してきたのか、それで合点がいった。よく考えてみた。「まさにわれわれが心配していたようなことだな。犯行グループは?」

「不明です。まだ情報が入りはじめたばかりですから。むろん、バルト海沿岸での攻撃ですので、例の〈地球のための運動〉も調査対象としなければなりませんが、今回のターゲットは前回のものとはまるでタイプがちがいます」

「だな。最近はいろんな悪党どもがぞろぞろ出てくる。よし、みんなを国家安全保障・危機管理室《シチュエーション・ルーム》に集めてくれ」ライアンは壁の時計に目をやった。「では、四五分後に」

「今夜は七時三〇分から日本の首相との公式晩餐会がありますよね」

「そうなんだ。完全な欠席というわけにはいかないので、掛け持ちということにせざるをえないな。必要なら、行ったり来たりする。わたしはこれから着替えをするので、すまないがアーニーに電話し、うまく段取りをつけるように言ってくれないか?」

「承知しました。では、四五分後に」

ライアンは受話器を架台にかけると、オハーンに肩をすくめて見せた。右肩が異常なほどの痛みを発した。「すまない、ジョー。急いで行かないと」

「仕方ないですな、大統領。大統領なんですから」

ジャック・ライアンはタキシード姿でホワイトハウスのシチュエーション・ルーム――ウェスト・ウィング（西棟）地下の数室からなる五〇〇〇平方フィート（約四六五平方メートル）の国家安全保障・危機管理室――に飛びこんだ。ホワイトハウスのジムを出てからまだ四五分しかたっておらず、運動したせいで、メキシコで負った傷が残る肩が相変わらず痛みを発していたし、蝶《ちょう》ネクタイは結ばれずにシャツの上に垂れたままになっていた。

会議室に入ると、すでに満員だったので、ライアンは嬉《うれ》しくなった。会議用テーブルのまわりの椅子に一二人が着席し、両側の壁際《かべぎわ》にならぶ椅子にもほぼ同数の者たちが座っていた。そうした緊急会議出席者のなかにも正装している者が四、五人いた。公式晩餐会はいつだって重要な催しではあるが、イギリスとカナダをのぞけば、日本ほどアメリカにとって親密な国はないので、同国の首相夫妻を晩餐に迎えるときはホワイトハウスも必ずいつもとは一味ちがわせようと気合いを入れてのぞむ。

会議用テーブルの端の上座《かみざ》の左側にはスコット・アドラー国務長官が座っていた。タキシードを着ていて、晩餐会に出席する準備をすっかり整えているように見えたが、背を丸めて、ヴィリニュスのアメリカ大使館から送られてきた電信文を読んでいた。そして、隣に座っていた国家安全保障問題担当大統領補佐官のジョリーン・ロビリオも魅力的なドレスに身を包んでいたが、彼女もまたiPadにおおいかぶさるようにして、自分のスタッフから送られてきた事件の最新情報に目を通していた。

大統領の入室に気づくや全員が立ち上がったが、ライアンは手を振って、みなをもとどおり座らせ、ドアにいちばん近い上座の専用の席に腰を下ろした。

「公式晩餐会に出ることになっている者は、ちゃんと出席しないといけない、いい、いいないでね。早いところ検討し、どう対処するかを決めたら、晩餐会に出かけ、最も手間のかかる大変な部分は、あとに残る者たちに任せることにしよう。これから夜を徹して困難な力仕事に取り組む者たちの邪魔をすることはもうない」

ライアンは会議室のなかを見まわし、軍、国防総省、国家安全保障会議、国務省、さまざまな情報機関に所属する男女全員に目をやった。彼らはみな、これからずっとウェスト・ウィングか隣のアイゼンハワー行政府ビルにとどまり、土曜の夜だというのに徹夜で仕事をしなければならないはずだ。

ライアンは言った。「ワシントンDCの夕食時にロシアの軍用列車を攻撃するなんて、どんなやつらの仕業かは知らんが、まったく迷惑もいいところだ。給仕係に指示して晩餐会の料理を全員に行き渡るように運ばせる」大統領は肩をすくめた。「ピザよりはましだ」

ライアンはメアリ・パット・フォーリ国家情報長官を見やった。彼女は会議用テーブルの反対側の端近くに座っていた。「事件について新たにわかったことは?」

「あります。歓迎できない情報です。列車攻撃の目撃者が二人いまして、その二人ともが、テロリストたちは〈ポーランド人民槍騎兵〉の腕章をつけていたと証言しているのです」

ジャック・ライアンはその名にピンときた者がいたかどうか知ろうと部屋のなかを見まわした。初めて耳にする名だったからだ。「何だね、それ、いったいぜんたい?」

フォーリ国家情報長官は答えた。「小規模な民兵組織です。隊員はみな民間人。反ロシア国粋主義グループ。ですから、ロシアの軍用列車を攻撃する動機なら充分にあって、まあ、辻褄《つじつま》がピタッと合います。しかしですね、〈ポーランド人民槍騎兵〉がこれまでにロシアに対して暴力的な攻撃をしかけたことは、われわれの知るかぎりゼロです。実行犯たちは——」メアリ・パットはテーブル上のメモに目をやった。「B-10無反動砲二門を用いて、ヴィリニュス中央駅近くの陸橋から列車めがけて砲弾を放ちました。そして、その無反動砲は二門とも現場に残された。攻撃後、それらを回収して持ち帰る時間などないと、実行犯たちは判断したのだと思います」

「その〝槍騎兵〟たちは声明を出したのかね？　犯行声明を、あるいは無関係との声明を？」

「いえ、どちらもまだ出していません」

ライアンは首をかしげた。「係わっていないのなら、ぐずぐずせずに早いところそのむね明言するはずだね」

ロバート・バージェス国防長官もまたタキシード姿だった。彼は首を振った。「大統領、小型とはいえ火砲二門を外国の都市の中心部を移動させ、特定の走り来る列車を攻撃するとなるとやはり、訓練と協力者との連携が必要になります。わたしは〈ポーランド人民槍騎兵〉についてはほんのわずかなことしか知りませんが、彼らは〝週末戦争ゲーム愛好家〟に毛が生えたていどの者たちです。要するに〝銃器愛好クラブ〟みたいなもの。森でキャンプしたり街中《まちなか》を軍隊式に行進したりはします。しかし、メアリ・パットが言ったように、暴力的な攻撃を画策したことは、だれに対しても、また、どこにおいても、まったくありません。ポーランドのウッチの新聞に書かれたことは何度かあり、それはわれわれも把握しています。たとえば『ずけずけものを言う〈ポーランド人民槍騎兵〉のリーダーのひとりが、近所で暮らすロシア系住民たちを脅した』といった記事が新聞に載ったことがあります。でも、落書きや無許可デモでメンバーが逮捕されたことはあるにせよ、彼らがそれ以上の法律違反を犯したことは一度もありません。〈ポーランド人民槍騎兵〉がこんなことをうまく成功させられたなんて、とても信じられません」

「では……だれがやったというのかね？」

ジェイ・キャンフィールドＣＩＡ長官が声をあげた。「ロシアの自作自演という線も排除できないのではないでしょうか？」

ライアンは返した。「今回の攻撃は〈偽旗作戦《にせはた》〉ではないかと言うのかね？　ロシアが自国の軍用列車を攻撃したのではないか、と？」

「情報に基づく推測をするのはまだ早過ぎます。それはわかっているのですが、ロシアが同様の策謀をくわだてたことが前にもありましたよね」

何年か前に、ウクライナ東部の紛争地域で爆弾テロが起こり、分離を求める抗議デモの参加者たち、すなわち親ロシア派の人々がたくさん殺害されたが、それはロシアが仕組んだ〈偽旗作戦〉だったのだと、CIAはすでに断定していた。ロシア政府《クレムリン》はその事件を利用して侵攻を正当化し、たちまちロシア軍の戦車が国境を越え、ウクライナ戦争の火ぶたが切って落とされたのだ。

ライアンは言った。「うん、確かにそういうことがあった。問題の列車は何を運んでいたのかね？」

メアリ・パットがメモに目を落とし、答えた。「友好関係にあるリトアニアの情報機関によりますと、それは定期的に運行されている人員・物資輸送列車だったそうです。そうした列車が通過するときはいつもそうするように、リトアニアはヴィリニュス中央駅の警備を強化していたのですが、無反動砲が据えられた陸橋まで監視対象とはしませんでした。駅から半マイルほども離れていたからです」

「死傷者は？」

キャンフィールドが答えた。「列車にはまだ、爆発して危害を及ぼしかねないものがたくさんありますので、また変わるかと思いますが、現時点では、今回の攻撃でロシア兵二二人が死亡し、六一人が負傷したとのことです。列車および積み荷は壊滅状態で、リトアニアの消防士五人も消火活動中に殉職しました。繰り返しますが、今後も爆発が起こる可能性があり、それが大きな問題となります」

「なんてこった」ライアンは思わず声を洩らした。「ロシア政府《モスクワ》の反応は？」

「すでに最高度の戦争準備態勢に入っております。まだ攻撃が起こってから二時間しかたっていないというのに、ソーシャルメディアを通して、ＮＡＴＯ、ＣＩＡ、リトアニア、ポーランド、ウクライナを非難する声明を出しまくっています」

「例によって例のごとし、か」

アドラー国務長官が割って入った。「一貫性があるとは言えますね」

ライアンは指でテーブルを小刻みにたたきはじめた。「もしロシアの自作自演だとしたら、『バルト海沿岸の軍事施設へ直接アクセスできる回廊を獲得するための初手』と考えて、こちらも対処しないといけないな。カリーニングラードは第二のクリミアになるのではないかと、わたしはずっと前から心配していたんだ」

アドラーは大統領の言葉を補った。「実は、大統領、カリーニングラードの〝クリミア度〟は本家のクリミアよりも高いのです。クリミアは住民の半数以上がロシア人であり、ロシア海軍基地を擁してもいますが、ウクライナの一共和国にすぎません。一方、カリーニングラードは、紛れもないロシアの領土であり、海軍基地があり、航空基地も二つあります。さらに、言うまでもありませんが、海岸線に沿っていたるところにミサイル発射台があり、陸軍基地も複数ある。カリーニングラードはロシアにとって、クリミア同様、戦略上きわめて重要な地なのです。そのうえ、カリーニングラードの場合、ロシアにはその権益を主張する正当な理由もあるわけです」

ライアンは言った。「だが、リトアニア南部を要求する権利まではない。ロシアとしては、そこを奪い取らなければならないわけだ――本土からカリーニングラードへ陸路まっすぐ達するためには」

アドラーはうなずいて同意したが、口をひらいてこう付け足した。「問題は『合法的かどうか』ではなく、『リトアニアを横断する帯状の土地をめぐってロシアと実際に戦火を交える度胸がNATOにはある、とヴァレリ・ヴォローディンが考えるかどうか』です」

メアリ・パット・フォーリ国家情報長官が発言した。

「ヴォローディンはいま、何らかの外交的または軍事的勝利を求めています。勝利がなんとしても必要なのです。現在、化石燃料価格が暴落しているため、ロシア経済は深刻な打撃を受け、最悪の状態におちいっています。なにしろ石油と天然ガスがロシアの輸出の半分以上を占めていますからね。そのうえ、われわれが二、三カ月前に断行した制裁措置がすでに効果をあらわし、ロシアはさらに締め上げられているという状況です。

ウクライナでは、われわれが同国の武装を強化させたため、簡単に圧勝できると思っていたヴォローディンも、多大な代価を払わざるをえなくなり、彼の思惑はほぼ完全に粉砕されました。そしてヴォローディンはエストニアでも敗北しました――自国民には『交渉の結果の撤退であり、勝利である』とごまかしましたけどね」

キャンフィールドCIA長官があとを承《う》けた。「この一三カ月のあいだにヴォローディンの支持率は八二％から五九％にまで下落しました。急降下とまでは言えませんが、急落にはちがいありません。彼が自身と政策に関する否定的報道を事実上禁じているということを考えますと、支持率の二三％もの下落はやはり驚くべきものです」

ライアンは言った。「一年前、ロシア経済は好景気で、ヴォローディンは絶大な人気を誇り、無敵だった。ところが、いまや経済は落ちこみ、それを回復させる手立ては何もない。そこでヴォローディンはすっかり宗旨替えをした。自分をナショナリストに仕立てあげ、国家の象徴を国民にあがめ尊ばせ、『欧米に虐《しいた》げられているスラヴ民族の救世主』の役を演じ、ロシアを苦しめる問題はすべて、われわれやNATO、外国のせいだと非難しだした」

スコット・アドラー国務長官が声をあげた。「エネルギー価格の高騰《こうとう》がありえないという状況下で、支持率を上げるとなるとやはり、だれもが認める軍事的勝利を収めるというのがいちばん確実な方法になるでしょうね。だが、彼は勝利など収められない、どんなところでも。ウクライナも膠着《こうちゃく》状態です」

ライアンが補足した。「ウクライナが膠着状態なのは、ヴォローディンがいまのところ思いとどまっているからだ。その気なら彼は、キエフへ向かってもっと強引に進撃することもできたのだ。いや、いまでもまだ、そうすることができるかもしれない。にもかかわらず、われわれはいまや、新たに発生した火種に注意を向けつづけなければならなくなってしまった。リトアニアで立てつづけに起こった二つの攻撃は、ヴォローディンが直接係わっていようがいまいが、戦争をはじめる口実にはなりうる」

アドラーが返した。「去年われわれはヴォローディンを、まあ、恐喝しました。こちらが把握している、ヴォローディンと犯罪組織との結びつき、さらに彼がそれを利用してロシアの最高権力の座にまでのぼりつめた経緯《けいい》をも、すべて暴露するぞ、と言って脅したわけです。すると彼は、ウクライナで譲歩し、戦車を反転させ、クリミアとドネックの占領地を拡大することをやめました」

ライアンは言った。「あの脅迫では対ヴォローディン問題をきれいに解決することはできなかったが、時間稼ぎにはなった。彼がドニエプル川まで突進させようとしていた軍をストップさせたので、ウクライナに部隊を再編制して防衛力を高める時間的余裕が生まれた。われわれも手のなかにある最高の防衛用ミサイル等の武器を提供し、軍事顧問の数を増やすことができた」

ジョリーン・ロビリオ国家安全保障問題担当大統領補佐官が言葉を差し挟んだ。

「大統領、ウクライナでのわれわれの行動は正しかったのです。ヴォローディンを手詰まりの状態にさせられましたからね。それまでのロシア軍部隊の凄まじい進攻スピードを考えますと、現在の膠着状態はヴォローディンにとっては敗北も同然です。ただ、わたしは心配しているのです——われわれがヴォローディンをあまり追いつめると、彼はある時点で、その窮地を脱するには核兵器使用しかないと思いこんでしまうのではないか、と」

ライアンは応《こた》えた。「そうだな。こちらがそこまで読んでいることをヴォローディンも知っている。これからも何かにつけてアメリカに悩まされると彼は思っているが、結局のところ『やれるものならやってみろ』という態度に出られるとまでは思っていない。だから、ヴォローディンがリトアニアでの今回の攻撃を仕組んだということなら、彼は新たな戦線をつくろうとしているのかもしれない。ウクライナがうまく行かなかったんで、また別の場所で始めようとしているのではないかな」

スコット・アドラー国務長官が返した。「確実に戦争になるというような話しぶりですね」

ライアンはしばし考えこんだ。そして国防長官のほうへ顔を向けた。「ボブ、ロシアがリトアニアに侵攻してきた場合、どのような対応策があるのかね？」

ロバート・バージェス国防長官はそう問われるとわかっていて準備をしてきていた。

「言うまでもありませんが、われわれとしては、NATOに掛け合い、部隊を移動させなければなりません。NATO即応部隊がヨーロッパ中央部の六カ国――むろん、リトアニアにも――駐留しておりますが、人員は総計で六〇〇〇にすぎません。リトアニアの首都ヴィリニュスにはせいぜい四〇〇人しかいません。それでも、ポーランド東部に駐留している部隊よりは大きいのですが、侵攻してくるロシア軍を阻止できる規模では到底ありません。大規模な動員が必要です」

「そのNRF――NATO即応部隊――は緊急時にどれほどの時間で展開できるのかね？」

「一週間以内に展開できます。もちろん、NATOにはほかに、さらに速く、四八時間以内に展開できる部隊があります。VJTF――高度即応統合任務部隊――です。優秀な部隊ですが、やはりこの部隊もまたロシア軍を阻止できるほどの人員を擁しておりません」

メアリ・パットが発言した。「先走りは禁物です。この一週間のうちに国境を越えるロシア兵の数はゼロです、大統領。すぐに展開できる位置にいるロシア軍部隊は皆無ですから」

そう言われてもライアンはそれほど安心できなかった。「だが、ヨーロッパ諸国の意思決定に要する時間も考慮しないといけないから、悠長に構えているわけにはいかない。ヨーロッパのわれらがパートナーたちはみな例外なく、『よしきた、ロシア軍を迎え撃とう』と派兵を即断する政治的意思がない。われわれがやはりいろいろと世話を焼かないといけない。まもなくコペンハーゲンでNATO首脳会議が開催される。その機会を利用しない手はないね。そこで、他国の国家元首たちに、防衛のための部隊移動を効率よくスムーズにおこなう手筈《てはず》を整えておこう、と訴えるんだ。リトアニアの液化天然ガス施設が爆破され、いままたヴィリニュスで軍用列車が攻撃されたのだから、これはすぐに戦争になりうる、と理解できる加盟国が充分な数に達するのではないかな」

ロビリオ国家安全保障問題担当補佐官が口をひらいた。「NATO首脳会議で話を聞いてもらえるようにと心から祈っておりますが、そうしたサミットがどういうものになるか、大統領もご存じですよね。みなさん、たくさんしゃべりはするが、行動をほとんど起こさない」

ライアンはうなずき、ふたたび国防長官のほうに顔を向けた。「NATOが見て見ぬふりをしたら？　NATOに束縛されないアメリカ軍部隊はどうなっている？」

バージェス国防長官は答えた。「海兵隊の大隊一個、兵員一二〇〇人が、黒海ローテーション部隊として駐留しています。即応部隊として展開できるようになっており、NATOに束縛されません」

「いまどこにいる？」

「ルーマニアです。ですが、ヨーロッパのどこにでも、どのような戦域にも、二四時間で展開できます。まさにそのように訓練されている部隊なのです」

ライアンは片眉を上げた。「その兵員一二〇〇人の海兵隊部隊は、ロシアの侵略軍を撃退する訓練も受けている？」

「もちろんです。彼らは自分たちが〝一時しのぎ部隊〟であることを知っています。とりあえず投入され、可能なら他のアメリカ軍部隊と連携し、むろん現地の友軍とも協力して、任務にあたるのだということを、彼らは自覚しています」

「よし。ほかに投入できる部隊は？」

バージェスは軽く肩をすくめた。「駆逐艦が一隻《せき》、バルト海でプレゼンス任務にあたっています。でも、空母は一隻もいませんし、ロシアの侵略軍に対抗できるほどの戦闘力などありません。あと、現在、イギリスの西海岸で、海兵遠征部隊が数隻の艦艇とともにイギリス軍と共同演習をおこなっています」

ライアンは言った。「バルト海までかなりあるな」

バージェスは両手を上げた。「たしかに。でも、兵員二〇〇〇人の海兵隊部隊です。申し分のない装備を持ち、良い位置を占め、支援もしっかり受けられれば、二〇〇〇人の海兵隊部隊でも、理論的にはロシアの侵略軍の力をかなり削《そ》ぐことができます。むろん、充分な航空支援が必要になります。ただ、それでも、われわれは夥《おびただ》しい数の兵員を失うことになりますね」バージェスは肩を落とした。「数十万人にもなるアメリカ陸軍部隊と数百両の戦車が、いつでも戦える状態でヨーロッパに駐留していた、古き良き時代が懐《なつ》かしい」

当時がとりわけ良い時代だったとは、この部屋にいるだれも思っていなかったが、バージェスの言いたいことは全員に伝わった。

ライアン大統領はメアリ・パット・フォーリ国家情報長官のほうに顔を向けて言った。「言うまでもないが、ベラルーシ国内の軍の動きを監視する必要があるね。ロシアがリトアニアに達するにはベラルーシの首都ミンスクを通り抜けないといけない。

もちろん、ロシアがカリーニングラード側から侵攻するなら、話は別だ」

メアリ・パットは応えた。「ベラルーシ国内およびリトアニアとの国境地帯を監視する要員の数を増やします」

ジェイ・キャンフィールドＣＩＡ長官の補佐官のひとりが会議室に入ってきて、ボスの耳に口を寄せ、二人はしばし言葉をかわした。すぐにキャンフィールドは顔を上げ、大統領を見やった。

「どうした、ジェイ？」

「いいニュースです。列車の火災が鎮火し、現在、リトアニアの地上部隊要員が現場の残骸《ざんがい》を詳しく調査しております。列車に積みこまれていた軍需品はすべて、通常の砲弾、小火器用弾薬といったものだそうです」

ライアンはキャンフィールドが何を言いたいのかわかった。列車には弾道ミサイルは一発も積まれていなかったということだ。噂《うわさ》や諜報《ちょうほう》報告によると、ロシア連邦はこの一年に、イスカンデル－Ｍ短距離弾道ミサイルを何十発、いや何百発も、飛び地であるカリーニングラード州に運びこんだという。イスカンデル－Ｍには核弾頭が搭載可能なのである。だから、それが攻撃された列車に一発も積まれていなかったとわかって、だれもが安堵した。

バージェス国防長官が言った。「ミサイルが一発も積まれていなかったというのは興味深い」

「なぜ興味深いのかね？」ライアン大統領は尋ねた。

「だって、これでは、列車が運んでいたのは、ごくふつうの兵員と、ごくふつうの軍需品だけ、ということになるじゃないですか。特殊任務部隊《スペツナズ》隊員はひとりも乗っていず、高性能兵器も一切なし」

ライアンは長いこと情報分析に携わってきたので、バージェスが何を言おうとしているのかわかった。「それなら、列車を攻撃しても貴重なものはまったく破壊されないので、やはりロシアの自作自演の可能性が高い、ときみは推理しているということか？」

「もしイスカンデル－Mがその列車に積みこまれていたら、わたしもそう簡単にはロシアが攻撃に係わったとは信じられなかったと思います。攻撃があれば当然、残骸が調査されます。要するに、積まれていた軍需品も調べられ、押収《おうしゅう》される可能性もあるわけです。ですから、問題になるようなものがまったく積みこまれていなかったとなると、わたしとしてはやはり、犯人は〈ポーランド人民槍騎兵《そうきへい》〉ではなく、ほかに真犯人がいるのではないかという疑いを強めざるをえません」

ライアンは返した。「推測をどう働かせようと、それはわれわれの自由だが、危険を覚悟してそうしなければならない。揺るぎない確実な情報が必要だ。ともかく、ヴォローディンが何らかのゲームを開始したということだけははっきりしている、レディーズ・アンド・ジェントルメン。そして彼はそのゲームをどう進めればいいのかも心得ている。彼は何かをたくらんでいる。ヴォローディンはみなが言うほど巧みな陰謀家ではないし、もはや望みどおりに事を進める力を持っているとも思えないが、これだけは間違いなく言える――それは、操縦桿《そうじゅうかん》をにぎっているのはヴォローディン、ということだ」

「操縦桿って、何のですか?」スコット・アドラー国務長官が訊《き》いた。

ライアン大統領は立ち上がり、手を振って公式晩餐会出席者全員についてくるようながした。会議室のドアを通り抜けながら蝶ネクタイを結びはじめたとき、ライアンは振り返って国務長官を見やった。「それはわたしにもわからない、スコット。みんなに頑張ってもらって、地球上のだれの目にも明らかになる前に、それをなんとか見つけ出したいと思っている」

11

六カ月前

クリヴォコレンニ通りにあるそのカフェは、きわめて特殊な伝説的店だった。といっても、ここモスクワのごく少数のエリートのみにとってそうなのであり、ほぼすべてのモスクワ市民にとって、そこはこの都市《まち》に何千とある普通の飲食店のひとつにすぎなかった。たしかに見てくれはたいしたことはない。通りから光があまり入ってこない薄暗い部屋が三つしかなく、壁の木製パネルはすり減り、テーブルは簡素な木製で、その上では安物のガラス製ホルダーに入った円筒形蠟燭《ボーティブキャンドル》がほのかな火を燃やしている。その店が入っている建物は古く、建てられたのは第二次世界大戦前だった。

その飲食店は長い年月のあいだに所有者が何度も変わったが、いまは『カフェF』という名の、酒も料理も楽しめる料金が高めのガストロパブであり、客筋は

"進んでいる若者"や観光客だ。実は、『カフェＦ』はルビャンカ広場から二ブロックしか離れていない。ルビャンカ広場といえば、かつてはKGB（国家保安委員会）本部で現在はFSB（ロシア連邦保安庁）本部となっているルビャンカと呼ばれる庁舎がある広場だが、ヒップスターの大半はそれを知らない。知識が豊富なロシアの若者にしても、そういうことは考えないのである。ともかく、そのカフェは長いあいだ、KGB、FSB、軍情報機関に所属する者たちの溜《た》まり場だった。FSBは何年か前にかつてのKGBのような強大な組織に生まれ変わったが、そこをいま動かしている最高幹部たちも、現在ロシアという国家の権力中枢《ちゅうすう》にいる者たちも、かつてはそれこそひとり残らず、この店のドアを入ってすぐの表側の部屋にあるバーのスツールに座り、ボスや祖国の前途について愚痴をこぼした経験があった。

FSB本部の裏口からわずか二ブロックのところにあった古びた怪しげなバーは、いまやお洒落《しゃれ》な飲食店に変身してしまい、世界最大の旅行情報ウェブサイトであるトリップアドバイザーでも旅行者に推奨されるほどの店になってしまった。まだ存命中の保守的な情報機関出身者たちは残念でならず、もう地団太を踏みたくなるほどくやしい。なにしろ、昔は〝その業界の者〟しか入れなかったとんがった酒場が、いつのまにかタバコの煙が充満するスパイの溜まり場であることをやめてしまい、洒落た夜のデート・スポットに姿を変えてしまったのだ。

だが、今夜はちがった。今夜は『カフェＦ』の成金常連客たちは午後六時で追い払われ、「これより貸し切り」という看板が玄関口に掲げられた。すると、まもなく武装した男たちで満杯の乗用車やヴァンが店の前にとまりはじめた。男たちは高官の安全を確保する警護官や先遣隊員で、大半はＦＳＢ本部《ルビャンカ》からやって来た。そして九時までに今度は、南西へわずか一キロのところにあるクレムリンからボディーガードたちが到着した。

こうして一〇時までに、三十数人の武装した男たちが、クリヴォコレンニ通りを閉鎖し、近隣の建物の屋上の監視位置につき、一般客を閉め出した飲食店の前の歩道に群がった。カフェが入っている建物は犬と爆弾検知機で徹底的に調べられ、さらに盗聴器や小さな穴を利用するカメラがないか、再度しっかりと調べられた。そして、先遣隊長と警備班長が現場の安全を宣言して初めて、警護対象のお偉方たちが到着しはじめた。

装甲仕様のＳＵＶかリムジンに乗ってくる者がほとんどだったが、ＧＲＵ（ロシア軍参謀本部情報総局）長官のピョートル・シュレメンコは、ヘリコプターでヴォロフスコヴォ広場に降り立った。その広場は『カフェＦ』の三ブロック北西にあり、シュレメンコはそこから一二人の武装した男たちにとりかこまれて歩いた。そして『カフェF』に着くと、自分の警護班の大半をクリヴォコレンニ通りに残し、ボディーガード二人だけをしたがえてドアを抜けて店内に入っていった。ウォツカの入ったショットグラスがカウンターに置かれていた。シュレメンコはそれをひっつかみ、ウォツカを一気に飲み干してから、そばにいた男たちを次々に抱きしめ、挨拶《あいさつ》した。

彼らは最高位にある〈シロヴィキ〉だった。要するに、情報・治安機関か国防機関の出身で、現在、陰に陽にロシアという国家を動かしている大金持ちだ。

レヴシン外相もピシキン内相もいた。二人とも一九八〇年代にはKGBの将校だった。半国営天然ガス会社ガスプロム会長、アルカディ・ディブロフは、銀色に輝くキャデラックのSUV数台からなる〝密集車列〟の真ん中の車に乗ってあらわれた。そして、カフェのアルコーヴ風の玄関口を抜けようとしたとき、ちょうど店に入ろうとしていたクレムリン安全保障諮問《しもん》会議議長のミハイル・〝ミーシャ〟・グランキンに出くわし、その場で話しこんでしまった。

警護官たちは店内に入ることを許されなかった。それがこの会合の長年にわたるルールで、その目的は、店がある通りを一晩中、戦場の前線さながらに見えるようにすることだった。たしかに、自動小銃を持った数十人の男たちが、車の外に立ってあたりに目を光らせていれば、そのように見える。そして、店内の表側の部屋とバー・エリアは高官の首席補佐官や副官でいっぱいになり、いちばん奥の部屋は〈シロヴィキ〉本人だけが入れる専用空間となっていた。

ディブロフとグランキンも他の〈シロヴィキ〉のあとを追って店内に入った。まもなく権力の座にある一六人の男たちが奥の部屋に集合し、とりあえずウォツカを飲み、簡素なテーブルについて静かに雑談しはじめた。

最年長は八一歳になる内相で、最年少は四五歳のグランキンだった。

この会合がはじまって今年で二三年になる。むろん、その間に〝招待客リスト〟から削られた者も、また新たに付け加えられた者も、かなりいる。最初の会合がひらかれたのは一九九四年。〈シロヴィキ〉が比較的民主的な為政者から権力をもぎとり、初めて仲間を大統領としてクレムリンに君臨させるよりもずっと前のことだ。年に一度のこの会合がはじまった当初、彼らはみな、〝栄光からの転落〟をなげき悲しんだり、自分たちが立ち上げたばかりの会社、事業、企業を互いに支援し合ったりするために、集まったにすぎなかった。要するに、彼らはただ、ロシアが市場経済へと移行する過程の困難な日々を、破廉恥《はれんち》な犯罪行為によって乗り切るために、自分らの情報・治安・国防コミュニティ・ネットワークを利用しようとしたにすぎない。

だが、一九九九年には、この会合の参加者はひとり残らず大金持ちになっていた。大富豪と言ったほうがよいほどの資産家になった者も何人かいた。さらに彼らはロシア政府をも支配するようになっていた。だから、一九九九年からは、クリヴォコレンニ通りのカフェで行われるこの年次会合は、よりいっそう重要なものとなった。そこで国家の重要問題が話し合われ、政府の方針が決定されるようになったからである。ここ一七年間の大半は、彼ら〈シロヴィキ〉にとっていい時代であり、ルビャンカからわずか二ブロックのカフェで毎年おこなわれたこの会合はしばしば騒々しいイヴェントとなった。彼らはそこで、やたらに背中をぽんぽんたたいて親しみを表現したり、涙が出るほど笑ったり、相手の愛人についてのジョークを飛ばし合ったり、話題にのぼったパーティー、大邸宅、プライヴェート・アイランドへ招待し合ったりしたので、たいへんにぎやかな集まりになることが多かったのである。

だが、今夜はちがった。今夜はみな、陰鬱《いんうつ》な顔をし、静かだった。不安なのだ。憤《いきどお》ってもいた。

ロシア経済が不意に暗転してしまったのだ。わずか数カ月前まではロシアはうまく行っていたのである。いまやそのころが遠い昔のように思える。原油と天然ガスの価格が暴落してしまい、さらにアメリカ政府が、いまこの奥の部屋にいる一六人中九人の男たちに経済制裁を科したのだ。彼らは海外渡航を禁止されたうえ、特定できる海外資産を凍結されてしまった。九人は破滅するところまではいかなかったが、確かに損害をこうむった。他の者たちはみな、次は自分が欧米のターゲットになるのではないかと不安にさいなまれている。

エネルギー価格の暴落と欧米による経済制裁によって、ロシア経済はすっかり落ちこんでしまい、それによってロシアの経済システムがいかに脆弱《ぜいじゃく》であるかが暴露されてしまった。物価が上がり、雇用が減り、モスクワでは道にできた穴が補修されなくなり、サンクトペテルブルクではごみの収集がとどこおるようになった。

国民は憤慨し、国は不安定になり、〈シロヴィキ〉は追い詰められていた。

狭い奥の部屋でタバコを吹かしながら酒を飲んでいた一六人の男たちは、スケープゴートを必要としていた。そして、そのスケープゴートは午後一一時に到着した。

クレムリンからやって来た六台の装甲仕様の車が、大通りを走ってクリヴォコレンニ通りへの入口をふさぐバリケードに近づいてきた。木製の道路封鎖用バリケードがどかされ、クリヴォコレンニ通りへの進入を許された車列は、ほとんどスピードをゆるめなかった。そして『カフェF』の真ん前で六台が同時にとまった。

ヴァレリ・ヴォローディンはリムジンの防弾ガラスの窓の外に目をやった。大統領がそうしているあいだに警護班がリムジンをとりかこみ、ヴォローディンはドアがあけられるのを待った。実は今夜の会合には出席したくなかった。ロシアの最高権力者として国の舵取《かじと》りをする前は、毎年一回この古い酒場を訪れ、情報・治安・国防コミュニティ出身の有力な仲間たちと集い語らうのが楽しかった。そのころ、ここでの会合は、大謀略をめぐらしたり、同盟を結んだり、忠誠を誓ったりする場であった。何百万ドル、いや何十億ドルもの取引が成立することさえあり、他人《ひと》の人生を変える決定が下されることもあった。

いやいや、それどころか、他人の命を終わらせる話がまとまりもした。

だが、大統領になるとヴォローディンは、この夜の会合をひどく嫌うようになった。ものごとがうまく行ってロシアが順調に発展しているときでさえ——わずか数カ月前までそうだった——ヴォローディンは〈シロヴィキ〉の仲間たちにとりかこまれ、彼らが興味を示す政府内《クレムリン》の出来事をかいつまんで語って聞かせ、他の者たちは静かに耳をかたむけた。まるでヴォローディンは宣伝マンのようなもの、テレビのアナウンサー、リポーターといったところだった。そして最後に彼らから質問を受けた。ヴォローディンとしては、何十億ドルも稼がせてやっているのだから、彼らはそれだけで大満足すべきだと思ったし、おれの〝靴磨き〟になれるまでに這《は》い上がろうと必死になって互いに競争すべきだとも思った。

ヴォローディンは犯罪組織から離れ、ナショナリストの衣をまとい、ロシア国粋主義的な姿勢を強めた。

支持率は下落した。さらに、見せかけの民主主義のリーダーで、敵も多かったが、ヴォローディンは逃げだす気はまったくなかった。彼はなお、メディア、国防省、情報機関を支配しつづけていたし、もっと重要なものも相変わらず保持していた。それは新興財閥《オリガルヒ》と〈シロヴィキ〉の――愛とまでは言えないものの――支持だ。新興財閥《オリガルヒ》はヴォローディンのおかげで大金と力を得られたのであり、そのお返しに彼を支持し、彼の言うことを聞いているのである。そして〈シロヴィキ〉は、いまや権力中枢にいて国を支配している情報・治安・国防機関出身者たち。

ヴォローディンは政治的にいい位置にいるわけではなかったが、独裁者であることに変わりなかったので、それは大した問題ではなかった。

現在、ロシアという国に関するかぎり、さまざまなことがうまく運んでおらず、今宵ここに集まる〈シロヴィキ〉一六人衆がきわめて不機嫌な集団になることはヴォローディンにもわかっていた。いろいろ話しても以前ほど信じてもらえないだろうし、乾杯の回数もいつもより少なくなるにちがいない。

そんなふざけた話はない、とヴォローディンは自分に言い聞かせた。おれはあいつらに借りなどまったくない。恩を受けているのはあいつらのほうだ。いまの生活も仕事も、それこそ今あいつらが享受《きょうじゅ》しているすべては、このおれが慎重に手配し、お膳《ぜん》立《だ》てして得させてやったものではないか。

そう、たしかにそう思いはしたのだが、ヴォローディンは運転手に、もう帰ってよい、とは言わなかった。この〝年次サミット〟は絶対的なものなのだ。欠席しようものなら、あいつら弱虫どもに怖気《おじけ》づいたのだと思われてしまう。そんなことは耐えられない。

それに実は、ヴォローディンのほうも彼らを必要としていた。

かつてヴォローディンはロシアのある犯罪組織に操られていた。その組織との関係は一九八〇年代後半にまでさかのぼる。ただ彼は、そうであったことを自分にさえ認めたことがない、ただのいちども。だが、彼がKGBで、次いでFSBで、出世の階段をのぼっていけたのも、その後一九九〇年代にビジネスで大成功できたのも、その犯罪組織のおかげなのだ。ヴォローディンは〈七巨人〉という名の犯罪組織に保護されてきたのである。だから、この〈シロヴィキ〉の会合は、ほかの参加者にとっては当初からとっても大事なものだったのに、彼にとってはそれほど重要なものではなかった。

だが、いまや〈七巨人〉の保護はなくなり、これまで支援してくれていたその犯罪組織が、なんとヴォローディンの命をとりたがっている。それゆえ〈シロヴィキ〉の仲間たちが以前よりもずっと大切に――つまるところ必要悪に――なったのだ。

リムジンの窓をやさしくたたく音で現実に引き戻された。ヴォローディンはドアをあけ、車から寒い夜のなかへと出ていった。

そしてカフェのなかに入った。ヴォローディンはあたりを見まわし、なれ親しんだ閉鎖空間に目をやった。この由緒《ゆいしょ》ある場所にいくつもの飲食店ができては消えていったが、間取り、テーブル、木製パネルが変わることは決してなかった。だから現在の『カフェF』も、ヴォローディンが初めてこの場に足を踏み入れた四〇年前の店のようすとほとんど変わっていない。

二〇代のころ、ヴォローディンはよく、昼食や夕食を素早くすませるために、ここに駆けこみ、熱いボルシチをスプーンですくって口に運び、すぐまた二ブロック南の建物のなかにある自分のオフィスへ戻っていった。また、一晩中、隅のテーブルについて過ごし、計画を立て、作戦を練り、KGBの同僚やGRUの同レベルの要員たちと会った。要するにヴォローディンは、クレムリンで戦略的計画を策定して国の大方針を決定するという仕事を任されるようになるずっと以前に、ここの店でかなり長いあいだ諜報作戦現場の戦術的計画を立案してきたのである。

ついにヴォローディンは奥の部屋に入り、ほかの者たちと握手をし、抱擁《ハグ》をかわした。だが、握手はいつもほど固くはなく、ハグもここ数年つづけてきたほど長くも強くも熱くもなかった。

ロシア最大の国営石油会社ロスネフチ会長のデレヴィンとも握手し、元KGB駐在官《レジデント》で現在はそれぞれ国営の鉱業会社と製材会社の社長の座におさまっているボグダノフ、コヴァレフとウォツカを飲みかわした。

三人とも、ヴォローディンをいままでどおり父称をつけてヴァレリ・ヴァレリエヴィッチと呼んだが、彼は部屋のなかにただよう険悪な雰囲気を感じとっていた。予測していなかったわけではなかったが、こんな刺々《とげとげ》しさを感じるのは初めてのことだった。

一年前は彼らもまだ控え目で、こんなに露骨ではなかった。エストニアへの侵攻はすでに失敗に帰していたが、クリミア併合はまだ実行されておらず、ウクライナが驚異的な抵抗を示すことも、アメリカ合衆国大統領からの電話でヴォローディンが「兵を引かなければ犯罪組織とのつながりをばらす」と脅されることも、まだ先のことだったからである。

結局、ヴォローディンはアメリカの脅迫に屈し、東部および南東部のオーブラスチ——州に相当するウクライナの地方行政区——まで兵を引き、そこにとどまらせた。それは今宵このカフェに集まった男たちの目には敗北と映ったが、裏でどんなことが起こり、どれほど凄《すさ》まじい駆け引きが行われたか、ということについては、彼らはまるで知らなかった。むろんヴォローディンもそれは承知していた。

たしかに、エストニアへの侵攻は失敗し、ウクライナへの侵攻も勝利とは言えないまま膠着状態におちいっていて、ヴォローディンもそれらのことについては認めざるをえなかった。だが、今宵ここに集った男たちにいちばん影響があるのは経済問題であり、彼らの怒りの矛先がそれに向かっていることはヴォローディンにもわかっていた。そして彼は、そんなことはおれのせいじゃない、と考えていて、その点については断固として譲らないつもりだった。

ヴォローディンはまず半時間、カフェの奥の部屋に集まった男たちにスピーチをした。そしてその三〇分の大半を、この一年間にロシアで起こった良いことへの称賛に費やした。ヴォローディンが良いことの例として挙げたおもなものは、敵対勢力をうまく抑えこめたこと、つまりクレムリンと〈シロヴィキ〉を悪く言うメディアやインターネット・ニュースサイトをしっかり抑圧できたこと、そして〈シロヴィキ〉にとって歓迎すべき政府の命令や決定だった。そうしたことは、いまここにいる一六人——〈シロヴィキ〉の皇太子とも言うべきヴォローディンを入れると一七人——の成功をこの先も確保するのに必要なもの、とヴォローディンは主張した。

あらかじめ準備してきたこのスピーチの終わりに、ヴォローディンはその場で考えたことを付け加え、さらに数分にわたって話しつづけた。そうした最大の目的は質疑応答を遅らせることだった。

その即興の話もついに終わりに近づき、ウォツカの入ったショットグラスが一同に配られた。毎年、質疑応答がはじまる前に、そうやってヴォローディンに乾杯することになっているのだ。

だが、ヴォローディンがスピーチの結びとして、ナショナリズムの新たな風が国中に吹きだし、それが体制の維持にどれほど役立っているか、という話をまだしている最中に、外相のレヴシンが乾杯を待たずにウォツカを飲んでしまった。

それに気づいたガスプロム会長のディブロフもウォツカを飲み干した。するとほかの者たちもみな、目の前のテーブルに置かれていたショットグラスに手を伸ばした。

これは侮辱以外の何ものでもなかった。

話を終えて「ありがとう《スパシーバ》」と甲高い声で言ったとき、ヴァレリ・ヴォローディンはほとんどのグラスが空になってテーブル上に伏せられているのを見た。

こいつらはたしかに、とても長いあいだ仲間であり同輩だった、とヴァレリ・ヴォローディンは思った。おれが大人になってからほぼずっとそうだったと言っていい。だが、ここ数年、おれはこいつらよりも格が上になり、敬われてしかるべき存在になった。おれはもうこいつらの同輩ではないのだ。

ところがどうだ、こいつらはいま、おれを自分たちよりも劣った存在——格下——のように扱っている。いったいぜんたい、こいつら、何様のつもりだ？

激しい怒りに病的疑り深さ《パラノイア》が混ざりこみ、それが鳩尾《みぞおち》のあたりで膨れ上がりはじめた。

ヴォローディンはゆっくりとうなずいた。そして抑えた口調で慎重に言った。「気に入らないというのはわかった。きみたちはそれを露《あら》わにした。では……だれからはじめるのかな？　きみたちのなかのだれが最初に発言するのかね？　『わたしだったら、国の経済をうまく導き、この一年のような状況は招かず、もっと別の結果を出せた』と。このなかで母なるロシアをもっとうまく世話できた者はだれだ？ きみか、レヴシン？ きみもまた、わたしの顔の代わりに自分の顔があらゆる新聞に載るべきだと言いたいのかね？」

レヴシン外相は穏やかに微笑《ほほえ》んでヴォローディンを見返した。「もちろんちがう、ヴァレリ・ヴァレリエヴィッチ。きみは持てる技量、能力ゆえにリーダーに選ばれたのだ。それを否定する者などひとりもいない」

口先だけの誉《ほ》め殺しにすぎない、とヴォローディンにはわかっていた。外相のレヴシンが使った「リーダーに選ばれた」という言葉は、おまえはこの部屋にいる男たちの助けなしには大統領の座につくことはできなかったのだぞ、という意味なのだと、ヴォローディンは思った。

ヴォローディンは言った。「きみはわたしの外務大臣だ。ということは国際的な事件についてはあまり愚痴れないということになるぞ。だって、わが国はきみを通して世界とつながっているのだからな」

レヴシンは涼しい顔をして返した。「わたしはきみの指示にしたがっているだけだよ、ヴァレリ・ヴァレリエヴィッチ」またしても柔らかな口調だったが、言葉には棘《とげ》があった。

ヴォローディンの右前のテーブルについていたボグダノフが声をあげた。「われわれは原油価格のことを心配しているが、それについてはきみを咎《とが》めはしない。だが、欧米による経済制裁は……ウクライナへの侵攻の直接的な結果だ。侵攻はきみが決めたことであり、きみはいまもそれを日々指揮、管理している。わたしは経済制裁を科された者たちを代表して言っているんだ。われわれは怒っているんだよ、ヴァレリ。原油価格急落によって生じた嵐《あらし》だけだったら、われわれは乗り切れたはずだ。だが、国際関係がここまでひどくなってしまっては……」

ヴォローディンは首を猛然と振った。「たしかにウクライナ侵攻は計画どおりには進んでいないが、現在わが国は、国境沿いの州《オーブラスチ》をいくつか手中に収めているし、クリミアも支配している。セヴァストポリの黒海艦隊はこの三〇年ほどでいちばん安全な状態にあると言ってよい」

ウクライナで嵌《はま》りこんでしまった膠着状態について語って、拍手喝采《かっさい》を受けるはずもないので、ヴォローディンは別の対外戦略について話しはじめた。

「わが国は中国に接近した。中国は頼りになる」

ガスプロム会長のディブロフが受け流した。「頼りになる、というのは、あまり的確な表現ではないんじゃないかな。中国とのパイプライン敷設《ふせつ》に関する協議は、一バレルあたりの原油価格が八〇アメリカドルを下回ったその日に行き詰ってしまった。原油価格はいまや六〇ドルにも達しないありさまで、もう中国はどこからでも石油を買うことができる。だからパイプラインなんてもはや欲しくもないし必要でもなく――」

ヴォローディンはディブロフが言い終わるまで待てなかった。「それに、長いあいだ敵だったサウジアラビアが、いまやさまざまな領域でわれわれに助けを求めるようになっている」

これにはレヴシンが反論した。「彼らはわれわれが現金を必要としているのを知っているので、そうしているにすぎない。ロシアは現金を得るためならイランやシリアに対して思い切った政策を断行する、それほどロシアは必死になっている、とサウジアラビアは考えているんだ。そして、そういう政策を断行せざるをえなくしたのはきみだ、ヴァレリ・ヴァレリエヴィッチ。きみが経済運営を誤ったから、われわれはいま、なんとしてもサウジアラビアの現金を得ようと必死になっているんだ」

ヴォローディンは目だけ動かして部屋のなかの男たちの様子をうかがった。彼らが座ったまま背筋を伸ばして顔を見合わせるのがわかった。何かあるな、とヴォローディンは思った。脅し？　要求？　彼はうなじの毛が逆立つ感触をおぼえ、両の掌《てのひら》から汗が噴き出すのを感じた。

これは絶対に阻止しなければならない。

この夜初めてヴァレリ・ヴォローディンは、直属の部下であるクレムリン安全保障諮問会議議長のミハイル・グランキンに目をやった。見たところ、大統領に乾杯するためにウォツカをまだ飲まずにいるのはグランキンだけだった。

グランキンは若い。まだ四五歳だ。この部屋にいる他の者たちの平均年齢よりも少なくとも二〇歳は若い。かつてFSBに所属し、大胆な対外諜報員として成功をおさめたが、その後、情報機関を去り、サンクトペテルブルクでヴォローディンの配下に入って働きはじめた。数年前にヴォローディンが大統領になってクレムリン入りしたとき、グランキンも一緒についてきて、下級顧問から安全保障問題担当の上級顧問に出世した。つまるところ、ヴォローディンはグランキンの〝屋根《クルィーシャ》〟だった。ロシアでは〝屋根〟は「庇護《ひご》して出世を助けてくれる保護者」をも意味する。

次いで、数カ月前、FSB長官がみずからの警護チームのひとりに殺害されるという事件が起こった。むろん、このロマン・タラノフFSB長官の暗殺を仕組んだのはヴォローディンで、新長官を決めるのも彼の仕事だった。結局、ヴォローディンはミハイル・グランキンをルビャンカに送りこんでFSB長官に据えた。グランキンは頭が切れ、狡猾《こうかつ》でもあったが、ヴォローディンが彼をFSB長官にしたのはそのためではなかった。グランキンはかならずしも世界最大の情報機関のひとつを率いる最適任者ではなかった。彼はヴォローディンの腹心の部下だったから、FSB長官に抜擢《ばってき》されたのである。いまこの部屋にいる他の一五人はヴォローディンの腹心とは言えない。グランキンは若くはあったが、他の者たち同様、〈シロヴィキ〉の一員だった。グランキンもまた、FSBコネクションのおかげで富と影響力を手に入れたが、この部屋に集まったほかの男たちが持つ尊大さや思い上がりは彼にはなかった。それは若いせいだとヴォローディンは判断していた。

ヴァレリ・ヴォローディンはもはや〈シロヴィキ〉もFSBも信頼していなかったが、ミハイル・グランキンには全幅の信頼をおいていた。かならず自分の意向に沿ってくれる男だと信じ切っていた。

ルビャンカの長におさまったグランキンは、数カ月かけて巨大な情報機関を立て直すと、ヴォローディンの要請を受けてFSBを辞し、クレムリン安全保障諮問会議の議長に就任した。このクレムリン安全保障諮問会議は、諜報、外交、軍事全般についてヴォローディンに助言する少数精鋭の諮問組織である。超縦割り主義で秘密主義のロシアの大統領は、グランキン率いる小チームの助言に耳をかたむけ、彼らに指示してさまざまなことを検討させ、国の針路を決めていた。

ロシアの対外政策に関しては、グランキンはヴォローディンに次いで影響力のある人物だった。

若きクレムリン安全保障諮問会議議長がうなずくのを見てヴァレリ・ヴォローディンは、居並ぶ男たちに目をもどして言った。「みなさん、きみたちが額を寄せて協議し、何らかの解決法を思いついた、というのはわかっている。だが、大統領はこのわたしなのだ。だから、まずはわたしの解決法を聞いてもらいたい」

シュレメンコGRU長官が返した。「きみはわれわれが抱える問題の解決法を今夜ここで披露できるというのかね？」声に疑念があらわになった。「よし、それなら、さあさあ、早いところ聞かせてもらおうじゃないか」

グランキンがまたしても大統領にうなずいて見せ、ヴォローディンはそれにうながされて口をひらいた。「きみたちは全員、変化を必要としている。それはよくわかる。なんとしても繁栄を取り戻してほしい。そう切望している。そりゃそうだ。そう思わない者なんているかね？　では、わたしがミーシャ・グランキンとともに練り上げてきた戦略がひとつあって、それが変化——新たな秩序——をもたらす、と言ったら、どうかね？　ほんとうは、もっと時間をかけて、その戦略の細部にいたるまで完璧《かんぺき》に仕上げたかったのだが、今夜のきみたちの顔には『もう待てない』と書いてある。きみたちは昨年の会合以来、一年間ナイフを研ぎつづけ、今宵そのナイフを引き抜いた、というわけだ」

アルカディ・ディブロフがタバコの煙を吹き出しながら溜息《ためいき》をついた。「具体的に話してくれ、ヴァレリ・ヴォローディン。具体的に細かく。そうでないと、単なる口先だけのこととしか思えない」

「それはとてつもなく深いうえに広範囲にもわたる作戦だ。その詳細をいまこの場で説明することはできないが、これだけは言える――ひとたびそれが開始されたら、きみたちもそれを知り、それが終わったときには、すなわち一年後にふたたびわれわれがここに集うときには、ロシアは一変し、ずっといい場所になっている」

いちばん奥にいたプーシキンが声をあげた。「救世主ハリストス大聖堂でダンスをしたからと、また別の女性パンクバンドを投獄するつもりかね？」

このジョークは大受けし、この夜最大かつ、たぶん唯一《ゆいいつ》の、本物の笑いをとった。ヴォローディンさえ、にやっと笑った。だが、鋭く角張った彼の顔には敵意があらわになっていた。

ヴォローディンは言った。「わたしが笑ったのはだね、プーシキン、きみの言ったことが可笑《おか》しかったからではない。そうではなくて、来年の会合でわたしがきみのその発言をみなに思い出させたとき、きみがどんなことを言われ、どんな扱いを受けるか、それをつい想像してしまったからだよ。そう、わたしはそんな馬鹿《ばか》げたことはしない。わたしがやろうとしているのは途轍《とてつ》もなく大きなことだ。そしてそれはすぐに開始される。わが国の軍隊、情報機関だけでなく、外務省の外交部局および在外公館も参加する壮大な作戦になる」

男たちの顔がいっせいにレヴシン外相のほうを向いた。

レヴシンは肩をすくめた。「初めて聞く話だ」

ヴォローディンは語気鋭く言い返した。「当然だ。きみはまだ命令を受けていないんだからな。命令はすぐに与える」

「なんだか、単なる思いつきのようじゃないか。任期の最後が恥ずべきものにならないよう必死であがいている男のね」

ヴォローディンは下唇をかんだ。両手がかすかに震えだした。もうすこし震えが大きかったら同席の者たちに気取られるところだった。

ミハイル・グランキンが突然立ち上がり、だれもがびっくりした。ヴォローディンでさえ驚いてしまった。「お許しいただけるのなら、ヴァレリ・ヴァレリエヴィッチ、ほんのすこし時間をいただいて、みなさんに説明したいのですが、よろしいでしょうか。大統領は具体的なことまで明かすほど愚かでも不注意でもないので、あえて危険をおかす役を、このわたしが引き受けてみようかという気になりました」

ヴォローディンは素早く頭のなかでいくつもの計算をした。そして、ゆっくりとうなずいた。「できるだけ控え目にな、ミーシャ」

グランキンは男たちのほうへ体をまっすぐ向けた。「われわれは欧米をうまいこと操り、交渉のテーブルにつかせるのです」

男たちは互いに顔と顔を見合わせた。戸惑い、まだ納得がいかない。

「交渉って、何を交渉するんだ?」

「バルト海を」

笑い声と、嘲《あざけ》りの声と、シーッという不満の声が同時にあがった。だが、そうした声を発したのは、半数の者たちだけだった。残りの半数は、好奇心をそそられ、黙って座っていた。

グランキンがしゃべったのは一〇分だけだったが、そこで伝えられた情報はヴォローディンが明かしてもよいと思っていたことよりも多かった。作戦に関する具体的な言及はもちろんなかったが、期待できる結果についてはあるていど説明された。グランキンが話を終えると、挙手による意思確認がおこなわれ、意見がまとまり、「〈シロヴィキ〉としては、少なくとも作戦の初っ端《しょっぱな》に予定されている〝一斉射撃〟を実行することに異議はなく、それがどこにたどり着くのか見てみよう」ということになった。

ディブロフも、「状況がいまよりずっと悪くなるということはありえないから、しばらくヴォローディンの計画を見まもることにする」と、ぼそぼそつぶやくように言った。

会合は午前三時におひらきになった。そのときのムードは、むろん〝熱狂〟とは言えなかったが、少なくとも間違いなく〝一時間前よりは好転〟していた。

グランキンはカウンターの前の狭いロビーでヴォローディンと握手した。

ヴォローディンは言った。「これからどうする？　オフィスへもどる？　それとも家に帰る？」

「家に帰ります」

「よし。ではいっしょに来たまえ。送っていく。車のなかでいろいろ相談できる」

「ありがとうございます、ヴァレリ・ヴァレリエヴィッチ」

モスクワの暗い通りを走り抜けていくリムジンのなかで、ミハイル・グランキンは大統領に言った。「欲張りで不作法な老人たちとは思っていましたが、ここまでひどいとは予想していませんでした。彼らは大統領に何の敬意も示しませんでしたね。でも、大統領、あなたのほうは彼らを実に巧みにさばきました」

「しかし？」

「しかし、われわれはまだ準備ができておりません。われらが計画は〝熱望〟の段階にとどまっていると言うべきです」

「一年ある」

「ええ、大統領。それはわたしもこの耳でしっかり聞きました。一二カ月後には世界は一変している、と大統領は全員に請け合いました。でも、もしもそうならなかったら？」

ヴォローディンは笑いを洩《も》らした。「そのときは、わたしもきみもお払い箱になる、言うまでもない」

グランキンは笑わなかった。「わたしは馘《くび》になります。彼らは大統領に圧力をかけて、わたし――クレムリン安全保障諮問会議議長――を更迭《こうてつ》させることはできます。でも、あなたはどうでしょう？　いくら彼らだって、そう簡単には大統領を辞任させられません！」

ヴォローディンは笑みを浮かべた。「きみの言うとおりだ」肩をすくめた。「わたしはたぶん暗殺される」指を一本立ててつづけた。「それで思い出したよ、ミーシャ。FSBが知る最高のオフショア銀行取引専門家のリストがほしい。きみのスタッフなら簡単にまとめられるはずだ」

グランキンは首をかしげた。「作戦に関連することでしょうか？　わたしがまだ聞いていないことがあるのですか？」

「それはわたしがつくりあげるパズルの単なる一ピースにすぎない。わたしはこれから、外交、軍、文化を操作し、国内のさまざまなものをも巧みに扱わなければならない。そして財源もいじらなければならないということだ。動かさないといけないものがたくさんある」

「動かす必要がある金があるということですね」

「そのとおり。だが、きみはFSBが最も信頼する専門家の名前をリストアップしてくれるだけでいい。慎重という点で非の打ちどころのない者たち。念のため、それぞれを使ったことがあるFSBの担当者に問い合わせ、間違いなく信頼できる者たちであることを再確認しておいてくれ」

「だいたい一週間でリストをお渡しできると思います、ヴァレリ・ヴァレリエヴィッチ」

車列がクレムリンから一キロほど離れたシュヴェツキー袋小路《トゥピク》に入り、大統領のリムジンが3という番号を付された建物の前の歩道に寄ってとまった。

グランキンはもういちど大統領と握手をしてからリムジンから降りた。すると、即座に警護班が歩道上でグランキンをとりかこみ、彼は玄関前の階段をのぼって自分のアパートがある建物のなかに入っていった。

大統領の車列がクレムリンへ戻りはじめ、ヴォローディンは窓の外に目をやり、静まりかえるモスクワの街を見やった。心は午前三時半の通りほど静かではなかった。今夜知ったことを、もういちど最初からひとつひとつ考えてみた。そうしながら見るモスクワの街は、まるで死んでいるようだった。これまでずっと一緒にのしあがってきた〈シロヴィキ〉の仲間たちに対する不信が、いまや頂点に達してしまった。あのクソ野郎たちはみな、自分たちの利益になるなら、ためらうことなくおれを殺すにちがいない、とヴォローディンは思った。グランキンはあいつらよりはいい。だが、それは、グランキンが明らかにおれに恩があるからにすぎない。事態が自分に都合よく動いているあいだは、あの男もおれの計画にしたがって行動するはずだが、嵐が猛烈をきわめて荒れ狂いすぎれば、新たな保護者《クルィーシャ》を求めて逃げ出すにちがいない。

《ふん、くそっ》ヴォローディンは心のなかで悪態をついた。《グランキンのやつはもう保護者なんて必要としていない》

ヴォローディンはFSBが最も信頼するオフショア銀行取引専門家のリストを受け取るのが楽しみだった。リストにならぶ名前は数十にのぼるはずだった。FSBはたえず〈シロヴィキ〉のために資金移動や資産管理を行っているのである。だから、FSBが仕事を依頼する、業界でも最高レベルの専門家がかなりいるのだ。だが実は、ヴォローディンはリストにある者たちに用があるわけではなかった。彼はリストにない者を探していたのである。要するに、資金移動を任されるほどFSBには信頼されていないが、ロシアでは一流のオフショア銀行取引専門家のひとり、そういう人物をヴォローディンは探していたのだ。

そして、なぜそのような人物を探さなければならなかったかというと、FSBに操られないオフショア銀行取引専門家が必要だったからである。FSBに信頼されて仕事を依頼されている者は当然、FSBの支配下にある。ヴォローディンとしては、今回の計画が完全についえた場合のことも考え、そのさいの逃げ道も準備しておかねばならず、それを手伝ってくれるFSBとのつながりがない途轍もなく慎重なオフショア銀行取引専門家をひとり見つける必要があったのだ。

12

現在

三八歳になるアメリカ人、ピーター・ブラニオンは、自分は諜報《ちょうほう》業界でいちばん幸運な男だと考えていた。世界を変えるほど貴重な秘密情報を発見したからではない。そう、そういうことはまだ彼には起こっていない。そうではなくて、きわめて運よく現在の地位につくことができたからだ。ブラニオンは現在、CIAヴィリニュス支局長で、リトアニア国内の諜報活動を指揮していた。天に自分を輝かせる機会を与えられたかのようだった。

ブラニオンは短期間のうちに大出世したのだが、自分は優秀さだけでいまの地位を手に入れたのだと思いこむほど愚かではなかった。

一年前、ウクライナ保安庁の最高幹部のひとりがロシアのスパイだったことが判明した。その男は逮捕される前に姿をくらまし、そのときにはもう、ウクライナで活動するトップCIA要員の名前の多くがFSB（ロシア連邦保安庁）に流されてしまっていた。

このCIA要員情報の流出によって、何十人もの男女——全員がウクライナの専門家で、大半がロシア語を話した——がアメリカに召還されてしまった。その結果、まだロシアに身元を知られていないCIA要員による穴埋めが必要になった。CIA秘密活動部・近東課で大規模な人事異動が実施された。リトアニアの支局長が昇進して、より重要なポストであるウクライナ担当のキエフ支局長についたため、その後釜《あとがま》にヴィリニュスで活動していた工作担当官《ケース・オフィサー》が座った。

ヴィリニュス支局長としてのその男の働きぶりは褒められたものではなかった。彼は現場の人間であり、ひとりの工作担当官としては優秀と言えたが、多数の工作担当官をかかえる支局を管理し、威厳をもって率い、効果的に運営する、ということに関しては無能だった。乱暴と言われても仕方ないほど不作法、かつ露骨だった。それゆえ、リトアニアの当局者と情報をやりとりするための親密な関係を築くのがおそろしく下手だった。トップの座についてわずか二、三カ月のうちに、新支局長は長年のパートナーとの関係を悪化させ、リトアニア国内の現場でスパイ運営や作戦にあたっていた男女の工作担当官をしっかり指導することも統制することもできなくなってしまった。

遅ればせながらCIA本部《ラングレー》も、この抜擢は失敗だったと気づき、彼をもとの工作担当官に降格し、ジャカルタへ異動させた。そして後任を探した。

こうして当時ブエノスアイレスにいたピーター・ブラニオンに白羽の矢が立った。

ブラニオンはわずか二、三カ月前に、アルゼンチンの諜報活動を統轄《とうかつ》するCIAブエノスアイレス支局長になったばかりだった。彼はその前にチリとブラジルで活躍し、名をあげた。積極的に攻めるタイプの工作担当官で、スパイをたくさんリクルートし、しっかり運営することができ、サンティアゴにある駐チリ中国大使館の職員を取り込んでつくりあげたスパイ・ネットワークの運営でラングレーに高く評価された。ブラジルのサンパウロで指揮した作戦では、ビジネスクラス・ホテルの部屋も盗聴し、おもにプライヴェート・ジェット機が発着する空港の関係者をリクルートして情報を提供させ、数カ国から訪れた多数の官僚に関する確かな諜報情報を得た。そして、それによって、アメリカ大使館に盗聴器を仕掛けるというSVR（ロシア対外情報庁）の作戦や、サンパウロ市内のシナゴーグ（ユダヤ教会堂）へのアルカーイダによるテロ計画も阻止することができた。

そういう功績によって、ピーター・ブラニオンは昇進してアルゼンチンのブエノスアイレス支局長という地位を獲得した。それについては疑いない。だが、リトアニアのヴィリニュス支局長への再昇進については、他人《ひと》の不運のおかげで棚ぼた式に転がりこんできたものと言わざるをえない。まだ三〇代のCIA職員がヨーロッパ中央部の国の支局長になること自体、たいへんな出世だが、最近はなかでもバルト海諸国での諜報活動が最も活発で、さらに、さまざまな理由からリトアニアがキナ臭さという点でバルト三国随一の花形となっていた。

しかも、バルト海沿岸の天然ガス施設が爆破され、首都の中心部で多数のロシア兵が殺される前から、すでにそうだったのである。

だからブラニオンは自分にこう言い聞かせていた――おれは運よくヤバい国に投げこまれたのだから、そいつを最大限利用して、ヴィリニュス支局長にふさわしい人間であることを証明して見せよう。

そのためブラニオンは、わずか七週間のうちに、独学でびっくりするほど多くのリトアニア語を覚え、この小国の東部にあって役立たずの状態におちいっていた、ちっぽけな情報提供者ネットワークを、使えるものに変身させようとみずから乗り出した。大使館の机に一日中ついているなんて性に合わず、気合いを入れて外に飛び出し、汚れ仕事をすることもいとわず、支局長としてだけでなく、現場の工作担当官としても汗を流した。だが、前支局長とはちがってブラニオンは、しっかりと陣頭指揮をとることができ、部下である一〇人ちょっとの工作担当官たちにそれぞれ別々の仕事を与えるという職務も難なくこなし、何はばかることなく平気で、配下の者全員に激務と厳しい規律を要求した。

ブラニオンはここまで巧みに陣頭指揮できるとは思われていなかったが、成果をどんどん生み出しつつあり、ヴィリニュス支局の素早い前進ぶりを夜ごと電信でラングレーに報告していた。

ブラニオンがリトアニアに来て生じた問題といえば、彼のＰＥＲＳＥＣ（個人《パーソナル》セキュリティ）をほかの者たちが心配しているということだけだった。なにしろブラニオンは、支局長という地位にありながら、ロシアの飛び地であるカリーニングラード州との国境からわずか一マイルのガソリンスタンドにとめた車のなかに座っていたり、街中《まちなか》の怪しい外国人グループに関する情報を売ってくれるかもしれないケチな犯罪者たちに会おうと、首都ヴィリニュスの真っ暗な路地を歩いたりするのだ。

アメリカ大使館のＣＩＡ警備室にうながされて、ブラニオンはボディーガードをひとり受け入れることにしたが、目立たない警護にしてもらわないと困るという条件をつけた。彼のボディーガードに選ばれたのは、ＳＥＡＬｓ《シールズ》（米海軍特殊部隊）あがりの四七歳、グレッグ・ドンリンだった。彼は長いあいだCIA警備官として、東南アジアと中東のいたるところで仕事をしてきた。目立たないように警護する術《すべ》も心得ていて、携行する武器は、上着で見えない腋《わき》の下のMP5Kコンパクト・サブマシンガンと、シャツの下のグロック小型拳銃《けんじゅう》のみで、大使館のCIA警備室および海兵隊保安警備隊と、それこそ一日二四時間・週七日、いつでも連絡できる無線用イヤホン型ヘッドセットも、耳にしっかり隠していた。

むろんそのていどでは、治安が悪い国の街中をぶらつくのが好きな支局長を警護するのに充分とは言えない。ドンリンとしては、できればあと三、四人はほしかった。だが、そうブラニオンに言うと、「まるでステージにのぼろうとするボーイ・バンドのように四、五人の男を引き連れて街を徘徊《はいかい》したくはない」という言葉が返ってきた。だから、しかたなくドンリンは自分ひとりでブラニオンの命を護《まも》りつづけていた。

夜が明けたばかりで、ここヴィリニュスの気温は氷点下にまで下がっていた。ピーター・ブラニオンは《できるだけ早く厚手の上着を買うこと》と頭にメモした。いま着ている上着だけでは、やっとの思いで体温保持しているという状態だった。しかも、まだ一〇月なのだ。このていどの服装のままリトアニアで過ごしていたら、一二月になるまでに、歩いて仕事場に行く途中で歩道に倒れてコチコチに凍りつき、この世に別れを告げなければならなくなる、と彼は思った。

ブラニオンはそばにいる警備官を見やった。そして、グレッグも同じように寒さにたじろいでいるのがわかった。

グレッグ・ドンリンはカリフォルニア州出身で、ピーター・ブラニオンはニューメキシコ州出身だった。いまは二人にとってバルト海沿岸国で過ごす最初の秋であり、まもなく最初の冬が到来しようとしていた。二人とも寒さには慣れておらず、寒気には憎しみさえ抱いていた。

ブラニオンは自分のボディーガードをしばらくながめてから言った。「わたしが支局長で、あなたがそうでないのは、わたしが上着のボタンをかけられるほど賢いからじゃないかと思う」

ドンリンはふんと鼻を鳴らし、赤くなった鼻をこすった。「わたしだってぜひとも上着のボタンをかけたいんですけどね、そうするとまずいことになる可能性があるので、できないのです。支局長が塀も何もない駅のプラットホームにどうしても立つと言うので、わたしとしては銃を素早く引き抜けるようにしておく必要があるんです」

ブラニオンは笑いを洩らした。「なるほど、では、列車のところまで行って、くすぶる砲弾で手を温めようか？」彼はプラットホームを歩きはじめ、脱線したロシアの列車に近づいていった。

「今日は素晴らしいアイディアが次々に浮かびますね、支局長《チーフ》」

ピーター・ブラニオンは大規模な犯罪現場に近づいていった。あたりの寒気に、燃えた燃料とプラスチックの臭《にお》いが充満している。建設機械があげる音も響きわたり、懸命になって残骸《ざんがい》から遺体を収容している男たちもいた。まるで巨大な缶切りで切りあけられたかのようにパックリ口をひらいている列車のすぐそばに、少数のトレンチコート姿の男たちがかたまっているのが見えた。その真ん中にブラニオンは見覚えのある顔を見つけた。彼は男たちのあいだを進み、ヴァルスティベス・サウグモ・デパルタメンタス——リトアニア国家保安局（ＶＳＤ）——長官のそばまで歩いていった。長官は片手にタバコを持ち、もう一方の手で携帯を耳にあて、だれかと話していた。そこは線路の横で、ちょうどロシア兵の遺体ひとつがブルーの死体袋に入れられて運び出されたところだった。

ブラニオンは長官が電話を切るのを待たずに声をかけた。「おはようございます、リナス。この一週間、忙しいですね」

リナス・サボニスVSD長官は電話を切り、ブラニオンの手をにぎった。「ピーター、ここで会えるとは嬉《うれ》しいが、リトアニアの友人として来てくれたんだと思いたいね。まさかワシントンに命じられて調査しに来たんじゃないだろうな？　だれの仕業かは、もうだれもが知っている。ロシアの自作自演だということは、少しでも常識を持ち合わせていればわかる」

ブラニオンは車両の中央にある捩《ね》じれた残骸のかたまりを見つめた。よく見ないと何の残骸かわからない。くすぶっているものもあったが、それで暖をとることなどできなかった。「ちょっとのぞきに来ただけです。自分の目で見ておかねばならないと思ったので」

ドンリンは顔をあらゆる方向に向けつづけ、近くの陸橋にさえ目をやっていた。ブラニオンも顔を上げて陸橋を見やった。そこに残されていた砲のあたりはロープで立ち入れないようになっており、まわりに警備兵が立っている。ただ、朝の通行は遮断されておらず、車の陸橋通過は許されていた。「B－10ですね？」

「そう、B－10無反動砲だ」リナス・サボニスは答えた。「だが、考えを間違った方向へ推し進めないように。リトアニア陸軍は保有するその旧式の無反動砲のありかをしっかりと把握しており、今回使われたB－10が自分たちのものでないことを証明できる」

「ポーランドはどうですか？」

サボニスは溜息をついた。「だからさ、ピーター、ロシアにだまされるなと言っているんだ。あの陸橋の上にある砲が、たとえポーランドから運びこまれたものだとわかったとしても、関係ない。ロシアの謀略に決まっている」

ブラニオンは肩をすくめた。「わたしは着任したばかりで、まだこの地域の事情には不案内でしてね、申し訳ないけど、つい事実が導いてくれることだけを考えてしまいます。これは紛争を煽《あお》るためのロシアの自作自演だと、だれもが言っています。そうなのかもしれません。でも、われわれとしては、まだそうだと確信できないのです」

リナス・サボニスは返した。「きみの国の政府が確かな証拠を見つけたがっていることはわかっているが、これでだれが得をするか考えるだけで、おのずと答えはでる。わが国の東部の国境のベラルーシ側にはロシア軍部隊がいるし、西のカリーニングラード州にも、むろんロシア軍がいる。ロシアはこの数年かけて、わが国の西の国境沿いに兵員および装備をたっぷり移動させた。今回の攻撃は、侵略を開始するのに必要となる恰好《かっこう》の口実となる」

ピーター・ブラニオンは言った。「われわれはあなたがたの味方です、リナス」

「NATOが助けてくれる?」

「NATOのことを言っているのではありません。わかっているはずですよ」

VSD長官はゆっくりとうなずき、タバコの煙を深く吸いこんだ。「ああ、わかっている。NATOは助けにきてくれやしないと、われわれが思っていることを、きみたちにも承知しておいてほしいだけだ。アメリカは加勢してくれるかもしれない。エストニアでやったようにね。あるいは、ウクライナでやっているように。だが、フランス、スペイン、イタリアはどうか? まるで期待できない。彼らはNATO——北大西洋条約機構——という小グループにわが国を加盟させたことを後悔している。まあ、ロシアには屈服し、好きなようにさせるだろうな。たとえわが国の空がロシアの落下傘《らっかさん》兵で満たされてもね」

ブラニオンは肩をすくめた。「そんなことになったら北大西洋条約第五条——集団防衛条項——が発動されるんじゃないですか? さすがに彼らだってやって来ざるをえないでしょう」

リナス・サボニスは首を振った。「いや。ロシアは単にリトアニアを訪問したにすぎない、とNATOは言うに決まっている」

たぶんリナスの言うとおりなのだろう、とブラニオンは思った。そういえば、ブエノスアイレス支局長をしていたときは、こんなことを心配する必要なんてまったくなかった。アルゼンチンで、ブラジルに侵攻されるかもしれないと言ったら、馬鹿ばかしいと笑われるだけだ。

だが、ここでは、落下傘を広げて降下してくるロシア兵で空がいっぱいになるかもしれないと言っても、だれも笑わない。

ブラニオンは言った。「では、こうしましょう、リナス。わたしもあなたも懸命に働いて、それぞれの政府にここの状況を知らせつづけるのです。われわれにできるのはそれだけです。それに専念しましょう」

サボニスはうなずき、タバコをすぱすぱ喫《す》った。またひとつ死体袋が運び出されていく。朝日が東の低層の建物や工場の上に顔をだし、輝きはじめていた。「いま、きみとわたしが立っているところはグラウンド・ゼロ——そもそもの始まりとなる爆心地——なんだ。この線路の一部がね。いいかい、人々はあとで振り返り、これがそもそもの始まりだったな、と述懐することになる。ほんとうだ、絶対にそうなる」

リナス・サボニスとその取り巻きはブラニオンに背を向け、線路をたどって駅のほうへと戻りはじめた。

ブラニオンは自分のボディーガードのほうを見た。「今日これから車を走らせて、ベラルーシの東部の国境まで行ってみたいんだけどね？　そのあたりの協力者に会って、ベラルーシから入ってくる新たな情報がないか訊《き》いてみたい」

グレッグ・ドンリンは軽く溜息をついた。「そのベラルーシとの国境沿いのネットワークの運営ですけどね、部下の工作担当官のひとりに任せたらどうですか？」

「心配ないよ、グレッグ。昼食までには戻ってこられる」

あきらめたような声で警備官は返した。「心配なのは昼食ではありません。〈緑の小人《リトル・グリーン・マン》〉が心配なのです」リトル・グリーン・マンはふつう宇宙人を意味する。

ブラニオンはドンリンにウインクして見せた。「〈緑の小人〉を見つけたら即、身をひるがえして一目散に逃げるさ。わたしはこの国で最初にそうする人間になる」

「では、わたしは二番目にそうする人間になります」

13

　アウト・ザイトはアムステルダムでもいちばん魅力的な地区である。なにしろアムステルダム中心部にある国際的で美しい高級地区なのだ。

　暗殺を生業《なりわい》とするブラームとマルティーナのイェーガー兄妹は、その地区に住んでいた。二人は住み心地のよい最先端の超現代的コンドミニアムに同居していて、そこはフランス・ファン・ミーリス通りという並木道に面する褐色砂岩《ブラウンストーン》張りの建物の最上階とその下の階を占めていた。

　二人はほんの数日前にベネズエラから戻ったばかりで、昼は近所のカフェでくつろぎ、夜も更《ふ》けるとクラブで遊んだりして、ほとんどの時間をのんびり過ごしていた。昨夜、兄妹は流行《はや》りのナイトクラブに出かけ、午前四時になるまで、兄のブラームはVIP用のソファーに偉そうにふんぞりかえって店内をながめ、妹のマルティーナは客が熱く群れ踊るフロアでダンスに興じた。

　そして、いまは午前一〇時。二人はブラームがつくった朝食を食べ終わろうとしていた。マルティーナはオムレツをつつくのをやめ、コーヒーを持って居間の中央のテーブルまで行き、そこに載っていたラップトップ・コンピューターをひらいた。そしてTorを立ち上げた。TorはThe《ジ》 Onion《オニオン》 Router《ルーター》の頭字語で、いわゆるオニオン・ルーティングを可能にするソフトウェアだ。オニオン・ルーティングは、世界のインターネット上に六〇〇〇ほど存在する中継点を次々に経由することによって、メッセージの送信者、受信者双方を匿名化《とくめい》する通信方式のことである。

マルティーナは昨夜遅く送られてきた一通のEメールをひらき、目を通した。それで自分と兄が新たな仕事をもらったことを知った。そういうことの奇妙さは彼女も感じていた。だって、昨夜騒がしいところで酒をしこたまやり、そのあとドラッグもやったせいで、まだ頭が重く、湯気の立つコーヒー入りのマグを手にしてバスローブ姿で居間に座っているというのに、世界のどこかにいる——地球の裏側にだっていることがある——人間を殺す仕事を受けることができるのだ。

ブラームもバスローブ姿のまま部屋の反対側にあるソファーに座り、膝《ひざ》に日刊紙《デ・テレグラーフ》をひらいて載せていた。

マルティーナが声をあげて兄を呼んだ。「ブラーム、来て《コム・ヒア》」

ブラームはソファーから立ち上がると、広々とした居間を横切って、中央のテーブルに向かう妹のうしろまで歩いてきた。そして、顎《あご》を妹の肩にのせ、いっしょに〝殺しの指示〟を黙読した。

読み終えると、ブラームは言った。「アメリカ、いいね《ムーイ》」

マルティーナもにんまり笑った。「ビヴァリー・ヒルズ」アメリカ英語を真似《まね》て言い添えた。「ダーリン、とっても楽しいことになるわ《ディス・ウィル・ビー・ソー・マッチ・ファン》」

二人とも立ち上がり、旅行の荷造りを開始した。今回は急ぎの仕事だったからだ。

イェーガー兄妹が、ユトレヒト出身のごくふつうの中産階級の子供から、ロシアの情報機関にも雇われる国際的殺し屋に変身したそもそものきっかけは、オランダ陸軍大佐だった父親がテレビゲームに溺《おぼ》れていた一〇歳の息子をうまいこと言って狩りに連れ出したことだった。むろん、それで息子が殺し屋になろうとは父親は夢想もしなかった。当然ながら、ブラームはたちまち〝獲物を追いつめて狩る〟ことが好きになった。だが、狩りをほんとうに熱愛するようになったのは、父親の目にやどる誇らしげな表情を見てからだった。

それを見たときブラームは、ごく単純に、父に愛されるには獲物を狩るのがうまくならないといけない、と悟った。

すぐにブラームは射撃競技大会を楽しむようになった。大会に頻繁に出るようになり、クロスカントリー・スキーとライフル射撃を組み合わせたバイアスロンでティーンエージャー選手として有名になった。高校を卒業すると、大学には進まず、オランダ軍に入隊した。それは、軍隊には兵士の国内および国際スポーツ大会への参加を許すプログラムがある、という単純な理由による。まもなく歩兵部隊の軍曹になった。四年後には除隊してプロのバイアスロン大会に出場するつもりだった。
ところが、オランダもアフガニスタン戦争に部隊を送りこむことになった。
ブラームも戦闘に参加し、夢中になった。本物の戦争を味わった初日が終わったときにはもう、背番号のついたライクラのスキーウェアを着て紙のターゲットを撃つことに何の興味も抱けなくなっていた。そう、殺《や》るか殺られるかの戦場の銃撃戦だけが、命をかけた本物の試合なのだ、とブラームには思えたのだ。

　四年後、ブラームは退役し、イラクでの仕事を請け負う民間軍事会社の警備要員になった。そうやってブラームは、しょっちゅう銃火を浴びるようになり、彼なりの充実した生活を送るようになった。

　マルティーナはきれいで頭のよい女の子だった。兄を崇拝し、歩ける年頃になるや、兄が歩んだ道を自分も歩みはじめた。父親と狩りに出かけて銃を撃ち、バイアスロン等のスポーツ競技大会にも参加するようになった。一八歳のとき、10メートル・エアライフルと10メートル・エアピストルの種目で世界ランク入りし、二〇歳のときにはオリンピック出場権を得られるほどの力をつけていた。だが、ヨーロッパ柔道選手権大会のための練習中に首を負傷し、ただそれだけのせいでオリンピック出場を逃してしまった。

二〇代前半、マルティーナは登山をはじめ、好きになったものにはいつもそうするように全情熱をかたむけて取り組み、二六歳までに、地球上にある標高八〇〇〇メートル超の山——いわゆる八〇〇〇メートル峰——一四座のうち七座を征服してしまった。

だが、八座目への挑戦は悲惨な結果となった。K2登山中に雪崩《なだれ》に巻きこまれ、パーティーの四人が死亡し、彼女も複数箇所骨折という重傷を負った。

兄のブラームがイラクで反政府グループと戦っているあいだ、マルティーナのほうは、他人《ひと》に勝とうとがむしゃらに重ねた努力がすべて水泡に帰して胸ふたぎ、鬱々《うつうつ》と自宅で療養せざるをえなかった。

ところが、八年前、イェーガー兄妹がまだ二〇代後半のとき、ブラームがアムステルダムのスポーツ用品店で働いていたマルティーナに電話し、すべてを捨ててアフリカのマリまで会いにこないかと誘った。兄はもう中東にはいないのだと知ってマルティーナは驚いた。いまは第三世界で保安調査の仕事をしている、というのがブラームの説明だった。

マリ共和国に到着するや、マルティーナはすぐに知った。兄が単なる家族会のために自分をアフリカまで呼び寄せたのではないということを。そうではなくて、ブラームはその地で目立ってはいけない仕事をしていて、偽装——具体的に言うと、妻の役を演じてくれる者——を必要としていたのである。

マルティーナ・イェーガーはその偽装に協力し、すべてうまく運んで、仕事は成功した。そして彼女は、もう自分は平凡な職業にはつけないと悟った。

それからもブラームは妹をさらに数回、仕事で利用し、秘密裏に進められる民間警備の世界にさらに深くもぐりこんで仕事をするようになった。こうして仕事の多くが極秘作戦を含むものとなっていった。

殺しの仕事もやりますと客にもちかけてみない、と最初に言いだしたのは、妹のマルティーナ・イェーガーのほうだった。仕事はすぐに見つかった。二人はいっしょにナミビアで最初のターゲットを仕留めた。殺しの対象となったのは、地元の犯罪組織とぶつかってしまった南アフリカの白人ジャーナリストだった。ブラームとマルティーナも白人で、あか抜けした観光客に偽装していたため、黒人のギャングがやって来たら警備員がすぐさま警戒するバーやレストランに入っても目立つことはなかった。それに二人は、反撃されても冷静に銃を扱え、おかげでその難しい仕事をやり遂げることができた。

アフリカでさらにいくつか殺しの仕事を請け負ったのち、マルティーナは手を広げることにし、サンクトペテルブルクのブラートゥヴァ（兄弟組）と呼ばれるロシア・マフィアに接触した。

ブラームもマルティーナも政治のことはどうでもよかった。二人は金《マネー》とスリルを求めて仕事をした。結局、サンクトペテルブルクのその犯罪組織から二年分の仕事をもらい、その後、二人はＦＳＢ（ロシア連邦保安庁）の作戦に取り込まれた。ロシアではマフィアが牛耳るビジネスと政府との利害が緊密にからみ合っているからだ。

二人はまったく気にしなかった。報酬はよく、ちゃんと期日までに支払われ、ＦＳＢにはブラームとマルティーナがこなせるあらゆる仕事があった。

イェーガー兄妹はいまやっている仕事が大好きで、文句などまったくなかった。

殺しはこの地球上でいちばん素敵なアドヴェンチャー・スポーツだ、と二人とも思いこんでいた。

14

ジョン・クラークは日曜の朝早く——妻よりもずっと早く——目を覚まし、寒くないようにしっかり着こんだ。風雨にさらされて貫禄《かんろく》のついたガン・ベルトをジーンズのループに通し、45口径のSIGザウエルP227大型拳銃をホルスターにおさめ、厚手のフランネルのランバー・ジャケットを身につけた。

トイレで用を足してから、キッチンに寄って全自動で出来上がっていたコーヒーを魔法瓶にたっぷり注ぎこんだ。クラークはメリーランド州エミッツバーグにある自宅——農場の母屋《おもや》——の裏口の外に出ると、風雨で傷《いた》んだ泥だらけのブーツをはき、まっすぐ一直線にガレージに向かった。そして、そこにある鍵《かぎ》のかかった物置のなかで、四五口径の実包数百発、予備弾倉《マガジン》数個、耳と目のプロテクター、銃手入れキットを古いキャンヴァスのバックパックに詰めこんだ。さらに救急キットが入った小さなポーチと魔法瓶も詰めて、クラークはバックパックを片方の肩にかけ、外に出ていった。

そのまま一〇分近く歩いて自分専用の射撃練習場へ行った。それは農場を流れる小川まで延びる小渓谷の奥深くにあった。弾丸が撥《は》ね返るのをふせぐ干し草の俵の前に形のちがうスチール板が何枚か設置されていて、干し草のうしろは小渓谷の湿り気をおびた土の壁になっている。その土壁のおかげで、射撃が下手な者が撃った弾丸も遠くまで弾《はじ》け飛ぶことはない。ただクラークは、土に弾丸をもぐりこませたことなど一度もないと自負していた。

砂利敷きの地面の中央に、馬車の車輪がついた古い木製の作業台が一基おかれていて、そこでジョン・クラークは太陽がのぼりきるまで、ゆっくり時間をかけて拳銃の分解掃除をし、コーヒーを飲んだ。

こんなに朝早くても、ときどき遠くから銃声が聞こえてきた。近隣のハンターたちだ。クラークはそうした銃声をうるさく思うどころか歓迎していた。なぜなら、そのおかげで自分の発砲音が目立たず、文字どおり好きなときに自宅敷地内で自由に射撃訓練ができるからだ。

ジョンは妻のサンディに「七時になるまで絶対に射撃訓練をはじめないで。その前にどうしてもやりたいときは必ず減音器《サプレッサー》を使ってね」と言われ、そうするよう約束させられていた。ジョンは愛情深く思いやりのある従順な夫で、いつも妻の禁止時間に三〇分余裕をもたせて午前七時三〇分過ぎから訓練をはじめた。

腕時計が電子音で三〇分過ぎたことを知らせると、クラークは拳銃に装弾した。ふだん使っているその拳銃は、ニューハンプシャー州の工場で製造された45口径SIGザウエルP227性能強化エリート・モデルだ。弾倉《マガジン》弾数は一〇発で、薬室《チェンバー》にもう一発入るようになっている。

45口径（11・43ミリ口径）の拳銃を携行する〈ザ・キャンパス〉要員はクラークだけで、SIGザウエルを愛用しているのも彼ひとりだけだった。他の者たちはみな9ミリ口径のグロックかスミス＆ウェッソンを携行しているが、クラークはヴェトナム戦争以来、大きくてずんぐりした45口径弾のファンだった。

だから、ジャック・ライアン・ジュニアとドミニク・カルーソーが、このクラークの〝拳銃に関する時代遅れぶり〟を軽くからかい、ドミンゴ・〝ディング〟・シャベスさえ、「ベルトに榴弾砲《りゅうだんほう》をぶらさげていなければ、ジョンはもうすこし速く走れるし、もうちょっと高く跳べるんじゃないの」などと楽しげにジョークを飛ばす。だが、クラークとしては、装弾数一一発のSIGザウエルが、何十年ものあいだ携行しつづけた装弾数八発のコルトM1911ほど重く感じられたことはない。それゆえ、SIGザウエルでもいっこうに問題なく、安心感を抱くことができた。言いたいやつには言わせておけばいい、とクラークは思っていた。たしかに合理的な人間なら口径について文句のひとつも言いたくなるだろう。だが、最高の分別を持つ人間は、45口径はすごくいい、というおれの意見に賛成してくれるはずだ。

クラークはＳＩＧザウエル等さまざまな銃器をこの〝手造り射撃訓練場〟に持ってきて毎日訓練に励んできたが、今日はいつもとはまったくちがう訓練をすることにしていた。

クラークは六七歳にしてはかなり良い視力を維持している。だが、彼はふつうの六七歳ではない。クラークのように撃ち返す者を撃たねばならない状況におちいる六七歳なんてめったにいない。それに、クラークは年のわりには素早く動けるが、彼のように銃器を使って脅威となる者と戦うのにスピードを必要とする同年齢の男もめったにいない。

ジョン・クラークは、その二つのことのいずれをもしなければならない、そのめったにいない男のひとりなのだ。

銃器を素早く正確にあつかう力が鈍ってきていることは自分でもわかっていた。年とともに技量が低下していくのは避けがたい現実であり、いかんともしがたい。たしかにクラークはまだ、仕事で銃を携行している人々の大半よりも、ずっと巧みに拳銃をあつかえ、いかなる距離のターゲットをもより正確に撃つことができる。だが、クラークにとってはそれだけでは充分ではなかった。これからも遂行しなければならない任務があるはずだからである。だが、それ以上の事情もあった。

ジョン・クラークはまたしてもサム・ドリスコルの死のことを考えた。客観的に見て、サムの死は自分がおかしたミスのせいではまったくない。それはわかっている。わかっているのだが、ドミンゴ・シャベスとドミニク・カルーソーが二日前にドイツで敵にまんまと逃げられてしまったということがあり、クラークは自分もふたたび現場仕事をこなさなければならなくなるのではないかと思っていた。ともかく、与えられた職務を遂行して部下たちを危険から護る能力がきわめて重要になる。加齢による技量の低下はどうすることもできなかったが、なんとか準備だけは整えておきたかった。だからクラークは、猛烈に訓練する必要があるのだと自分に言い聞かせた。そうやって、現場での戦闘能力を維持する、いや、できれば向上させるのだ。

ポイント・シューティングは、脅威となる人物を素早く正確に攻撃できるように、照準器を使わずにターゲットを己《おのれ》の目で見つめて射撃する方法で、クラークはその訓練をずっとつづけてきた。近接戦訓練では、工作員は全員、小銃または拳銃による速射能力も鍛えなければならない。照準器を通して銃撃する時間的余裕がないときのためだ。だが、六〇代後半になってしまったクラークにとっては、慣れている〝すぐそば〟よりも遠くにいるターゲットを攻撃するさいにもポイント・シューティングを用いると、たいへん有益であることが、本人にもわかっていた。訓練を重ねて、拳銃を引き抜きざま、二〇、三〇、いや四〇フィート離れたターゲットの胸に弾丸を撃ちこめるようになれば、拳銃による戦闘時間を大幅に短縮できるはずなのだ。

ポイント・シューティングでは、体を正しい方向へ向けないと狙《ねら》いがうまく定まらないことがきわめて多い。照準器という便利な装置を使えないとなると、体をターゲットにまっすぐ向けることで銃身を正しい方向に向ける、ということが必要になってくる。そこまでできれば、あとはもう基本的動作を磨いていけばいい。まず、拳銃を正しくきちんとにぎり、引き金《トリガー》の操作を完璧《かんぺき》にする。そして、反動を巧みに処理して銃口をふたたびターゲットにピタッと向ける方法をしっかり理解する。

ジョン・クラークは息を長く、たっぷり吐き出した。その息が寒気のなかで白い水蒸気と化す。彼は作業台へ手を伸ばし、射撃《ショット》タイマーの頭のボタンを軽くたたいた。そうやってボタンが押されると、タイマーはそのときどきでランダムに決まる時間――三秒から一〇秒のあいだ――待ってから、大きなビーッという音をあげる。それが射撃開始の合図となる。四〇フィート先のスチール製標的が脅威となる人物、という設定だ。

クラークは両手とも脇《わき》にたらし、ターゲットを見つめ、体を爆発させるかのように動かすときを待った。いつも冷えた状態のまま訓練を開始する――つまり、ウォーミングアップをして体を暖めておく、なんてことはしない。なぜなら、実際に現場で銃を用いなければならない場面に遭遇したとき、「体を敏捷《びんしょう》に動かせるように、ちょいとそのへんで紙の的を撃って神経のシナプスを活性化させるから、おまえらはタバコでも一服して待っていてくれ」と悪者どもに言うわけにはいかないからだ。

ショット・タイマーが鳴った。手がスッと落ちて、拳銃をガン・ベルトから引き抜いた。と同時に体も回転してターゲットのほうへ。拳銃が革のホルスターから引き抜かれ、銃口が上がりはじめたときにはもう、クラークの体は正しい方向へ向いていた。一発撃った。クラークはほとんど一瞬のうちに拳銃を上げて目だけで狙いを定めたが、それから発砲するまでに要した時間はその〝一瞬〟のほぼ半分だった。

小渓谷の壁の湿った土が大量に飛び散った。干し草の俵の後方、スチール製標的の一フィート左。

クラークは溜息《ためいき》を洩《も》らし、もとどおり拳銃をホルスターにおさめた。的を外したことなど気にしなかった。外すから訓練しているのだ。最初から成功していたとしたら、やりがいのあるほど難しい訓練をしていないということになる。

訓練を繰り返し、ふたたび同じ結果になった。四回目で、やや動きが遅くなりはしたが、ともかくスチール製標的の端に弾丸をあててカーンという音を立てることに成功した。標的が人間だったら、そこは胴から突き出した右腕の肘《ひじ》ということになる。

クラークはさらに一時間かけて、四〇フィート離れた男性サイズのスチール製標的に二〇〇発以上の弾丸をはなった。一発ずつ、拳銃を引き抜くところからやった。つい照準器を使いたくなり、拳銃を目の高さまで上げないようにするのに苦労したが、新しいテクニックに順応するよう筋肉を鍛えなおす訓練をつづけるにつれ、次第に体を楽に動かせるようになっていった。

訓練を終えたとき、クラークは撥ね返ってきた泥ですっかり汚れてしまい、服にも髪にも硝煙の臭いが染《し》みこんでいた。そのうえ、技量は満足のいくところまで――というより、それに近いところにまでも――達していなかった。それでも、目を覚ましたときよりも遥《はる》かによくなっていた。

クラークは作業台で拳銃を掃除してから再装弾した。そして、まだ熱い拳銃をホルスターにすべりこませにかかった。その朝最後の動作で、まさにそれをしていたとき、ポケットのなかの携帯電話が鳴った。ディスプレイ上の発信者名を見もしなかった。

サンディにちがいないと思ったからだ。もうすぐ朝食ができ、裏のポーチで食べられるようになる、と妻に言われるに決まっている。妻は日曜の朝も従順に一時間ものあいだ銃声に耳をかたむけていたのだ。だから、携帯を耳にあてたとき、クラークはその埋め合わせをすることに決めた。「いま家に向かっている、ハニー。朝食が終わったら、ゲティスバーグの古戦場まで足を伸ばしてみようか？」

応《こた》えはすぐには返らず、しばしの沈黙があった。そして、〈ザ・キャンパス〉の長、ジェリー・ヘンドリーのケンタッキー訛《なま》りが聞こえてきた。「えー……ジョンかね？」

「おっと。すみません。サンディかと思いまして」

「サンディではないが、古戦場が嫌いというわけではない」

クラークは笑い声をあげた。「で、用件は？」

「それがだね、きみには本当に申し訳ないのだが、メアリ・パットがみんなと話し合いたいことがあって今日そちらのオフィスへ行きたい、よろしいか、と言ってきたんだ」

クラークは返した。「ドイツでの銃撃戦にも関係があるんですか？」

ヘンドリーは答えた。「さあ、確かなところはわからない。ドミニクとドミンゴは昨夜帰ってきたばかりだが、メアリ・パットは全員に集まってほしいと言っている。

だから、二人にはこのあと電話する」

クラークにはためらいなど微塵《みじん》もなかった。メアリ・パット・フォーリが彼らのオフィスに来ることはめったにない。なにしろ、彼女はアメリカ情報機関コミュニティの長である国家情報長官、閣僚級の高官なのだ。「時間を言ってください。行きます」

クラークは泥だらけの自分に目をやった。「でも、正直に言います。できればですね、まずはシャワーを浴びたいのですが」

15

〈ザ・キャンパス〉のオフィスはヴァージニア州アレクサンドリアのノース・フェアファックス通《ストリート》りにあり、そこからはポトマック川を見わたせた。ヴァージニアに秋が訪れてすでに何週間かたち、いまやアレクサンドリア旧市街《オールドタウン》の細い通りに赤や黄色の枯葉が舞い落ちていた。ジョン・クラークのシヴォレー・サバーバンがその界隈《かいわい》に入ってきて、ヘンドリー・アソシエイツ社の社屋の地下にある駐車場へと下りていった。メアリ・パット・フォーリ国家情報長官はいつも四台の車を連ねてやって来るのだが、その車列がまだ到着していないことにクラークは気づいた。

クラークは家で洗いたてのジーンズとボタンダウン・シャツに着替えたのだが、社屋に入るや、まっすぐ自分のオフィスへ向かい、クロゼットから青いブレザーをつかみ出した。そしてそれを身につけ、ふたたび廊下にもどり、会議室へ向かって歩きはじめた。すると、ちょうど、ドミンゴ・シャベスとドミニク・カルーソーがエレベーターから降りて廊下に出てきた。

そのまま三人の男たちは四階の会議室に入り、それぞれコーヒーメーカーから自分のカップにコーヒーを注いだ。デニッシュとベーグルが載っているトレーがテーブルの真ん中におかれていて、ドミニクもシャベスも早速それらのパン類を手にとり、かぶりついた。

二、三分もすると、ジェリー・ヘンドリーがメアリ・パット・フォーリとともに部屋に入ってきた。彼女は待っていた男たちと握手をかわし、会議用テーブルの上座《かみざ》についた。

メアリ・パットは開口一番、尋ねた。「ジャック・ジュニアは?」

ヘンドリーが答えた。「言うのを忘れていた。いま現場で仕事中。ローマでね。ロシアから海外へ持ち出される資金の洗浄に利用されているダミー会社ネットワークを調べている。そのネットワークが具体的にどれほどの規模のものであるかは、まだはっきりしないが、ヴォローディンの腹心のミハイル・グランキンがそれに係わっているという点については、ジャックもほぼ確認できたと考えている。われわれとしては、ジャックが得た情報を司法省に流して、欧米諸国にあるグランキン運営資産のさらなる押収《おうしゅう》につなげられたらと思っている」

メアリ・パットは満足そうにうなずいた。「ジュニアも父親そっくりになったわね」

ドミニクが返した。「ええ、政治をのぞいて。ジャック・ジュニアは『政治は大嫌い』ですから」

メアリ・パットは笑みを浮かべてクラークを見やった。「かつてジャック・シニアが同じことを言ったのを、わたしもジョンも覚えているわ」

「ええ、忘れはしない」クラークは応じた。「いまだって、どこまで好きかわかったもんじゃない」

〝ディング〟・シャベスが言った。「メアリ・パット、お会いするのはサムの葬儀以来です。まあ、世界危機の観点からは、国家情報長官にはあまり立ち寄ってもらわないほうがいいようにも思いますが」

「それはそうね。でも、ご覧のように……立ち寄って、いまここにいる」メアリ・パットはドミニクとシャベスのほうに顔を向けた。「二人ともドイツでの銃撃戦で負傷したということだったわね」

シャベスの顔の右側にはまだ灰色の打撲傷があり、唇にも裂傷が残っている。彼は言った。「傷はドムのほうがひどかった」

〝ドム〟・カルーソーは説明した。「どうってことなかったです、ほんとうに。背中に軽いかすり傷を負っただけです。帰りの機内でアダーラに数針縫ってもらいました。

わたしとしては、そんなことより、あの騒ぎはどういうことだったのか、そっちのほうが知りたいです」

メアリ・パットは応えた。「それなら教えてあげられるわ。ドイツ当局はヌリア・メンデスという名の女を追っていたの。スペイン人。環境戦士《エコウォリア》という言葉があるけど、まあ、そんなところね。昨年ハノーファーでパイプラインを攻撃したかどで指名手配されていた。まさかそのヌリア・メンデスがロシア連邦保安庁要員と旅をしているなんて、ドイツ当局は露知らなかった。むろん、彼女を官憲の手から護るためなら、ためらうことなく人殺しもする男たちが、ほかに十数人も列車に乗っているなんてこともね」

ドミニクは訊いた。「その女も、リトアニアの天然ガス施設を爆破した〈地球のための運動〉テロ実行グループの一員だったと、ドイツ当局は考えているのでしょうか?」

「彼らはそういう結論に達することができるほどの情報を持っていなかった。ドイツ当局の手のなかにあったのは、ハノーファーで起こったテロの逮捕状だけ」

クラークが声をあげた。「だから女を連行する準備はまったく整っていなかった。今回のことで、その女が進行中の何か大きなこと――ロシアの情報機関も係わっている何か——に一役買っているようだ、ということもわかった」

メアリ・パットはうなずいた。「まだ結論的なことは何も言えないけど、われわれとしても、できればそのミズ・メンデスを捕まえて真相を究明したいわね」

ヘンドリーが訊いた。「死んだトラックスーツ姿の男たちのことでドイツ当局がつかんだことは？」

「皆無。身元につながる本物の書類もタトゥーもなし。生け捕りにできた者なし。警官かあなたたち二人に殺された六人は現在、ベルリンの死体置き場に横たわっている。だから、今回の銃撃戦の捜査も袋小路につきあたったと言わざるをえないわね」

クラークがふたたび声をあげた。「イェゴール・モロゾフは？　消え失《う》せた？」

「のようね、残念ながら」メアリ・パットは膝の上で両手を組み合わせた。「でも、わたしが今日ここに来たのはそのためではないの。アメリカにとっての最新の危険ゾーンはみなさんも推測できるはずなので、それをいま口にしても唖然《あぜん》とする人はいないと思う」

シャベスが応えた。「わたしは、ヴァレリ・ヴォローディンがつくりだす状況はもうこれ以上悪くなりようがないと、いつも思うのですが、間違っていたと何度思い知らされたことか。いまはやはり、バルト海沿岸諸国とカリーニングラードの問題が、突出しつつあると思えますが」

メアリ・パットはうなずいた。「そう。そしてそれがアメリカの情報機関コミュニティにとっては困ったことなの」

クラークがあとを承《う》けた。「一年ほど前にウクライナの情報機関から漏洩《ろうえい》した情報によって、当地のＣＩＡ〝資産《アセット》〟の身元がごっそり敵に知られてしまったからだね。それでウクライナの現場要員をすっかりとりかえる必要が生じ、ＣＩＡ近東課で大規模な人事異動が実施された」

メアリ・パットは言った。「多くの場合、若くて経験の浅い者が投入されることになった」

「うわっ」ドミニクが思わず声を洩らした。

「リトアニアの諜報《ちょうほう》活動を統轄《とうかつ》するヴィリニュス支局長に新たについたのも、そういう者だった。ピーター・ブラニオン、まだ三〇代後半。堅実な男で、信頼はできる。まずブラジルとチリで諜報活動にあたり、次いで出世してブエノスアイレス支局長になった。だから、南米が専門だったのだが、ヨーロッパ中央部での現場要員の入れ替えが必要になったために、ジェイ・キャンフィールドＣＩＡ長官がブラニオンをヴィリニュス支局長に据えることになった。長い目で見れば、ブラニオンはＣＩＡ《エージェンシー》のトップにのぼりつめられるほどの能力の持ち主ではあるけれど、現在は不慣れなきついポストについて悪戦苦闘しているはず」

「つまり、大失敗しそう？」シャベスが訊いた。

「いいえ、そうではまったくないの。それどころか、彼はたいへん優秀で、とてもよくやっている。通常の平時なら、そのうち慣れて、うまいことやっていけるようになる。でも、異常なことが次々に起こる現在のリトアニア情勢は……いまの彼には、そう……少しばかり手に負えない」

ヘンドリーが疑問を口にした。「もっと経験豊富なベテランに替えればいいんじゃないのかね？」

「いまはもう、さらに経験が浅くて、現地の状況にもっと疎《うと》い者しか残っていないの。もうどうしようもない。現在、ピーター・ブラニオンがわれわれの手のなかにある最高の者なわけ」

〝ディング〟・シャベスは言った。「わたしたちがそこへ行って、それとなく彼を護《まも》りましょうか？」

メアリ・パットはシャベスに直接答えず、首をまわしてヘンドリーのほうを見やった。「実は、やってもらいたいことがほかにあるの。ブラニオンはいま、リトアニア東部にかなりの規模の情報提供者網を構築しつつある。そのネットワークからもたらされる情報は、ロシアとベラルーシが国境地域で何をしようとしているのかを理解するのに極めて重要になる。それに、ロシアが実際に侵攻してきた場合、銃後の動きに関する正確な情報が必要になるわよね」

ヘンドリーは両眉《りょうまゆ》を上げた。「銃後？　ロシアの侵攻を阻止できるわけがないと、端《はな》から決めてかかるのかね？」

メアリ・パットは答えた。「わたしは戦域司令官ではないけど、『侵攻がはじまる前にＮＡＴＯがリトアニアへ部隊を移動させることに合意しなければ、ロシアは好きなように楽々とヴィリニュスを占領できる』との報告を受けているわ」

「えっ、そんなにひどい状況なんですか？」ドミニクが驚きの声をあげた。

メアリ・パットは顔を曇らせてうなずいた。「だから、信頼できる現場情報が極めて重要になるの。ブラニオン率いるチームは優秀だけど、工作担当官《ケース・オフィサー》はたったの一〇人ほどで、その多くは赴任したばかりの者だし、なかにはＣＩＡに入りたての新人《エージェンシー》さえいる。要するに、現在われわれの手のなかにはブラニオンをアシストできる経験豊かな人員がいないのよ。役に立ちそうな者たちはみな、すでにウクライナ、モスクワ、エストニア、モルドヴァ、ジョージアに投入されてしまっている。危険度がリトアニアと同じか、ほぼ同じ地域にね」

シャベスが訊いた。「では、わたしたちにどうしろと?」

メアリ・パットは答えた。「もし行ってくれるというのなら、ファイルを送るわ。ドミニクにコピーをね。GPS座標——緯度・経度——のリスト。すべて、ベラルーシとの国境付近のもの。大リスト」

「その座標に何があるのですか?」

「いまは何もない。通りの角、建物の屋上、溝、田畑、野原……駐車場……。正直なところ、そうした座標にあなたたちが何を見つけるかなんて、わたしにはわからない。でも、わたしとしては、そうした地点ひとつひとつに足を運んでもらい、こちらが提供する装置を使って写真を撮ってもらいたいの」

「何を撮ればいいんですか?」

メアリ・パットは言った。「そこにあるものを」

シャベスは首をかしげた。「いったい何のために?」

「ごめんなさい、許してほしいのだけど、その点は教えられないの」

ヘンドリーはびっくりしてしまった。「何も教えられないけど、うちの者たちを送りこんで言われたとおりのことをやらせてほしい、というのかね?」

「それは現地でその作業にあたる、あなたたちのためなの。みなさん知ってのとおり、ロシアは侵攻前にかならず徽章《きしょう》をつけない兵士たちを国境のこちら側に送りこんでくる。メディアが〈緑の小人《リトル・グリーン・マン》〉と呼んでいる者たち。彼らは後続の侵略部隊のために、住民を怯《おび》えさせ、道路を確保し、重要な地点を要塞《ようさい》化する。でも、そうした者たちよりもさらに早く送りこまれてくる私服の工作員たちがいる。リトアニアにはすでにそういう潜入者たちがいると、われわれは推測しているの。われわれの推測が正しかった場合、絶対にあってほしくないことだけど、あなたたちが彼らに力ずくで拘束されるという事態もありえないわけではない。そのとき、自分たちが実行している作戦について知っていたら困ったことになる。だから、わたしとしては教えたくないの」

これでだれもが納得した。だがそれも、メアリ・パットがこう言い添えるまでのことだった。「言うまでもないけど、いちばんいいのは、なんとか頑張って捕まらないということね」

ドミニクが言った。「なるほど。その撮影地点ですけど、いくつあるんですか?」

「四〇〇以上」

「ワオ!」シャベスが思わず声を洩らした。「写真をずいぶんたくさん撮らないといけませんね」

「そうなの」メアリ・パットは応えた。「でも、ほんとうに信じてほしい。これは重要な作戦なの」

ジョン・クラークが頭に浮かんだ疑問をぶつけた。「われわれは情報機関コミュニティの正式な一員ではない。そんなことをしたら、CIAヴィリニュス支局に察知され、警戒されることになるのでは？」

メアリ・パットは説明した。「絶対に怪しまれない偽装を用意している。あなたたちは情報収集を請け負う民間業者としてリトアニア入りするの。CIAと連携して仕事をする契約を結んだ民間企業の職員。だから、現地のようすやデータを収集してもCIAに警戒されることはない。もちろん、建前上は、スパイや情報提供者の運営も、いかなる直接行動への参加も、一切できないが、ODNIと契約を結んで現地におもむき、写真をいくらか撮るということは問題なくできる」ODNIは国家情報長官室。

クラークがさらに疑問を呈した。「だれにでも見られる戸外で四〇〇枚もの写真を撮るとなると、当然、人の目を惹《ひ》くことになる」

メアリ・パットは応えた。「その点もうまく解決できると思う。ヨーロッパ中央部でビジネスをしているアメリカ企業があって、その会社にときどき協力してもらっているの。同社の職員の電子技師たちが、リトアニア全域にインターネット用の光ファイバー・ケーブルを敷設《ふせつ》している。地中の共同溝だけでなく地上の電柱も使ってね。実在する会社で、ほんとうにそういう仕事をしていて、現場で作業する者の二五％がアメリカ人。リトアニアで働く技師の九五％は、アメリカの情報機関コミュニティとは無関係で、協力して動くということはまったくないけど、われわれはその社主と良好な関係をたもっている。だから、あなたたちは同社のケーブル敷設要員になりすまし、だれにもまったく怪しまれずにリトアニアのどこにでも行くことができる。建物のなかに入ることも、通りをぶらつくことも、問題なくできる。それこそ、行く必要があるところにはどこにでも行くことができる」

シャベスが言った。「素晴らしい。では、仕事に必要なことを学び、現地に着いたら即、全力で取り組めるよう準備します」

メアリ・パットはドミニクの視線を振り払うかのように言った。「ドム、何か問題ある？」

ドミニク・カルーソーは中途半端《はんぱ》な笑みを浮かべた。「ケーブル敷設の仕事、ほんとうにしないといけないようですね」

シャベスがドミニクの背中を軽くたたいた。むろん、傷よりもずっと上のところを。

「心配するなって、坊《キッド》や、見習いとしておれがしっかり鍛え、光ファイバー・ケーブル敷設技師のエキサイティングな世界に導いてやる。むろん、重いものを持ち上げたり、穴を掘ったり、電信柱にのぼったり、といった仕事の大半は、見習いがしなければならなくなる。おれはきみを監督しないといけないからね」

「わたしが監督で、あなたが見習いでもいいんじゃない？　なんでそれじゃだめなの？」

〝ディング〟・シャベスは返した。「それはだね、おれのほうが年上だからさ。年上にはそれなりの特権があるんだ。そりゃまあ、たくさんあるわけではない。でも、電信柱にのぼらなくていい、溝に入らなくてもいい、というくらいの特権はある」

クラークも、みずからリトアニアに乗り込めるのではないかと楽しい気分になったが、自分がケーブル敷設技師に化けるのはまずむりだと悟った。たしかに、溝を掘ったりトラックを運転したり、ということくらいはできるだろうが、今回の仕事には自分にはうまくやりこなせない肉体労働も含まれることになるはずだ。

ジェリー・ヘンドリーはジョン・クラークを見やった。「きみは工作部長だ。どう思う？」

クラークは一瞬のためらいも見せなかった。「ＤＮＩが助けを求めているんですよね。ライアンは現在、現場で分析仕事をやっていますから、ドムとディングに行かせましょう」ＤＮＩは国家情報長官。「わたしはここにとどまり、本部からできるかぎりの支援をします」

シャベスが念を押した。「いいんですか、ジョン？　ロシア語をしゃべれるじゃないですか。向こうでも役立つと思いますけど？」

「きみだってロシア語をしゃべれる。リトアニアで使われているのはリトアニア語だ。ロシア語がどうしても必要になるというのは、たぶん、とてつもないトラブルにおちいっているときだ」

シャベスをのぞく同席者全員が笑いを洩らした。シャベスはただ微笑《ほほえ》んだだけだった。彼はクラークがいっしょに行くつもりがないことを知って、驚きをあらわにし、そのまましばらく義父でもある上司を見つめていた。それからやっと、メアリ・パット・フォーリのほうへ手を伸ばした。「いいですよ。ドムとわたしは、できるだけ早く、しっかり準備をととのえ、出発します」

メアリ・パット・フォーリ国家情報長官はシャベスの手をにぎり、ふたたびジェリー・ヘンドリーのほうへ目をやった。「言うまでもないけど、ジェリー、配下の者たちをリトアニアに送りこんでくれるというのなら、彼らを脱出させる準備もととのえておく必要があるわね。ロシアの侵攻がはじまったら、ドムとディングを戦線の向こう側に置き去りにしたくないもの」

「同感！」ドミニクがジョークを飛ばした。

ヘンドリーが言った。「必要なときにはただちに現地に飛んでいけるように社機を準備させておく。状況がほんとうに悪くなってきたら、機をヴィリニュス国際空港に常時――それこそ一日二四時間・週七日ずっと――置いておき、緊急時に一時間で二人を脱出させられるようにする」

「いつ出発すればいいんでしょう？」ドミニクが訊《き》いた。

メアリ・パットは笑みを浮かべながら立ち上がった。「あなたたちにはいろいろ細かい準備をしてもらわないといけないけど、わたしとしては〝できるだけ早く〟出発してほしい。あなたたちが行くことをピーター・ブラニオンに知らせておくわ。ともかく、そちらの助力には感謝している。いまここでそれをはっきり表明しておきたい。わたしは盗聴不能なセキュア・フォンを肌身離さず持っている。あなたたちは必要なときはいつでもわたしに連絡できる」

ジェリー・ヘンドリーが指でテーブルを小刻みにたたきはじめた。「みんなも感じていることと思う。メアリ・パット、どうもすっきりしないので、思い切って言わせてもらう。これは重要なことのようであり、たぶんわれわれがいま認識できているよりもっと重要なことなんじゃないかと思いはするが、アメリカの情報機関コミュニティの長がわざわざ週末に出向いて、民間情報組織の工作員二人に現場へおもむいてデータを収集してほしいと自ら懇願するほど、重大な危機がからむことのようには思えない。今回の作戦には教えられないことがまだ何かあるのかね？」

メアリ・パットは首を振った。「隠し立てしているとか、そういうことはないわ。電話ですませてもよかったのよ、ジェリー。部下の者たちにこういうことをさせてほしいと言ってね。でも、わたしとしては、〈ザ・キャンパス〉がメキシコでしてくれたことに……その過程であなたがたが失った者に、敬意を表したいということがあって、自分で行って直接話そうと思ったの」

これには〈ザ・キャンパス〉の男たちもうなずいた。

ヘンドリーは言った。「うちは小規模な組織だ。仲間をひとり失うと、やはりショックは大きい」

メアリ・パット・フォーリはドミニク・カルーソーをまっすぐ見つめた。「〈ザ・キャンパス〉はこの数年間にとてつもなく大きな犠牲を払ってきた。それでも、あなたたちはみな、最も危険な状況に飛びこみ、活動しつづけてきた。アメリカ政府はその活躍を知ってはいけないことになっているが、わたしは知っているし、それへの感謝を伝えたいと思っている」

男たちは国家情報長官に謝意を表した。そして、シャベスとドミニクはそれぞれ、即座に毎度おなじみの〝作戦現場へ出発するための準備と荷造り〟を開始した。

16

魚網から鯖《さば》をとりはずす作業にせっせと取り組んでいた漁船員が、ふと顔を上げ、全長五〇フィートのトロール船の右舷《うげん》前方に目をやった。日の出のとき。スコットランドのシェトランド諸島の三八マイル北西。あたりに漁船も貨物船もまったく見えない。ということは、現在このトロール船は海を独り占めしているということになる。レジャー用船舶が北大西洋のこの海域にまでやって来ることは絶対にないからだ。来ても、荒波に揺られながら死ぬほど寒い思いをするだけで、楽しいことなんてひとつもない。

漁船員は前方から目をそらし、漁網に視線をもどしたが、また素早く顔を上げて一マイルほど離れた海上に目の焦点を合わせた。視覚に引っかかってきた波間の妙なものを捉《とら》えるのに一秒かかったが、見つけた瞬間、それが何であるかわかった。漁船員はまだ若い男で、視力は申し分なかった。海面に低く張りつくようにして浮かぶその物体は、海と同系の灰色をしていたが、まわりの水よりはかなり濃く、境界はくっきりと見てとれた。人工物であることは一目瞭然《りょうぜん》。それは巨大でもあり、優に列車ほどの長さがあり、高さも客車の三倍ほどあった。

漁船員はしばらくのあいだ、網から背後の甲板へと落ちていく魚を無視して、一マイルほど離れた海上を見つめていたが、はっと気づいて隣にいた男の腕をつかみ、指さした。

その隣の漁船員はずっと年上で、視力はよいとは言えず、〝ただ何かが見える〟ということしかわからなかった。

若いほうが言った。「いやあ、すげえ、ありゃ、潜水艦だ」

「馬鹿《ばか》言え。あいつは潜水艦ほど大きくないぞ。おまえ、潜水艦、見たことあるのか？」

「あれは、ほら……葉巻みたいなものの上に載ってるやつ、帽子みたいなの。何てえのかは知らんが」

若い漁船員はトロール船の船橋《ブリッジ》のほうに向けて両腕を振って見せた。船長はブリッジ前面に張られた窓ガラスの内側の席に座っていた。船長が腕の動きに気づくと、漁船員は右舷前方に浮かぶずんぐりした物体を指さした。

すぐさま船長は漁網の巻き上げをとめ、双眼鏡をつかんで早朝の海面を調べはじめた。

だが、長くはかからなかった。わずか二、三秒で、船長は目の前の制御卓《コンソール》上のスイッチを弾いた。船長の声がスピーカーを通して甲高く平板になって甲板に響きわたった。「クソ潜水艦だ、ダニー。いやはや、すごいな。イギリスにも潜水艦はある。仕事にもどれ!」

ダニーはがっかりして肩を落とした。興奮が急激に引いていき、若い漁船員はふたたび腰をまげ、まわりの甲板上を跳ねまわる鯖をすくい上げはじめた。だが、船長はもういちど双眼鏡を上げ、前方の海面を移動していく司令塔《セイル》を見やった。潜水艦は前方を左舷のほうへ横切ろうとしていた。イギリスの潜水艦だろうと船長は思った。だが、その暗灰色の物体には何のマークもついていなかったので、推測でしかない。それは針路を南西にとり、まるでナイフの刃のように荒波を切り進んでいく。数分後には見えなくなるにちがいない、と船長は思った。

下の甲板で働く若い漁船員に言ったように、この海域で軍艦を目にしても、ふつうは騒ぎ立てるほどのことではない。だが、一年前、オークニー諸島沖で操業していた漁船が潜望鏡を目撃したと当局に報告し、イギリス海軍が警戒行動をとったことがあった。彼らはその海域には自軍の艦船はいないと主張し、徹底的な捜索をおこなったにもかかわらず、結局、何も見つけられず、最終的に「スコットランド沿海をパトロールするロシアの潜水艦」という結論をだした。

もちろん鯖トロール船の船長は、イギリス沿海をひそかに探りまわりたいはずのロシアの潜水艦が、なぜセイルを誇らしげにスコットランドの漁船に見せびらかせて航行しているのか、想像もつかなかったが、地域の当局者に国籍不明の潜水艦を目撃したと知らせるくらいしてもいいのではないかと思った。

だが船長は、目撃情報を無線連絡する前に、八倍ズームレンズがついた全自動カメラをつかみ上げた。そして、ブリッジから寒気のなかにでて、荒波による揺れと闘いつつ、なんとかバランスをとりながら、倍率を最高にしてシャッターを何度か切った。

写真を撮り終えると、舵輪《だりん》の前にもどり、無線マイクに手を伸ばした。

トロール船の漁船員が右舷前方に奇妙なものを発見して九〇分もしないうちに、クライド海軍基地――地元ではファスレーンと呼ばれることのほうが多い――は船長が撮ったその複数の写真を入手した。そしてさらに、それから半時間もしないうちに、基地は厳戒態勢に入った。ファスレーンはスコットランドのアーガイル・アンド・ビュート地域にあり、潜水艦の目撃点からたっぷり四五〇マイルも離れていたが、その海域にいる海軍艦船だけでなく、大西洋側の沿岸にいる軍艦にも、潜水艦が目撃された点のおおよその方位が伝えられた。

HMS〈イギリス海軍艦船〉〈バンガー〉は掃海艇だったが、いちばん近いところ、オークニー諸島のすぐ西、まさに問題のセイルの進路上にいた。〈バンガー〉は謎《なぞ》の艦船を捜して北東に針路をとった。

攻撃型原子力潜水艦HMS〈アステュート〉が、八〇日にわたる北大西洋パトロール任務につくためファスレーンから出航したばかりだったので、可能なかぎり急いで問題の潜水艦を待ち受けられる位置へ移動するよう命じられた。

ただ、〈アステュート〉がその位置に達するには二日半はかかるので、謎の潜水艦の行く手にうまく身を潜められると楽観できる者などひとりもいなかった。

当面はイギリス空軍が正体不明の潜水艦を発見する可能性のほうが大きかった。ただ、スコットランドのハイランド地方にある複数の基地から、対潜哨戒《しょうかい》能力のあるヘリコプターが何機も緊急発進したものの、それは捜索というようなものではないと最初からわかっていた。むしろそれは、トロール船から新たな目撃情報を得られることを望んでの飛行で、正確なGPS座標をもらって飛んでいくべき方向を知ることを期待するものだった。

結局、ヘリコプター捜索隊はターゲットを見つけられぬまま次々に帰投した。

イギリスにはかつて敵の潜水艦を捜索する完璧なツールがあったが、いまはもうない。つまり、対潜哨戒機BAEニムロッドは、国防予算削減の犠牲となり、数年前に退役してしまったのだ。そこで、アメリカに助けを求めるくらいの選択肢しかなくなってしまった。

だからイギリスはそうした。

RAF（イギリス空軍）ミルデンホール基地から、そこに駐留するアメリカ空軍のP－3オライオン対潜哨戒機二機が飛び立ち、まずハイランド地方にあるRAFロジーマス基地まで飛んで着陸し、次いでふたたび離陸して哨戒を開始した。オライオンは競馬場のような楕円《だえん》を描いて北大西洋上空を長時間飛行しながら、対潜水艦戦用に開発された特殊な最新技術のカメラやセンサーを利用できた。

オライオンがスコットランド西岸の沿海の上空を飛び、イギリス海軍の艦船が海上を捜索しているあいだ、イギリスの潜水艦〈アステュート〉はターゲットに徐々に忍びよりつつあった。

これほどの捜索活動が実施されたにもかかわらず、新たなことは何ひとつ見つからなかったので、結局のところ、問題の潜水艦は深く潜航してしまったにちがいないと判断された。だが、ターゲットの潜水艦の正体はつきとめられた。それも、数千マイル離れた、ワシントンDCのすぐ南東にあるオフィスで。アメリカ海軍情報部・ファラガット技術解析センターが、トロール船の船長が撮影した写真を何日もかけて綿密に——それこそ画素ひとつひとつにいたるまで——調べたのだ。

そしてついに、技術解析センターの分析官たちは、自分たちがずっと見つめつづけてきたものが何であるかという点について、意見の一致をみた。

同じころHMS〈アステュート〉が、北西へ向かう大型潜水艦が発するほのかな音を捉えた。だが、それに追いつくことはできず、すぐにそのかすかな音も捉えられなくなってしまった。ただ、それが西へ向かっている、つまり大西洋へ出ていこうとしている、ということだけは、ほぼ確信できた。

そしてそこから推論できることがひとつあった。それは、スコットランド北端沖の海上で目撃された潜水艦はアメリカへ向かっているのではないか、ということだった。それだけはほぼ確実と思われた。

17

オーヴァル・オフィス（大統領執務室）のソファーに座るジャック・ライアン大統領の手には、写真の束があった。彼は多数の写真を丹念に吟味し、そこから得られるとぼしい諜報情報をひとつ残らず頭のなかに入れた。そして写真の束をコーヒーテーブルに置いた。

海軍の制服トップである海軍作戦部長のローランド・ヘイズルトン海軍大将が向かいのソファーに座り、その隣にバージェス国防長官が座っていた。スコット・アドラー国務長官、メアリ・パット・フォーリ国家情報長官、ジェイ・キャンフィールドCIA長官、さらにアーノルド・ヴァン・ダム大統領首席補佐官も同席していた。

大統領は写真から顔を上げた。「かつてわたしは潜水艦のことなら何でもよく知っていた。いまでも、キロ型、ラーダ型、タイフーン型の仕様をきみたちに教えられる。むろん、わたしが諜報の世界にいたころの仕様だけどね。その後、いろいろ改良されているはずだ。ともかく、正直なところ、これらの写真だけではわたしには何もわからない。見えるのは荒海の遠くに浮かぶ司令塔《セイル》だけだ。大きいが、びっくりするほどの大きさではない。新型のボレイ型かヤーセン型の一隻《せき》ではないか、とわたしは推測する。でなかったら、いま海軍作戦部長と国防長官がここに座って、こんなふうにわたしを見つめていやしない」

ＣＮＯ（海軍作戦部長）ヘイズルトンが言った。「その潜水艦を特定するのに二、三日かかりましたが、ＯＮＩ――海軍情報部――は〈クニャージ・オレグ〉であると確信いたしました、ブーマー、ボレイ型の最新艦です」ブーマーは弾道ミサイル原子力潜水艦を意味する俗語。「建造されたばかりの艦なので、われわれとしては、艦隊の作戦にすでに参加しているとは思ってもいませんでした。目撃点および観測点から割り出した進路から、大西洋に入りこんだということも間違いないと思われます。大洋の真ん中でやることなどたいしてありませんから、大西洋を横断しようとしているのだと考えていいでしょう」

ライアンは顎《あご》をこわばらせた。「では、ここまで来るということだね」

ヘイズルトンはうなずいた。「だから、いま国防長官とわたしがここに座って、こんなふうに大統領を見つめているのです」

「その原潜を見つけるためにどんな手を打ったのかね？」

「大西洋艦隊にはすでに通告しました。現在、通常の哨戒活動にあたっている艦船の捜索能力を補強するため、新たに水上艦、潜水艦をノーフォーク基地から出航させました。大西洋両岸で、対潜哨戒機のP－3、P－8を飛び立たせ、さらに何機かに飛行準備を整えさせております。そして、ONIが進路予測にあたっています」

ヘイズルトンの口調はどこかすっきりせず、ライアンもそれに気づいた。「しかし？」

「しかし、ボレイ型を捜し出すのは難しいのです。残念ながら、不可能に近いと言わざるをえません。率直に申し上げて、今回の〝隠れん坊〟では〈クニャージ・オレグ〉が圧倒的に有利です」

「なぜもっと早い段階で見つけられなかったんだね？」

「オーラスヴァーンのせいです、大統領。その北極圏の海軍基地をノルウェーがロシアに売却してしまったため、コラ湾から出てくる潜水艦の発見、監視、追跡が難しくなってしまったのです」

ライアンは眼鏡の下に指を差し入れて目をこすった。「なんてことだ。参ったな。もうどうにもならんということか」しばらくして言葉を継いだ。「ロシア海軍の作戦に参加できるボレイ型は何隻あるのかね」

「作戦行動可能なボレイ型原潜は三隻だと、われわれは思っていました。ところが、どうやら五隻あるようです。試験運用中だった二隻が、われわれの予想よりも早く就役したようです」

「その五隻は現在どこにいるのかね？」

「太平洋艦隊に一隻、北方艦隊に二隻、セヴァストポリに近い黒海に一隻。そして、もう一隻は、得られた情報によれば、こちらに向かっています」

「ボレイ型はブラヴァーを発射できるんだったね？」

ヘイズルトン海軍作戦部長はうなずいた。「はい、ボレイ型原潜はR－30ブラヴァー潜水艦発射弾道ミサイルを搭載する能力を有しております」

ライアンは言った。「ブラヴァーの仕様を教えてくれ」

これにはバージェス国防長官が応《こた》えた。「未確認の部分が多い新型ミサイルですが、われわれの諜報情報によりますと、すごい能力を備えているようです。極超音速《ハイパーソニック》で、ロシア最速。さらに、発射後に回避行動もとれ、迎撃ミサイルをかわすためのおとり《デコイ》を放出することもできます」

ライアンはさらに訊いた。「〈クニャージ・オレグ〉をはじめ、五隻のボレイ型原潜のそれぞれが、現在ブラヴァーを搭載しているかどうかは、まったくわからないということだね？」

「ええ、まったくわかりません。まあ、搭載しているものもあれば、していないものもある、ということではないかと」

ライアンは返した。「それでも、〈クニャージ・オレグ〉が核兵器を満載していると仮定して事にあたっている」

「はい、もちろんです、大統領」

「その潜水艦がアメリカ沿海にとどまった場合、そこから発射されたブラヴァーをわが国の弾道弾迎撃ミサイルが撃ち落とせる可能性は？」

ヘイズルトンは厳《いか》めしく首を振りながら言った。「ほとんどゼロです。ブラヴァーは近すぎ、速すぎ、利口すぎます。イージス艦を何隻かワシントンDCの近くに配置することはできますが、ミサイル防衛システムを備えた駆逐艦がブラヴァー級の高性能ミサイルを撃ち落とすのに成功したことはこれまでに一度もありません。率直に申し上げて、大統領、われわれとしては〈クニャージ・オレグ〉が発射に失敗することを期待するしかありません」

このことは前にも聞いたことがあったが、ライアンは確認しておきたかった。

「ほかに、こうするべきだ、という提案はないのかね？」

「大統領」バージェス国防長官が深刻な顔をして答えた。「わたしは大統領に、こうしなければいけない、と言おうと思ったことなど一度もありませんでしたが……直接、単刀直入に尋ねられましたので……」

「うん、そう」

「その潜水艦がミサイルを発射しない状況を確実につくらないといけません。『言うは易《やす》く行うは難《かた》し』ですが、それらのミサイルがひとたび発射され、飛びはじめたら……われわれにはその一発たりとも止めることはできません。それだけは確信をもって申し上げられます。軍人として、こんなことを言うのは奇妙なようにも思えますが、今回の件に関しましては、最良の防衛は外交によって得られます。ヴァレリ・ヴォローディンが潜水艦の艦長にミサイル発射を命じなくてもよい状況をつくること、今われわれがしなければいけないことはそれです」

　スコット・アドラー国務長官が声をあげた。「大統領、それが間違いなくロシアの弾道ミサイル原子力潜水艦であり、大西洋のアメリカ側へ向かっていると確信できているのなら、それを公表すべきだとわたしは思います。そうすれば、国際舞台でロシアを困らせることもできるのではないでしょうか。ロシアは原潜を引き上げるかもしれません」

バージェスが言った。「公表にはわたしも賛成です。ロシアが困るかどうかはわかりませんが、今回は『われわれの探知能力を明かせば国防にとってはよい』ケースだ、とわたしは思います。こちらはしっかり追跡しているぞ、とロシアに思いこませるのです。位置を把握したのは一回きりで、すぐに見失ってしまったということは、ロシアには教えないのです」

ライアンはうなずいた。「アメリカは知っているぞ、とロシアに思わせるわけだ。ただ、ロシアは原潜の動きを秘密にしようと最大限努力しているようには見えない。最初からそのつもりだったのではないだろうか？　つまり、パニックを引き起こすのが目的だった」

バージェスが返した。「その可能性はありますね。ボレイ型原潜は敵を恐れ戦《おのの》かせるための兵器ですから。先行艦のタイフーン型とちょうど同じように」国防長官は肩をすくめた。「少なくともわれわれが〈レッド・オクトーバー〉を手に入れて、その秘密を明らかにするまでは、タイフーン型もそういう潜水艦でした」

ジャック・ライアンは狙撃手《そげきしゅ》の銃弾をも通さない厚いガラスの向こうに目をやり、しばし窓の外をじっと見つめた。準備もせずにほんの短いあいだロシアのＳＳＢＮ（弾道ミサイル原子力潜水艦）にみずから乗りこんで遂行した任務のことを思い出していた。

「われわれは対潜水艦戦では長期にわたってロシアのはるか上をいっていた。捕獲したあの〈レッド・オクトーバー〉という名のタイフーン型原潜をほとんど分解し、多くのことを学んだおかげだ。

だが、ボレイ型はまったく新しいテクノロジーを使っている。それは状況を一変させるゲーム・チェンジャーだ。優位に立つには潜水艦を改良しなければいけない。潜水艦を追う艦船はたえず後手に回らざるをえない」

ライアンは溜息《ためいき》をついた。そして苛立《いらだ》たしげに語を継いだ。

「オーラスヴァーン海軍基地。NATO首脳会議でのわたしのスピーチに、NATOの戦略基地をもうこれ以上ロシアに渡さないように丁重に要請する一節を加えられるかね？」

アドラー国務長官がほかの者の視線を浴びて口をひらいた。「外交的には、ノルウェーへの侮辱と受け取られますね、それは」

ライアンは言った。「まあ仕方ないな、ノルウェーは自業自得《じごうじとく》ということだろう。なにもわたしは、だれかを怒らせるために首脳会議に出席するわけではない。即応態勢の強化が必要であることを訴えるためにペコペコへつらわなければならないというのは、NATOに加盟するわれわれのパートナーが――」ライアンは人差し指を立てて訂正した。「いや、一部のパートナーがギョッとするほど現状にうといからだ」

バージェスがふたたび声をあげた。「お忘れではないですよね、大統領、ロシアが大西洋のこちら側に弾道ミサイル原潜を送りこんできたのは今回が初めてではありません。彼らは二年前にタイフーン型原潜を一隻送りこみ、ノースカロライナ沖で写真を撮らせてから帰投させせました。そして、われわれがそれについて知ったのは事後のことでした。ロシアがそれを〝大成功〟として公表して初めてわれわれは知ったのです」

ライアンは返した。「そのときは、自分たちの威信のためにやったようだった。つまり、そうやって、ロシア海軍は以前のようにふたたび強くなった、というところを見せようとしたわけだ。だが、今回の振る舞いを見ると、そうした〝こういうことも実際にできるんだぞ〟という誇示とはちがうのではないかと思える」

そのあとすぐ頭に浮かんだ疑問を口にした。「〈クニャージ・オレグ〉もノースカロライナ沖へ向かうのか？」

ヘイズルトン海軍作戦部長は首を振った。「それはないと思います。そこは監視されると彼らも判断するでしょうし、代わりに選べる海岸線はたくさんあります」

アドラー国務長官が言った。「なぜだかわからないことがあります。なぜヴォローディンはこんなことをするんでしょう？ なぜ今なのか？」

ライアンが答えた。「ヴォローディンがこちらにまで原潜を送りこんだのは、本土のそばに問題を抱えていることをアメリカにしっかりとわからせたいと思ったからだ、とわたしは推測する。ヨーロッパの出来事なんかに深入りしている場合ではないぞ、という警告なのではないか。ヴォローディンはわれわれを直接脅したかったのだろう。潜水艦を利用してわれわれを縮みあがらせたかったのだ。NATO首脳会議の前にアメリカの出端《でばな》をくじいておきたかった、ということではないか」

アドラーは言った。「大統領、来週ヨーロッパであなたがどう振る舞うかが重要ですね。その重要度は日に日に高まっています。ロシアがもたらす危険がますます増大するなか、あなたは有効な対応策をとるように二七の加盟国を説得しなければならないのです。多くの国に挑発的だと批判されるにちがいありません。先の鋭い棒で雀蜂《すずめばち》の巣をつつくようなものだと言われるはずです」

ライアンは言った。「では、『蜂どもが分蜂《ぶんぽう》しようと群れをなして移動してくるといけないので、庭のまわりに虫除《むしよ》けスプレー缶を何個か置いておきたいだけだ』と言って説得しないといけないな」

18

二カ月前

ヴァレリ・ヴォローディンはクレムリンの大統領執務室の机につき、デスクマットの上に置かれた一枚の紙に目を走らせていた。それはFSB（ロシア連邦保安庁）が最も信頼するロシアの金融取引・財務管理専門家のリストだった。ヴォローディンはリスト上の名前をひとつずつ確認していった――ぜんぶで三八。むろん、全員を知っていた――みな、政府の財務管理を担当する広く知られた技術系出身の官僚である。いや、彼らは政府高官の個人財産の管理をも任されていて、そちらのほうがより重要な仕事ということになる。

ヴォローディンはある名前を探していた。リストの最後まで目を通すと、彼は満足の笑みを浮かべた。クレムリン安全保障諮問《しもん》会議議長ミハイル・グランキンのリストは、期待したとおりのものだったからだ。

リストにはモスクワのプライヴェート・エクイティ・ファンド・マネージャーであるアンドレイ・リモノフの名前はなかった。それで、ヴォローディンにとっては、アンドレイ・リモノフが適任者ということになる。

ヴォローディンは内務省の役人を通してもリモノフのことを調べた。政治的に信頼できる人物であることを確認するためだ。そして、リモノフには政治的野心がまったくないことを知った。これは極めて嬉《うれ》しい情報だった。人間をお金よりも早く腐敗させるものがあるとすれば、それはクレムリンがもたらす権力であるからである。

ヴォローディンはリモノフを財務屋と見なした。それも非常に優秀な財務屋。だが、それだけの人間。

ヴォローディンは机上の電話の受話器をひったくるようにしてとった。

秘書が即座に応えた。「はい、何でしょうか？」

「今夜はたしかアイスホッケーをしに行くんだったな？」

「はい、そうです。午後一〇時に試合開始です。キャンセルしましょうか？」

「いや、いい。うちのチームに選手をひとり追加したい」

「はい、わかりました」

「今夜のわれらがチームのレフトウィンガーはだれだったかね？　ククリン？」

答えはすぐには返ってこなかった。ヴォローディンの秘書はあわてて手を動かし、コンピューター画面上に正しいファイルを呼び出そうとした。しばらくしてようやく彼女は言った。「そのとおりです、大統領」

「ククリンをはずせ。ブラックモア・キャピタル・パートナーズの運用責任者のアンドレイ・リモノフに連絡し、今夜わたしの左側でプレーするように言ってくれ。一年前に一度だけ、うちのチームと戦ったことがある。なんともひどい滑りっぷりでね、たとえ自分の命がかかっていてもウィングなんて務まらない。だが、心配ない。わたしが助け、面倒を見る」

「はい、大統領」秘書はちょっと間をおいてから言葉を継いだ。「試合後、大統領がクレムリンで会う、と言っておきましょうか？」

ヴォローディンがだれかと話し合いたくなったとき、まずは相手をスポーツに誘いたがる、ということを秘書は知っていた。いっしょにスポーツをすれば、相手のことがいろいろわかるし、同時にだれが〝親分〟なのかもはっきり示せるからである。

ヴォローディンは答えた。「いや。何も言うな。試合のあと話し合うかどうかは、その場で決める」

アンドレイ・リモノフは流線型の愛車メルセデスS65を運転して、午後九時にルジニキ・オリンピック・コンプレックスのVIP用入口に到着し、クリップボードを持った警備官に名前を告げてゲートを通り抜けた。

メルセデスSクラス・クーペは、ブレーキペダルに乗っかるリモノフの足に制御され、エンジン音を低く響かせながら複合施設の敷地内を走っていった。621馬力・V型12気筒ツインターボ・エンジンは轟音《ごうおん》をあげて疾駆したかったが、運転席の男に巧みに手綱をしぼられ、操られていた。リモノフは第二の検問所も切り抜け、さらに二つオープン・ゲートを通過し、ルジニキ小競技場の前にメルセデスをとめた。その八月の夜、ルジニキ・オリンピック・コンプレックスで明かりが点《つ》いている主な施設はそこだけだった。

車から降りたリモノフは、黒のスーツにワインレッドのネクタイという格好だった。金髪は小さな禿《は》げの部分をできるだけおおい隠せるように撫《な》でつけられている。彼は他人《ひと》には絶対に知られたくないと思うくらい禿げを気にしていた。商売上、若くて活力に満ちているように見えたほうがいいのだ。まだ三五歳だったが、もう植毛を考えていた。植毛をすれば二、三歳は若く見えるはずだからである。

リモノフは競技場の選手用入口で出迎えを受け、本人の到着が公式に確認された。

そのあと、クレムリンの若い魅力的な女性職員が自己紹介し、彼をロッカールームに案内した。

リモノフのアイスホッケーの腕前は〝まあまあ〟というていどで、それも一五歳のときのことであり、彼は今夜ここに呼ばれたことに驚いていた。リモノフはこの数カ月プレーしていなかった。ただ、アイスホッケーへの熱情をいまも失わずにいて、試合をするのが相変らず大好きだった。

大統領ご本人があなたを毎週おこなわれる試合に参加するよう招待したのです、とリモノフは言われた。それは驚くべきことだった。しかし、ヴォローディンが、とくに力を借りたいときに、そのようにモスクワの重要人物たちを招待する、という話はリモノフも耳にしていた。

リモノフはヴァレリ・ヴォローディンに二回しか会ったことがなかった。しかも、最後に会ったのは一年も前のこと。リモノフが大学の友人たちとつくったアマチュア・アイスホッケーチームが、ヴォローディンのチームの対戦相手として招かれたときのことだ。

その夜、勝ったのはヴォローディンのチームだった。毎回、大統領のチームがかならず勝つのである。それには大きな理由が二つあった。

ひとつは、ヴォローディンのチームには、大統領が贔屓《ひいき》するプロ・チーム〈ディナモ・モスクワ〉の現役および引退選手が何人か含まれている、ということ。

そしてもうひとつは、憲兵隊と軍隊を支配する男をチェックしたい――体当たりして弾《はじ》き飛ばしたい――と思う者などひとりもいない、ということ。

それゆえ、ヴァレリ・ヴォローディンがやたらにゴールを決めることになる。

リモノフは試合用の防具を装着しながら、部屋のなかを見まわしてチームのほかの男たちを観察した。全員だれであるかわかった。大半がほんの二、三年前まで全国的に有名なスター選手だったし、そうした元プロ選手でない者たちはヴォローディンの側近としてよく知られる政府高官たちだったからだ。彼らはボスがアイスホッケーを熱愛しているおかげで、こうしてたっぷりプレーを楽しむことができる、というわけだった。プライヴェート・エクイティ・ファンド・マネージャーである自分は、控えめに言っても、まるで格下の人間だと、リモノフにはわかっていた。だから彼はいま居心地が悪く、不快だった。ふつうの状況ならリモノフは、この部屋のなかにいるだれよりも自信をみなぎらせていられる男なのだ。

アンドレイ・リモノフは利口で抜け目なく、すでに成功していた。しかも自信満々だった。もしも自分が九〇年代に子供ではなく、大人の域に達していたら、いまごろロシア最強の有力者のひとりになっていたにちがいない、と彼は一点の曇りもなく確信していた。ソヴィエト連邦の国家資産は、九〇年代に切り分けられ、選ばれた少数の者たちに分配され、次いでそのなかでも最も冷酷にして残忍な者たちに奪いとられてしまったのだ。こうして、二億五〇〇〇万人ほどが赤貧の生活を強いられている国に一〇〇人ほどの億万長者が生まれた。ロシアのあらゆる個人的財産がつくられた、そのほんの短い期間に、自分も大人になっていて、その時代の状況を利用できていさえすれば、いまごろ最も強硬かつ賢明、狡猾《こうかつ》な大富豪のひとりに絶対になれていた、と彼は思いこんでいた。

とはいえ、彼だって大金を稼いではいる。大富豪とまではいかないが金持ちであることに変わりなく、経営するプライヴェート・エクイティ・ファームはこれ以上強くなりようがないほどの地歩を固めていた。

ここモスクワでは、クレムリンやFSBとのつながりがなければ銀行や企業と取引できない。情報・治安機関か国防機関の出身で、いまは高位にある有力な政治指導者たちである〈シロヴィキ〉が、ロシア経済はもちろん、銀行も企業も支配しているからである。ロシアではビジネスと政府は一体なのである。だから、リモノフのお得意さんの多くも、政府を動かすとともに政府の管理下にある事業をも運営する有力なエリートなのだ。といっても、リモノフ自身はロシア政府内部の人間ではない。彼はもっぱら、ガスプロム、ロスネフチといった国営企業の幹部職員たちのために働いてきたのであり、一時《いっとき》FSB高官のために仕事をしたこともあって、資金を洗浄して欧米の銀行に移すためのダミー会社網を構築したこともあった。だが、最近になって、さまざまな形に分散させた大規模な資産の運用・管理をしてくれないかというFSBからの仕事のオファーを辞退した。仕事の内容を入念に検討して、結局、なにも頭痛の種を背負いこむことはないと判断し、そのオファーを蹴ってしまったのだ。これによって〈シロヴィキ〉の顧客を二人失ったが、長い目で見れば、その決断は自分の利益となるとリモノフは確信した。そうやって彼は政府の高官数人に、自分はあんたらの〝情婦〟にはならないと、はっきり示したのであり、おかげでここロシアの首都で商売をする同業者の多くよりも手を汚さずにすみ、厄介事に巻きこまれることもなかった。

午後一〇時一五分、ロッカールームのドアがひらき、スーツ姿の男数人が入ってきた。明らかに警備班で、部屋のなかを素早く歩きまわった。紐《リーシュ》につながれた爆発物探知犬二匹もいっしょで、ロッカー、ジム・バッグをひとつ残らず嗅《か》ぎ、さらに〈ディナモ・モスクワ〉の元選手が投げ置いた局部サポーターにさえ鼻を近づけた。

数分後、今夜のプレーヤーたちがロッカールームの真ん中でしゃべりながらストレッチをしていたとき、ヴァレリ・ヴォローディンがスーツにネクタイという姿で部屋に入ってきた。大統領は全員に向かってちょっとうなずくというおざなりな挨拶《あいさつ》をしただけで、自分専用のロッカーで着替えはじめた。

リモノフは招いてくれたことへの謝意をできるだけ早く大統領に伝えたかったが、それは試合後になるなと、すぐにわかった。やはり、氷上でマウスガードをはめたまま謝意を表するわけにはいかないだろう。

試合は午後一一時過ぎにはじまった。リモノフがリンク上でウォーミングアップする時間は二、三分しかなかった。対戦相手は首相のボディーガードのチームで、「連中はヴァレリ・ヴォローディンには指一本ふれないが、ほかのプレーヤーには恐ろしく攻撃的になるかも」とリモノフは言われていた。〈ディナモ・モスクワ〉の元選手のひとりも、試合開始直前にリモノフのヘルメットをぽんぽんとたたいて、「あいつらはこちらのプロ選手を捕まえられないから、大統領がゲストとして招いた素人《しろうと》を思いっきりチェックして憂《う》さを晴らすはずだ」と言った。

そして、今夜その〝素人〟に該当する者はひとりしかいなかった。

予想は的中した。リモノフは試合がはじまって一分もしないうちに二度もうしろからチェックされたし、二〇分間の第一ピリオドのあいだに数えきれないほどボードに激しくたたきつけられた。

第二ピリオドでリモノフは、ヴォローディン大統領にパスした直後にチェックされ、肋骨《ろっこつ》が折れたのではないかと思った。パスを受けた大統領はむろん、だれにも邪魔されず、難なくゴールを決めた。リモノフはゆっくりと体を起こして氷上にひざまずくと、選手交代を求めた。だが、ヴォローディンはそばを滑って通過するさい、叱咤《しった》した。「へこたれるな、リモノフ。そんなの何でもない」

アンドレイ・リモノフはスティックを使って体をなんとか押し上げて立つと、自分のポジションへ戻っていった。

対戦相手はヴォローディン・チームの大半のプレーヤーたちにできるだけ激しくぶつかった——著名な元プロ選手の何人かにもチェックして〝負け役〟の憂さを晴らした。だから、試合は本気で戦われたようにも見えたが、そのせいでかえってヴァレリ・ヴォローディンへの遠慮が際立《きわだ》ってしまいもした。パックが大統領にぶつかるという場面もあったが、ヴォローディンは片方の肩をすこしばかり擦りむくていどですんだ。

終わってみれば、ヴァレリ・ヴォローディンが四得点し、二得点以上あげた者はほかにひとりもいなかった。

リモノフはシュートを打てる位置に一回もつけなかった。

試合が終わったとき、リモノフは苦痛のあまり体を文字どおり二つに折って屈《かが》みこんだ。スコアボードを見上げるのも痛くてできなかったので、仲間のプレーヤーに最終スコアを尋ねなければならなかった。

リモノフはほかの者たちのずっとあとから、よろけながらロッカールームへと戻っていった。どうにか自分のロッカーの前のベンチに腰をおろし、防具をはずしはじめたとき、いつのまにかヴォローディンが真ん前にいて、リモノフの肩を拳《こぶし》でたたいた。凄《すさ》まじい痛みに襲われたが、これはいい兆候だとリモノフは思った。大統領はいま、おれを幼馴染《おさななじみ》のように扱ってくれたのだ。

「思っていたよりうまいじゃないか、アンドレイ・イワノヴィッチ」

「ありがとうございます、大統領」

「もちろん、〝救いようがないほど下手〟とわたしは思っていたんでね、きみはたいしたプレーをしなくてもわたしの予想を超えることができたというわけだ」

リモノフはうなずいた。「あなたは素晴らしかったです、大統領。三番目の得点はまさに神業でした」

ヴォローディンの顔に浮かんでいたかすかな笑みが消えた。「ほかの得点はどうだった？」

リモノフはしばしためらったが、思いきって言った。「二番目もとてもよかったです。でも、一番目は取り消されてしかるべきですね。パヴェル・ユリエヴィッチが相手のディフェンダーに反則チェックをしてパックを奪った直後のことですから。それから、これも気を悪くしないで聞いてほしいのですが、四番目のゴールはディミトリ・ペトロヴィッチがあなたに花を持たせたものでした。彼はあなたにバックパスでパックを渡しましたが、あの場面は正しくは自分でシュートすべきだった。オープンゴールだったのに、ディミトリ・ペトロヴィッチはあなたにパスしたのです」

引きつった笑いがほんのすこしあがっただけで、数秒間ロッカールームは凍りついたかのように静かになった。最初に口をひらいたのはヴォローディンだった。「今夜の〝ゲームの元帳〟の内容を詳細に説明してくれたわけだ。本物の会計士のような口ぶりでね」

ヴォローディンがにやりと笑って、これはジョークだとはっきり示すと、ロッカールームにいたほかの男たちもようやく、ああ、ジョークなんだとわかり、突然、大笑いしはじめた。

ヴォローディンはアンドレイ・リモノフの肩に手を置いた。「会いに来てくれないか、今夜」

言うなり、答えを待たずに歩き去った。

リモノフはクレムリンを訪ねるよりも氷水浴したい気分だった。脇《わき》も脚も肺も痛みを発していて、片時も痛みを忘れられない。だが、このような招待を辞退するなんてできるわけがない。大統領の望みはいったい何なのか、リモノフにはさっぱりわからなかったが、ヴォローディンはすでにロッカールームの外に出てしまっていて、もう訊《き》くわけにもいかない。いや、たとえいま大統領が目の前にいたとしても、リモノフに尋ねる勇気などあるわけがない。

「心配するなって、アンドレイ・イワノヴィッチ」四〇歳になる〈ディナモ・モスクワ〉の元ライトバックのパヴェルが言った。「もしもだ、ヴォローディンがきみに何か悪いことが起こるようにしたいと思っているのだったら、それはクレムリンでは起こらない」元プロ選手はにやっと笑った。「いますぐ起こる」

ほかの男たちの口から笑いが洩《も》れた。だが、リモノフは彼らの顔に浮かぶ不安な表情を見逃さなかった。みんなおれのことを心配しているんだ。

リモノフはロッカーのドアに縋《すが》って体を押し上げてなんとか立ち、シャワー室へと向かった。

19

アンドレイ・リモノフがクレムリン宮殿の居間の椅子《いす》に腰を下ろしたのは、ルジニキ小競技場のロッカールームをあとにした一時間後のことだった。その居間からは夕イニツキー庭園を見わたせ、椅子はフレームが金色で赤いビロードのバロック風のものだった。シャワーを浴びて体をきれいに洗い、金髪をきちんと分け、スーツにネクタイという身なりだったが、胸郭は相変らず痛みに襲われていて、全身、暗灰色の打撲傷におおわれていた。リモノフはそうやって座ってグラスに注がれた紅茶を飲んでいたが、ほんとうは家に帰って酒と鎮痛剤を飲みたかった。紅茶を淹《い》れてくれたのはたぶん、きれいで驚くほど背の高い二人の接客係で、いまは中央の廊下に通じるドアの両側にひとりずつ立っている彼女たちに頼めば、痛み止めくらい持ってきてくれるのではないか、とリモノフは思ったが、口を閉ざしたまま座り、平気なふりをしつづけた。

ヴォローディンは自分の男らしさと身体的能力をしっかり見せつけられるように今

夜の話し合いを巧みに演出した。だから、大統領よりも四半世紀も若いリモノフは、弱さなんて絶対に見せられない、と思いつめていた。

窓の外に目をやると、右手にヴォローディン専用のMi－8輸送ヘリコプターが見えた。回転翼《ローター》がゆっくりと回っている。それを見てリモノフは、この話し合いが終わったら、大統領はモスクワのすぐ西の郊外ノヴォオガリョヴォにある公邸に向かうのだろう、と思った。

もう午前二時をだいぶ過ぎていた。自分との話し合いが大統領の今夜最後の会合になるにちがいない、とリモノフは思っていたが、ヴォローディンはときどき夜を徹して働き、そのまま翌日に突入して、休むことなくまるまる一二時間執務することもある、という話をどこかで読んだ記憶もあった。

ヴォローディンがドアの両サイドに立つ女たちにちらりと視線を投げもせず、前方に目をやったまま部屋に猛然と入ってきた。大統領は椅子に腰を下ろすと、不意に目を上げてリモノフのほうを見やった。「なぜきみはFSBに嫌われているのかね？」

リモノフはちびりそうになった。胸郭の痛みは吹っ飛び、背中の筋肉がさらにこわばった。「わたしは……ええと……知りません。問題があることさえ知りませんでした。疑いをかけられるようなことは、ほんとうに何もしていませんし——」

ヴォローディンが片手を上げて制したので、リモノフは話すのをやめた。

「いや、いや、そういうことではない。ただ、きみはFSBの最も信頼できる金融取引・財務管理専門家リストに載っていない、というだけの話だ」FSBはロシア連邦保安庁。

これでリモノフはちびる心配をしなくてすむようになった。ひそかに安堵《あんど》の溜息をついた。だが、ヴォローディンがわざと慌《あわ》てさせたのだということには気づいていた。

リモノフはショックから立ち直り、言った。「あっ、はい。ご存じのことと思いますが、わたしはガスプロム、ロスネフチをはじめ、国営企業数社の仕事をしたことがあります。同業者の多くは、全世界に散らばるFSBとSVRのダミー会社を設立する仕事もしてきました」SVRはロシア対外情報庁。「そうした者たちが、わたしの名前をFSBに教え、情報組織にも役立つ堅固な国際ビジネス・ネットワークを構築した男だと推薦したのだろう、とわたしは思っております。それでFSBから仕事のオファーがありました。組織がかかえる企業の一部の国際金融取引および財務管理を担当し、わたしがつくりあげたシステムを通して資金移動をしてくれないか、と言ってきたのです。わたしは条件を検討しました。そして、わたしにとってはあまりいい話ではないと判断したのです。わくわくするようなところがまったくないのです。まるで儲《もう》からない」

ヴォローディンは長身の女性のひとりから紅茶を受け取った。「連邦保安庁の愛顧を得るほどの褒美《ほうび》はほかにはない、と言う者はたくさんいるんじゃないかね」

リモノフは表情を変えずに応《こた》えた。「母なるロシアにとって重要な仕事だとはだれにも言われませんでした。わたしの会社にとっては悪いビジネスのように思えた、ただそれだけなんです。それにわたしは充分に忙しい思いをしていますので」肩をすくめた。「この国に仕えるよう求められれば、わたしは喜んでお仕えいたします、大統領」

「きみが構築した金融取引ネットワークについてはわたしも聞いている」ヴォローディンはうなずいた。「非常に巧妙だ」

「ありがとうございます」

「動くのは端金《はしたがね》ではあるが、巧妙であることに変わりない」

リモノフは何も言わなかった。

ヴォローディンはいまや笑みを浮かべていた。しかも数秒間リモノフの目をまっすぐ見つめている。大統領よりもずっと若い男は、どれほど我慢強いか試されているのだと気づき、しゃべりだしたい欲求をなんとか抑えこんだ。

ようやく大統領が口をひらいた。「きみが必要なんだ。わたしのためにやってほしいことがある。大金だ。ロシアにとってもよいことだが、儲かりもするぞ。その点は保証する」

「はい、もちろん」

「これは極秘中の極秘だ」

リモノフは「はい、もちろん」と繰り返しそうになったが、すれすれのところでまずいと気づき、「カニェーシナ」と言った。これは「承知しました」により近い言葉で、こういう状況下ではこちらのほうがどちらかというと相応《ふさわ》しい。

「わたしは世界中に資産を持っていて、それはかなりの数にのぼり、銀行口座もいくつか所有している」

《銀行口座をいくつか？》とリモノフは思った。エネルギー価格が世界的に急落する前は、ヴォローディンは世界でもトップクラスの大富豪のひとりだった、という噂《うわさ》をリモノフも聞いていた。モスクワの金融界に流れるさまざまな噂も耳にしていた。だから、大統領が二〇〇億アメリカドル近い資産をどこかに保有していると推測してもいた。その大半は国営企業の株であるにちがいなかったが、オフショア銀行口座に収まっている資金もかなりあるのではないかとリモノフは踏んでいた。

何食わぬ顔をしてリモノフは言った。「はい、大統領。わたしはここクレムリンで働く者たちとも親しくしております。あなたの財務顧問たち。言うまでもありませんが、彼らから詳細を明かされたというわけではありません。彼らはそういう点はきちんとしていて、秘密を守ります。でも彼らは小銭をいじくるような男たちではありません」

「わが資産のポートフォリオは二一〇億ユーロほどと評価されている。どうだ、ギョッとしたか?」

リモノフはギョッとはしなかった。ただ、噂の数字がずいぶん正確だったのにはびっくりした。それでも涼しい顔をして言った。「大統領、あなたは懸命に働いて財産を築き、さらに懸命に働いてわが国を強くしました。ビジネスマンとしても政治家としても卓越しております」

ヴォローディンはリモノフの目をじっと見つめたまま、ふたたび黙りこんだ。顔にかすかな笑みを浮かべていたが、その表情は柔らかくなく固まっていて、きつく結ばれた唇はすこし色を失っていた。「およそ八〇億アメリカドルが海外の銀行に預けられている。わたしが抱える問題はだな、アンドレイ・リモノフ、そうした海外の銀行口座がどこにあるか正確に知っている者がたくさんいすぎる、ということなんだ」

ヴォローディンの富をまとめたり分散したりして維持管理している者の総数は五人であることをリモノフは知っていた。五人は決して多い数ではない。それらの者が扱っている総額と、関連する銀行口座の数を考えると、とりわけそう思える。ともかくリモノフは言った。「そうですか。でも、ここクレムリンで働く五人の金融取引専門家は必要だと思います。あなたの資産を外部の者に知られないように確実に隠しておくには、かなりの金融情報が必要になりますからね」

ヴォローディンは視線を下げ、指の爪《つめ》を見つめた。「わたしの金のありかをだれにも知られないようにするには、多数の者がわたしの金のありかを知らなければならない、というのか？　そういうことか、リモノフ？」

ヴォローディンは皮肉をこめて言い返したようにも思えたが、リモノフにははっきりわからなかった。彼は何も言わずに軽くうなずいた。

「わたしが海外に保有する資産のありかは、オフショア銀行口座を必要とする、わが政権の他のメンバー、わが仲間たちも個人的に利用している銀行だ」

「はい、大統領。それはよくあるケースです。わたしがつくりあげたネットワークでも同様ですが、ここロシアでは、われわれが設立したダミー会社ひとつを数人の投資家が利用して利益を――」

「問題はだ、アンドレイ・リモノフ、わたしの金のありかを知る者が増えれば増えるほど、それを盗んだり凍結したりできる者の数が増える、ということだ」

「あなたの資産のありかを知る者なんていないじゃないですか。あなたの投資チームはだれにも知られないように、それこそ空前絶後の注意をしているはずです」

「だが、きみはいま言ったじゃないか、五人の者が知っているって。このわたし以外に」

「ええと……はい。でも、わたしが言いたいのは、知っているのはあなたが信用して金の管理をまかせた財務担当者たちだけで、その部内者たち以外だれも知らないということです」

ヴォローディンは返した。「欧米はその五人のテクノクラートを探る、ときみは思わないか？　やつらは彼らを利用してわたしを潰《つぶ》しにかかる、と思わないか？　その五人ともFSBと親密な関係にある。さらに、外部の者たちが知る他のグループとも親しい。FSBのだれかが賄賂《わいろ》を受け取ったり、政敵がわたしのポートフォリオを扱っている五人のうちのひとりに嘘《うそ》みたいに魅力的な約束をしたりするのは、まさに時間の問題だ、ときみは思わないか？」

リモノフには答えようがなかった。そういう問題への解決策など思い浮かばなかったからだ。ヴォローディンが八〇億ドルをマットレスのなかに詰めこみたいというのなら、どうぞどうぞ、勝手にそうすればよい。だが、そうした〝マットレス預金〟は、身元を隠すために――数百とは言わないまでも――数十の信託《トラスト》やダミー会社の名義にして銀行口座に資金を複雑に分散させて預けておくよりも、ずっと危険にちがいない、とリモノフは思わずにはいられなかった。

そこで曖昧《あいまい》な返事をした。「あなたの銀行口座は安全だ、とわたしには確信できますけどね」

ヴォローディンは首を振った。「いや、わたしには確信できない。金を動かす必要がある。きみに助けてほしいんだ。きみだけに。ほかのだれにも知られないように。きみが政府の仕事を断ったこと、FSBに信頼されていないこと、クレムリンの財務管理担当者でもないことで、きみが係わったことがわかりにくくなる」

リモノフはやっと、なぜいま自分がここにいるのか理解できた。「わかりました。移動したいのは、いまオフショアに所有している総資産の何％ですか？」

「ぜんぶだ」

リモノフは驚きを隠さなかった。たとえ隠そうとしても無理だっただろう。「しかし、な、な、なぜなんですか？　経済制裁で不安になっているクレムリンの高官がたくさんいるというのはわかります。しかし、欧米はあなたのお金をどうこうすることはできませんよ。そんなの不可能です。それに、アメリカがあなたの資産を特定した気配もまったくありません。ですから、お金をあちこち動かし、ほかの預け場所を確保しようとすれば、アメリカの注意を惹《ひ》きつけかねず——」

「問題はアメリカではない。国内なんだ」

リモノフはしばし考え、なんとか自力で答えを見つけた。「あなたの資産はFSBに信頼されている者たちによって現在の場所に預けられたわけですね。FSBには信用できない者がいる、ということですか？」

ヴォローディンはうなずいた。「もちろん、いる」

「それなら……大統領、わたしは最高行政官でもなんでもありませんが、あなたならその者をいまの地位から外せるのではありませんか？　そうするだけでいいのでは？信頼できる者と交代させるだけで？」

「いや。それでは、敵になりうる者を他の敵になりうる者に代えるだけで、単に資産を移動させるよりも問題がある。FSBはきみをわたしの資産運用担当者とは認識していない。だから、わたしがきみにこういうことをやらせるとは予想できない。

現状では、わたしの個人資産はFSBが知る保管場所にいわば監禁されていて自由に使えないような状態だ。そういう場所の多くはFSBの支配下にある。わたしはロシア政府の好意に与《あず》かれなければ自分の金を一ルーブルたりとも使えないという状況なんだ」

ヴォローディンが何を言いたいのかリモノフにはわかった。現職のヴォローディン大統領は、最高行政官の自分がすべてのルールを決められる国を創《つく》りあげた。だから、いまはそれが自分に有利に働いている。だが、大統領でいられなくなったとき、ヴォローディンにはどのような運命が待っているのか？　国の情報組織に好意を持たれるという希望のもとに自分の未来を思い描くと、えらい目に遭いかねない。

ヴォローディンは自分の金を次期〝クレムリンの主〟の引力が及ばない場所へ避難させたいのだ。

フルーティーな飲みものを手にしてタヒチのビーチに寝そべり、余生を過ごすヴァレリ・ヴォローディンなんて、リモノフにも想像できなかった。だが、そんなことまで自分が心配してもしかたない、と彼は思った。ともかく、ヴォローディンは〝高額の退職手当《ゴールデン・パラシュート》〟が欲しいのであり、それを手配してくれたら喜んでアンドレイ・リモノフに報酬を払うと言っているのだ。

リモノフは言った。「それは……あなたの望みを叶《かな》えるのは……とても難しいことになります。わたしはあなたがいま口にしたほどの大金を扱ったことなど一度もないのです」

ヴォローディンはアンドレイ・リモノフが言ったことを聞かなかったかのように話しつづけた。「それに、それを早くやる必要がある。今回のことは素早くやればやるほどよい」

リモノフは食い下がった。「金額が金額ですからね。たとえ金の移動を秘密裏にやれたとしても、金はどこかへ到着するわけですから、それによってあるていど怪しいと思われることになります。仮にわたしがやるとしたら、非常にゆっくり注意深くやらなければならないでしょうね」

ヴォローディンはすぐさま首を振った。「これはこの一、二カ月のうちにやらないといけない。それに、わたしとしては、実行前にきみの計画を検討しておかないといけない」

「時間がなさすぎます、信じられないほど。なんでそんなに急ぐのか、その理由を訊いてもよろしいですか?」

「いや、それは教えられない。現在きみが管理運用している資金は三〇億ドルほどだと、わたしは理解している。ここ数年間にきみがオフショアに数百億ドルを移動したということも、わたしは知っている。きみがすでにしているそういうことを、わたしのためにしてほしいのだ。だが、もっと大規模に、そして迅速に。そう、ずっと迅速に」

ヴォローディンはそれがどれほど難しいことなのか少しでもわかっているのか、とリモノフは自問した。《もちろん、しっかりわかっている》と彼は一瞬のうちに頭のなかで自答した。ヴォローディンは手下に自分の命令を遂行させるために圧力をかけているだけなのだ。

ヴォローディンは片手をリモノフの肩に置いた。友愛の情を示そうとしたのかもしれないが、それはまったく伝わらなかった。「いいかね、友よ。それをしたら、きみが手にする手数料は莫大《ばくだい》なものになる。取り扱い資金の一・五％だ。どうだね？」

アンドレイ・リモノフは〝資金運用と銭勘定〟を生業《なりわい》としている。だから頭のなかで素早く暗算せずにはいられなかった。

もし大統領の指示どおりに、この不可能と思えるほど難しい仕事をうまくやり遂げることができれば、一億二〇〇〇万ドル稼げるというわけだ。

それも、わずか一、二カ月のあいだに。

すでにひらいていたリモノフの口から小さなあえぎ声が洩れた。

ヴォローディンはリモノフの肩をギュッとつかんだ。「そうそう、きみはやはりわたしと組むことに興味がある。まずは計画を練ってくれ。そして案がまとまったら、実際にどうやるか二人で話し合おう。スタッフに指示し、きみが一日二四時間いつでもわたしに連絡できるようにしておく。何事もわたしに知らせてからやるように。知らせずにやるのはご法度《はっと》だ」ヴォローディンはリモノフにほんのすこし身を寄せ、薄く笑みを浮かべて見せた。「きみは代理人としてわが資金を自由に運用できる力を手にするわけではない。そういう馬鹿《ばか》げたことは一切しないように。このような仕事を任せるからには、わたしはきみをだれよりも信頼しなければならないが……それは、きみが自分の考えひとつで勝手に行動してよいということではない」

アンドレイ・リモノフはちょっとうなずいただけだった。「言うまでもありませんが、わたしがやることはすべて、前もってすっかり報告いたします」

ヴォローディンは腰を上げた。「よし、それでいい」リモノフにぐっと身を寄せ、ほのかな笑みをふたたび浮かべた。「なぜなら、きみにとってこれの終わりかたは二つしかないからだ、リモノフ。たったの二つ。ひとつは、きみは文字どおり想像を絶するほどの金持ちになり、生涯わたしの資金の管理・運用をする……そしてもうひとつは、きみは魚のように腹を切り裂かれ、腸《はらわた》を抜かれる」

この脅しはほかの会話とは次元をまったく異にするものだった。リモノフはギョッとし、怯《おび》えた。ヴォローディンが背を向け、いつもの速い足どりで壮麗な居間から出ていったとき、リモノフはまんまとしてやられたことに気づいた。自分はいま、恐怖で身を凍らせ、いままさに結ぶことに合意した契約の成功を祈ることしかできない。失敗など、とてもじゃないが恐ろしくて考えられない。

リモノフは椅子にじっと座ったままだった。数分後、ヴォローディンの美しい接客係のひとりが部屋に戻ってきた。午前三時に近かったが、しっかり化粧しているようだったし、眠そうな様子もまったくなかった。彼女は言った。「お車のところまでご案内いたしましょうか?」

リモノフは立ち上がった。両膝《りょうひざ》がわなわな震えた。

与えられた仕事は実現可能とはとても思えなかった。だが、そういう仕事なら前にもしたことがある。どこから始めればよいのかさえリモノフにはわからなかった。ダミー会社、銀行、口座、信託《トラスト》、代理人、〝中間安全器《カットアウト》〟(仲介者)からなる複雑に入り組んだ、侵入不可能なネットワークを新たに構築するには、あるていど時間がかかる、ということはわかっていた。今夜からとりかからなければならない、とリモノフは思った。ぶっ続けで何週間か働きつづけ、できるだけ早く大統領に提案しなければならない。

ヴァレリ・ヴォローディンは待たされて平気でいられる男ではない。

頭字語・略語

ARAS……リトアニア警察対テロ作戦部隊（特殊部隊）

ASROC……アスロック、艦載用対潜ミサイル

ASW……対潜戦（対潜水艦戦）

CIA……中央情報局

CIWS……近接防御火器システム

CNO……海軍作戦部長

DIA……国防情報局

FSB……ロシア連邦保安庁（フィヂラーリナヤ・スルージバ・ビザパースナスチ）

JSOC……統合特殊作戦コマンド

NATO……北大西洋条約機構

NGA……国家地球空間情報局

NSA……国家安全保障局

ODNI……国家情報長官室

ONI……海軍情報部

RAT……遠隔操作ツール

SAU……索敵攻撃部隊

SIPRNet……シークレット・インターネット・プロトコル・ルーター・ネットワーク、国防総省・国務省が使用する極秘諜報情報転送ネットワーク

SOF……特殊作戦部隊

TAC……戦術航空管制官

TAO……哨戒長

USWE……海中戦解析評価員

VJTF……高度即応統合任務部隊

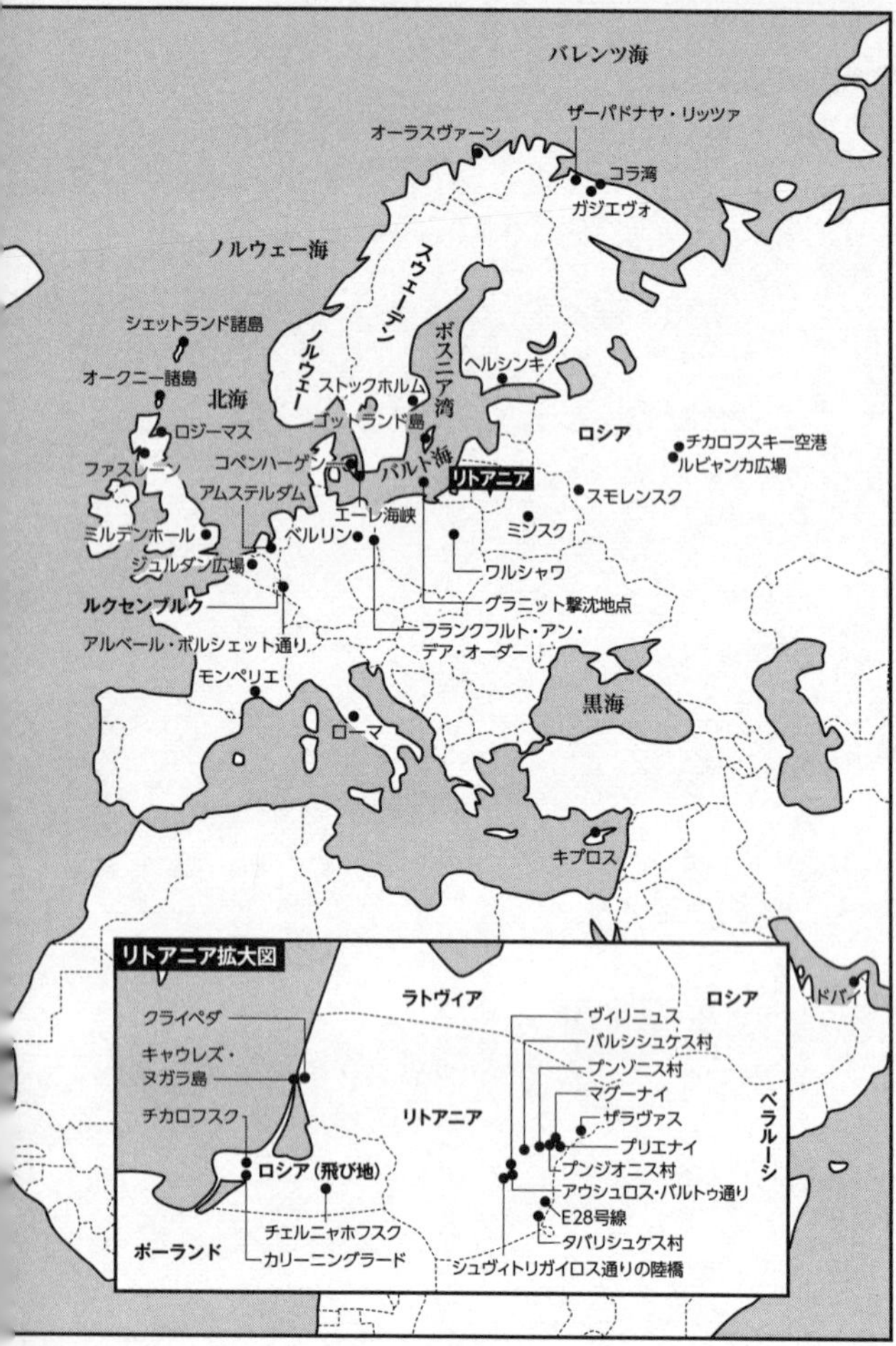
バレンツ海
ザーパドナヤ・リッツァ
オーラスヴァーン
コラ湾
ガジエヴォ
ノルウェー海
スウェーデン
ボスニア湾
シェットランド諸島
ノルウェー
ヘルシンキ
オークニー諸島
北海
ストックホルム
ゴットランド島
ロジーマス
ロシア
チカロフスキー空港
ルビャンカ広場
ファスレーン
コペンハーゲン
バルト海
リトアニア
アムステルダム
スモレンスク
エーレ海峡
ミンスク
ミルデンホール
ベルリン
ジュルダン広場
ワルシャワ
ルクセンブルク
グラニット撃沈地点
フランクフルト・アン・デア・オーダー
アルベール・ボルシェット通り
モンペリエ
黒海
ローマ
キプロス
ドバイ
リトアニア拡大図
ラトヴィア
ロシア
クライペダ
ヴィリニュス
バルシシュケス村
キャウレズ・ヌガラ島
プンゾニス村
マグーナイ
チカロフスク
リトアニア
ザラヴァス
ベラルーシ
プリエナイ
ロシア（飛び地）
プンジオニス村
アウシュロス・バルトゥ通り
E28号線
チェルニャホフスク
タバリシュケス村
ポーランド
カリーニングラード
シュヴィトリガイロス通りの陸橋

バフィン湾
グリーンランド
ハドソン湾
エミッツバーグ
アーリントン墓地
アレクサンドリア
北大西洋
アメリカ合衆国
メキシコ湾
英領ヴァージン諸島
トルトラ島
ビーフ島
ソルト島
St Bernard's Hill
ウェストエンド湾
カリブ海
キュラソー島
カラカス
ベネズエラ

製作・クラップス

米中開戦（1〜4）
T・クランシー
M・グリーニー
田村源二訳

中国の脅威とは――。ジャック・ライアンの活躍と、緻密な分析からシミュレートされる危機を描いた、国際インテリジェンス巨篇！

米露開戦（1〜4）
T・クランシー
M・グリーニー
田村源二訳

ソ連のような大ロシア帝国の建国を阻止しようとするジャック・ライアン。ロシア軍のウクライナ侵攻を見事に予言した巨匠の遺作。

米朝開戦（1〜4）
M・グリーニー
田村源二訳

北朝鮮が突然ＩＣＢＭを発射！　核弾頭の開発は、いよいよ最終段階に達したのか……。アジアの危機にジャック・ライアンが挑む。

機密奪還（上・下）
M・グリーニー
田村源二訳

合衆国の国家機密が内部告発サイトや反米国家の手に渡るのを阻止せよ！〈ザ・キャンパス〉の工作員ドミニクが孤軍奮闘の大活躍。

汚染訴訟（上・下）
J・グリシャム
白石　朗訳

ニューヨークの一流法律事務所を解雇され、アパラチア山脈の田舎町に移り住んだエリート女弁護士が石炭会社の不正に立ち向かう！

キャリー
S・キング
永井　淳訳

狂信的な母を持つ風変りな娘――周囲の残酷な悪意に対抗するキャリーの精神は、やがてバランスを崩して……。超心理学の恐怖小説。

S・キング
山田順子訳

スタンド・バイ・ミー
―恐怖の四季　秋冬編―

死体を探しに森に入った四人の少年たちの、苦難と恐怖に満ちた二日間の体験を描いた感動編「スタンド・バイ・ミー」。他1編収録。

J・アーチャー
永井淳訳

百万ドルをとり返せ！

株式詐欺にあって無一文になった四人の男たちが、オクスフォード大学の天才的数学教授を中心に、頭脳の限りを尽す絶妙の奪回作戦。

J・アーチャー
永井淳訳

ケインとアベル
（上・下）

私生児のホテル王と名門出の大銀行家。典型的なふたりのアメリカ人の、皮肉な出会いと成功とを通して描く〈小説アメリカ現代史〉。

J・アーチャー
永井淳訳

ゴッホは欺く
（上・下）

9・11テロ前夜、英貴族の女主人が襲われ、命と左耳を奪われた。家宝のゴッホ自画像争奪戦が始まる。印象派蒐集家の著者の会心作。

J・アーチャー
戸田裕之訳

15のわけあり小説

面白いのには〝わけ〟がある――。時にはくすっと笑い、騙され、涙する。巨匠が腕によりをかけた、ウィットに富んだ極上短編集。

J・アーチャー
戸田裕之訳

時のみぞ知る
（上・下）
―クリフトン年代記　第1部―

労働者階級のクリフトン家、貴族のバリントン家。名家と庶民の波乱万丈な生きざまを描いた、著者王道の壮大なサーガ、幕開け！

J・アーチャー
戸田裕之訳
死もまた我等なり（上・下）
―クリフトン年代記 第2部―
刑務所暮らしを強いられたハリー。彼の生存を信じるエマ。多くの野心と運命のいたずらが二つの家族を揺さぶる、シリーズ第2部！

J・アーチャー
戸田裕之訳
裁きの鐘は（上・下）
―クリフトン年代記 第3部―
突然の死に、友情と兄妹愛が決裂⁉ 愛する息子は国際的犯罪の渦中の人となり……秘められた真実が悲劇を招く、シリーズ第3部。

J・アーチャー
戸田裕之訳
追風に帆を上げよ（上・下）
―クリフトン年代記 第4部―
不自然な交通事故、株式操作、政治闘争、突然の死。バリントン・クリフトン両家とマルティネス親子、真っ向勝負のシリーズ第4部。

D・タート
吉浦澄子訳
黙約（上・下）
古代ギリシアの世界に耽溺し、世俗を超越する教授と学生たち……。運命的な二つの殺人を緊張感溢れる筆致で描く傑作ミステリー！

T・ハリス
高見浩訳
羊たちの沈黙（上・下）
FBI訓練生クラリスは、連続女性誘拐殺人犯を特定すべく稀代の連続殺人犯レクター博士に助言を請う。歴史に輝く〝悪の金字塔〟。

T・ハリス
高見浩訳
ハンニバル（上・下）
怪物は「沈黙」を破る……。血みどろの逃亡劇から7年。FBI特別捜査官となったクラリスとレクター博士の運命が凄絶に交錯する！

新潮文庫最新刊

須藤靖貴著
満点レシピ
―新総高校食物調理科―

新総高校食物調理科のケイシは生来の不器用で、仲間に助けられつつ悪戦苦闘の毎日。笑えて泣けて、ほっぺも落ちる青春調理小説。

吉野万理子著
忘霊トランクルーム

祖母のトランクルームの留守番をまかされた高校生の星哉は、物に憑《と》りつく幽霊＝忘霊に出会う――。甘酸っぱい青春ファンタジー。

浅葉なつ著
カカノムモノ2
―思い出を奪った男―

命綱の鏡が割れて自暴自棄の碧。老鏡職人は修復する条件として、理由を告げぬまま自分の穢れを呑めと要求し――。波乱の第二巻。

有働由美子著
ウドウロク

衝撃の「あさイチ」降板&NHK退社。その真相と本心を初めて自ら明かす。わき汗から失恋まで人気アナが赤裸々に綴ったエッセイ。

佐野洋子著
私の息子はサルだった

幼児から中学生へ。息子という生き物を観察し、母としてその成長を慈しむ。没後発見された原稿をまとめた、心温まる物語エッセイ。

森田真生著
数学する身体
小林秀雄賞受賞

身体から出発し、抽象化の極北へと向かった数学に人間の、心の居場所はあるのか？　数学の新たな風景を問う俊英のデビュー作。

新潮文庫最新刊

井上章一著
パンツが見える。
―羞恥心の現代史―
それは本能ではない。パンチラという「洗脳」の正体。下着を巡る羞恥心の変容を圧倒的な熱量で考証する、知的興奮に満ちた名著。

大塚ひかり著
本当はエロかった昔の日本
日本は「エロ大国」だった！『源氏物語』など古典の主要テーマ「下半身」に着目し、性愛あふれる日本人の姿を明らかにする。

増村征夫著
心が安らぐ145種
旅先で出会う花
ポケット図鑑
半世紀に亘り花の美しさを追い続けてきた著者が、四季折々の探索コース50を極上のエッセイと写真で解説する、渾身の花紀行！

M・グリーニー
田村源二訳
欧州開戦（1・2）
原油暴落で危機に瀕したロシア大統領が起死回生の大博打を打つ！最新の国際政治情報を盛り込んだジャック・ライアン・シリーズ。

佐々木譲著
警官の掟
警視庁捜査一課と蒲田署刑事課。二組の捜査の交点に浮かぶ途方もない犯人とは。圧巻の結末に言葉を失う王道にして破格の警察小説。

橘玲著
言ってはいけない
中国の真実
巨大ゴーストタウン「鬼城」を知らずして中国を語るなかれ！日本と全く異なる国家体制、社会の仕組、国民性を読み解く新中国論。

欧《おう》州《しゅう》開《かい》戦《せん》 1

新潮文庫　ク－28－67

Published 2018 in Japan
by Shinchosha Company

平成三十年五月一日発行

訳者　田《た》村《むら》源《げん》二《じ》

発行者　佐藤隆信

発行所　株式会社 新潮社
郵便番号　一六二―八七一一
東京都新宿区矢来町七一
電話　編集部(〇三)三二六六―五四四〇
　　　読者係(〇三)三二六六―五一一一
http://www.shinchosha.co.jp

価格はカバーに表示してあります。

乱丁・落丁本は、ご面倒ですが小社読者係宛ご送付ください。送料小社負担にてお取替えいたします。

印刷・株式会社光邦　製本・加藤製本株式会社

ISBN978-4-10-247267-5 C0197